Anna sichert mit dem Verkauf von Brathähnchen den Lebensunterhalt für sich und ihren dreizehnjährigen, surfbegeisterten Sohn Léo. Ihr Zuhause: ein Bungalow an der Atlantikküste. Doch ihr einfaches, harmonisches Leben gerät plötzlich aus den Fugen: Nach einem Verkehrsunfall ist der alte Kastenwagen nicht mehr einsetzbar, Anna verliert ihre Einkünfte, Schulden häufen sich an.
Léo kennt einen Ausweg: Eine Teilnahme am *Game*, einer Fernsehshow, die in der Gegend stattfindet und in den Medien gepusht wird, könnte die Rettung aus der Misere bedeuten. Die einzige Aufgabe: das zur Verfügung gestellte Auto im Wert von 50 000 Euro anzufassen und nicht mehr loszulassen. Wer am längsten durchhält, gewinnt. In ihrer Verzweiflung lässt Anna sich darauf ein.

Mit bissiger Ironie und treffender Schärfe karikiert Joseph Incardona den brutalen Zynismus unserer konsumorientierten Mediengesellschaft. Zugleich erzählt er mit viel Sensibilität von der Suche nach Würde in einer materialistisch geprägten Welt.

Joseph Incardona, geboren 1969 in Lausanne. Der Schriftsteller und Drehbuchautor veröffentlichte zahlreiche Romane, Kurzgeschichten, Theaterstücke und Comics, für die er mehrfach ausgezeichnet wurde. 2014 führte er zusammen mit Cyril Bron Regie beim Film *Milky Way*. Er lebt in Genf.

Joseph Incardona

Das Game

Roman

Aus dem Französischen
von Lydia Dimitrow

Lenos Verlag

Die Übersetzerin
Lydia Dimitrow, geboren 1989 in Berlin. Studium der Allgemeinen und Vergleichenden Literaturwissenschaft in Berlin und Lausanne. Autorin von Theatertexten und Prosastücken (u. a. erhielt sie 2023 eins der Berliner Arbeitsstipendien für Literatur in deutscher Sprache) und Übersetzerin aus dem Englischen und dem Französischen (u. a. Jamey Bradbury, Isabelle Flükiger, Bruno Pellegrino). Für ihre Übertragung des Romans *Der Zoo in Rom* von Pascal Janovjak wurde ihr 2022 der Terra Nova Preis Übersetzung der Schweizerischen Schillerstiftung verliehen. Sie lebt in Berlin. lydia-dimitrow.de.

Dieses Buch erscheint im Rahmen des Förderprogramms des Institut français.

Die Übersetzerin und der Verlag danken der Schweizer Kulturstiftung Pro Helvetia für die Unterstützung.

schweizer kulturstiftung
prohelvetia

Titel der französischen Originalausgabe:
Les Corps solides

Erste Auflage 2025

Satz und Gestaltung: Lenos Verlag, Basel
Umschlagillustration: Designer things / Shutterstock
Printed in Germany
ISBN 978 3 03925 042 4

www.lenos.ch

»Mit Märchengeschichten soll man niemals leichtherzig umgehen.«

Bernard Moitessier

I

REICH DER TIERE

»Es heisst jetzt oder nie. Im Leben heisst es immer jetzt oder nie.«
Rodolphe Barry

1. Hähnchen im Glück

Die schnurgerade Strasse wird von den Scheinwerfern des Kastenwagens erhellt. Man brauchte sie nicht, man sähe auch so genug; so weit das Auge reicht, beleuchtet der gelbe Mond die brachliegenden Felder. Eine Amerikanische Nacht. Durch das heruntergekurbelte Fenster auf der Fahrerseite strömt die milde Luft eines voreiligen Frühlings.

Mit der freien Hand tastet Anna auf dem Beifahrersitz nach ihren Zigaretten. Eine schleppende Melodie aus dem Radio untermalt die Fahrt; und wenn ich sage, es ist eine Amerikanische Nacht, dann meine ich, mit dem Blues, den Marlboros und der scheinbaren Weite könnte man fast denken, man wäre dort.

Die Zigarette steckt im Mund, jetzt sucht Anna ihr Feuerzeug. Sie lässt sich zu einem kläglichen Lächeln hinreissen, es war ein wenig einträglicher Tag fast ohne Kunden. Morgen wird sie die übrig gebliebenen Hähnchen aufwärmen und so tun, als hätte sie sie frisch auf dem Marktplatz gegrillt. So lässt man seine Prinzipien fahren, wenn einem etwas die Kehle zuschnürt.

Etwas – beziehungsweise: alles.

Wieder einmal endet ihr Tag in roten Zahlen. Erkläre einer mal den Kunden nach dem letzten Geflügelskandal um irgendwelche mit Tiermehl, Hormonen und Antibiotika vollgestopften Viecher, dass der eigene Lieferant ein lokaler Bauer ist. Ehrlich, Anna, deine Grübchen, die nussbraunen Augen? Die hast du für umsonst, gegen die Fernsehbilder von Legebatterien, die sich trotz sogenanntem »Tierwohllabel« als bessere Apotheken entpuppen, können selbst deine hautengen Jeans und dein wenig subtiler Push-up unter dem T-Shirt nichts ausrichten.

Und jetzt? Es ist trotz allem ein friedlicher Moment. Der Abend, die laue Luft in deinem Haar; wie die Sonne gemächlich vom Horizont entschwunden ist, um ihren Platz dem Mond zu überlassen. Zu Hause gleich ein eisgekühltes Bier, die Stille der Nacht – eine Atempause, bevor es morgen wieder losgeht.

Aber erst noch dem dringenden Verlangen nach einer Zigarette nachgeben, dem Ruf nach Tabak in den Lungen, so schädlich und doch so wohltuend: Finde, was du liebst, und lass es deinen Tod sein.

Nur bleibt das Feuerzeug unauffindbar. Anna klappt den Zigarettenanzünder auf, dieses so ungünstig in der Mittelkonsole platzierte Teil, an das heutzutage kaum noch jemand denkt. Endlich hört sie das Klicken und beugt sich in genau dem Moment vor, als von links das Wildschwein auftaucht; das Tier erstarrt im Scheinwerferlicht, zögert. Ein dumpfer Aufprall, wie wenn ein Boot auf einen Felsen aufläuft. Die abgewetzten Sohlen ihrer Turnschuhe rutschen über die Pedale, der

Transporter kommt ins Schlingern und schiesst von der Strasse. Bei neunzig Stundenkilometern erweist sich der kaum einen Meter tiefe Seitengraben doch als verhängnisvoll: Das Fahrgestell des Renault Master mit seinem eingebauten Grill schabt über den Asphalt, die Funken sprühen wie bengalische Zündhölzer, das Blech faltet sich zusammen, Metall quietscht, die Doppeltür am Heck fliegt auf, und Dutzende von kopflosen Hähnchen verteilen sich auf der Strasse.

Der Wagen kommt zum Stehen.

Anna sitzt schräg da, der Gurt hält sie zurück und schneidet sich ihr in den Hals. Ein stechender Schmerz meldet sich in der Schulter. Der noch warme Zigarettenanzünder rollt durch die offene Tür auf die Fahrbahn. Anna begreift, schnallt sich ab und springt aus dem Wagen. Kaum ist sie ein Stück geflüchtet, fängt das Fahrzeug Feuer, Flammen ziehen sich im Zickzack über den Asphalt, die benzingetränkten Hähnchen fangen an zu lodern, Leuchtfeuer in der Nacht.

Sie steht da und lässt die Katastrophe auf sich wirken, da hört sie ein Röcheln und fährt herum. Das Wildschwein liegt auf der Seite, ruckartig hebt und senkt sich sein Brustkorb. Während sein Herz sich noch an das Leben klammert, starrt sein schwarz glänzendes Auge sie an. *Dein Wagen steht in Flammen, aber ich verrecke hier.* Sie erkennt, dass es sich um eine Bache handelt, bestimmt achtzig Kilo schwer, vielleicht hat sie noch irgendwo Frischlinge. Anna müsste versuchen, sie zu retten, aber da sind auch die Angst und die Abscheu vor dem verletzten Tier. Die Schnauze der Bache scheint sich zu einem Lächeln zu verziehen. Anna kniet sich hin, legt ihr eine Hand auf den Bauch, wie um sie zu beruhigen, das Fell ist schweissgetränkt. Die Bache schnappt. Anna weicht zurück und geht ein Stück auf Abstand.

Da fällt ihr auf, dass ihr die nie angezündete Zigarette immer noch zwischen den Lippen klemmt.

Ist das nicht ein guter Grund, um mit dem Rauchen aufzuhören, Anna?

Anna dreht sich zu den Flammen, die zum Himmel schlagen. In der Ferne nähert sich ein Blaulicht. Sie ist allein mit ihrer eingedellten Zigarette zwischen den Lippen. Sie denkt an die Dinge, die im Auto geblieben sind: Handy, Schlüssel, Papiere.

Auf der Seitenwand des lodernden Kastenwagens kann Anna noch immer lesen, was fünf Jahre lang ihr kleines Geschäft war, der Kredit, das Aufstehen im Morgengrauen, Tausende von gefahrenen Kilometern; sie hatte ihm einen hübschen, etwas albernen Namen gegeben, in roten Lettern prangte er auf weissem Grund.

Und für eine Weile hatte es funktioniert:

Hähnchen im Glück.

*

Mit dem Nokia in Reichweite auf dem Sofa, falls sie zurückrufen würde, und bei eingeschaltetem Licht in der Küchenzeile hatte er so lange wie möglich ferngesehen und eisern gegen das Wegdämmern gekämpft. Aber als das Auto am Bungalow vorfährt, schreckt er aus dem

Schlaf. Die kleine Uhr über der Spüle zeigt 0 Uhr 30. Er schaltet den Fernseher aus und stürmt nach draussen. Stösst sich die Schulter am Türrahmen.

Das Polizeifahrzeug hält vor der Pergola, einer einfachen Holzkonstruktion mit einer grünen Plastikplane als Dach.

»Maman!«

Anna hat noch nicht ganz die Wagentür geschlossen, da prallt der Körper ihres Sohns gegen ihren. Sie schliesst ihn in die Arme und streicht ihm mit einer Hand durch das dicke schwarze Haar. »Alles gut, Léo, alles ist gut.«

Die zwei Polizisten betrachten schweigend Mutter und Sohn. Der Motor des Wagens läuft im Leerlauf, das Licht der Scheinwerfer strahlt in den Kiefernwald neben dem Bungalow.

Anna scheint wieder einzufallen, dass die beiden Polizisten noch da sind, sie dreht sich um. »Danke fürs Bringen.«

Der Beamte am Steuer starrt sie lüstern an. »Keine Ursache, wir nutzen die Gelegenheit und drehen hier gleich unsere Runde. Denken Sie daran, sich die Formulare für Ihre neuen Papiere in der Präfektur abzuholen.«

Bevor er den Rückwärtsgang einlegt, zwinkert er ihr zu, als wäre sein Interesse echte Fürsorge.

Arschloch.

Anna folgt ihrem Sohn in den Bungalow. Sie zieht die Tür hinter sich nicht zu, warum auch, die Welt ist immer noch da, und die Luft drinnen riecht abgestanden. Der Junge holt zwei Sandwiches aus dem Kühlschrank, die er für sie vorbereitet hat. Thunfisch-Mayo zwischen zwei Toastbrotscheiben. Und ein Bier, das er ihr gleich aufmacht. Auch an eine Papierserviette denkt er.

»Danke, mein Häschen.«

Das »mein Häschen« mag Léo nicht mehr besonders. Anna weiss das, ihr rutscht es trotzdem noch raus. Diesmal reagiert er nicht. Er ist dreizehn, laut Arzt befindet er sich auf der mittleren Wachstumskurve. Allerdings steht er schon so sehr auf eigenen Füssen, dass er ziemlich reif für sein Alter ist. Trotzdem: Sie sieht, wie müde er ist, wie sehr er sich zusammenreissen muss, um ihr Gesellschaft zu leisten.

»Hey, Léo. Geh ruhig ins Bett.«

»Ist alles okay, Maman? Hast du dir nichts getan?«

»Mir tut nur ein bisschen die Schulter weh, das geht schon.«

»Aber du musst zum Arzt, oder?«

»Mit ein paar Tabletten geht das wieder weg.«

»Und die *Hähnchen im Glück?*«

»In Flammen aufgegangen …«

Da wird er wieder wacher. »Wieso hast du nichts gesagt?«

»Du sollst dir keine Sorgen machen.«

»Scheisse, Maman.«

»Scheisse sagt man nicht. Wir haben ja noch die Versicherung.«

»Darum geht es nicht, du hättest sterben können!«

Jetzt sieht er sie an wie eine Überlebende.

»Was ist denn passiert?«

»Wildschwein.«

»Was?«

»Ich habe eben Schwein gehabt.«

»Sehr witzig.«

»Der Wagen liegt im Strassengraben, aber ich lebe noch. Glück ist auch, wenn das Pech nicht reicht.«

Anna beisst in ihr Sandwich. Sie hat keinen Hunger, aber sie will ihren Jungen nicht enttäuschen, schliesslich hat der an ihr Abendessen gedacht.

»Geh ins Bett. Wir reden morgen über alles, okay?«

Sie umarmen einander, Léo zieht seine Zimmertür hinter sich zu. Sie will ihn noch ans Zähneputzen erinnern, dann lässt sie es bleiben.

Mit ihrem Bier und einer kleinen Metalldose, die sie im Sicherungskasten aufbewahrt, geht Anna raus auf die Veranda. Bald wird der Mond untergehen. Die Bäume knarzen im Wind wie die Masten eines Segelboots, gedankenverloren streicht sie sich die Kiefernnadeln aus den Haaren.

Der wurmstichige Liegestuhl ächzt unter ihrem Gewicht. Anna öffnet die Dose, nimmt einen der vorgedrehten Joints heraus und steckt ihn sich an. Nach zwei Zügen geht es ihrer Schulter schon besser. Sie würde gern an nichts mehr denken, aber da ist eine Angst, die in der hellen Nacht aufsteigt, ein Schatten, gegen den selbst das Mondlicht nicht ankommt: Wenn sie den Unfall nicht überlebt hätte, wäre Léo im Heim gelandet. Da ist niemand ausser ihr, und dieser Gedanke jagt ihr einen Schauer über den Rücken. Ihr Sohn würde von ihr nur diesen Bungalow erben, und obendrauf die zwei Jahre Kredit.

Also mit anderen Worten: nichts.

Ja, du hast Glück gehabt, Anna.

Du lebst.

Sie nimmt noch einen Zug von dem Gras, das sie in einer Ecke ihres Gartens selbst anbaut. Der Körper kommt schneller zur Ruhe als der Geist. Tatsächlich fehlt uns noch die Fortsetzung der Unterhaltung zwischen Mutter und Sohn, die Coda. Erst da ist ihr die Angst in die Glieder gefahren: Sie wollte gerade ihr Gras aus dem Kasten nehmen, da kam Léo noch einmal aus seinem Zimmer und fragte sie, wie es jetzt weitergehe.

»Ich bleibe ein paar Wochen zu Hause, bis das Geld von der Versicherung kommt und ich einen neuen Wagen finde.«

Léo hatte gelächelt. »Das ist doch gut, dann sehe ich dich öfter. Eigentlich Glück im Unglück.«

»Alles wird gut, mein Häschen.«

»Du meinst wohl: mein Hähnchen!«

Und beide hatten gelacht.

Aber jetzt, da sie allein im Mondschein sitzt, verliert das Versprechen, das sie ihrem Sohn gemacht hat, seine Kraft.

Annas Zuversicht schwindet.

Anna zweifelt.

Irgendetwas sagt ihr, dass die Sorgen gerade erst anfangen.

2. Silberfischchen

Am nächsten Tag, einem Sonntag, befreit der Autan den Himmel von den letzten Schlacken des Winters. Im grellen Tageslicht können wir uns ein besseres Bild von Annas und Léos Bungalow machen, einem Mobilheim in Fertigbauweise, auf Rundhölzern aufgebockt. Fassadenverkleidung aus Vinyl, Plastikregenrinnen, Teerpappe auf dem Dach. Anna hat noch eine Veranda angebaut, das Häuschen um einen Schuppen erweitert und ein Vordach aus Tuch gespannt, unter dem sie sonst ihren Grillwagen abstellt. Der Gemüsegarten hinter dem Wäschegerüst ist frisch gejätet und wartet auf seine Aussaat.

Ihrer ist der letzte von etwa dreissig Bungalows am Rand des kommunalen Campingplatzes, dort, wo der sandige Weg in einer Sackgasse endet. Nur ein Viertel von ihnen ist übers ganze Jahr bewohnt. Man erkennt sie daran, dass sie besser ausgestattet sind und meist mit Blumen bepflanzt. Hauptsächlich Surfer, Rentner, Aussteiger. Ein Zaun trennt die Behausungen vom Rest des Waldes, der sich noch über Tausende Hektar erstreckt.

Das Innere des Bungalows ist dreigeteilt: links und rechts aussen die zwei Schlafzimmer, in der Mitte eine

Mini-Einbauküche, ein kleines Wohnzimmer und das Bad. Insgesamt etwas über fünfunddreissig Quadratmeter.

Léo sitzt auf dem abgewetzten roten Veloursofa und wirft einen Blick auf den Gezeitenkalender. Scheisse, denkt er, es wäre einfach dumm, den Vormittag nicht zu nutzen, dann geht er durch die Fenstertür zu seiner Mutter in den Garten. Barfuss wagt er sich auf den Kiefernnadelteppich und verzieht bei jedem piksenden Schritt das Gesicht.

Anna gräbt auf Knien mit einer Blumenkelle in der Erde. Ihre vom Wind zerzausten langen Haare verdecken ihr Gesicht.

»Pflanzt du schon was ein?«

»Wie? Nein, ich grabe was aus.«

Während sie die Tiefen des Gartens durchwühlt, wächst neben ihr ein Erdhaufen heran.

»Nur dass ich nicht weiss, ob ich an der richtigen Stelle suche«, sagt sie.

»Hast du einen Schatz versteckt?«, witzelt Léo.

Bei all den Hügeln könnte man meinen, ein Riesenmaulwurf hätte sich hier seinen Weg gebahnt. Léo sieht sich um, zum Glück wohnt der nächste Nachbar erst eine Reihe weiter. So kriegt der nicht mit, dass bei seiner Mutter eine Schraube locker ist.

»Maman, der Tidenhub sieht gut aus, und wir haben ablandigen Wind.«

»Und?«

»Ich könnte surfen gehen.«

Anna hält inne, ihre Arme sind bis zu den Ellenbogen von schwerer schwarzer Erde bedeckt. Sie sieht ihren Sohn an.

»Heute ist der perfekte erste Tag für die Saison«, beharrt Léo.

Anna fängt wieder an zu graben. »Ich glaube nicht, dass dir dein Anzug vom letzten Jahr noch passt.«

»Nicht schlimm, wenn er kneift. Und so viel bin ich gar nicht gewachsen.«

»Mir tut die Schulter weh.«

»So, wie du gräbst, sieht das nicht so aus. Komm schon, lass uns gehen!«

»Ich habe dafür jetzt keinen Kopf.«

»Bitte, Maman ...«

Die Kelle stösst auf etwas Hartes.

Anna lächelt. »Endlich! Verdammt, ich wusste, es muss hier irgendwo sein!«

»Maman ... Was ist denn los?«

»Ich hab meinen Job verloren, und du erzählst mir was vom Surfen.«

Aus der Erde holt Anna ein Schraubglas, durch den Dreck kann man nicht erkennen, was sich im Inneren verbirgt. Sie streicht sich mit dem Handrücken die Haare zurück, beschmiert sich die Stirn. Ihre Kelle steckt sie in die Erde und läuft eilig zurück in den Bungalow. Léo seufzt und holt seine Sachen aus dem Schuppen.

Anna hält das Glas in der Spüle unter den Wasserstrahl, dann trocknet sie es mit einem Geschirrtuch ab. Sie braucht ihre ganze Kraft, um es aufzukriegen. Seinen Inhalt schüttet sie auf der Arbeitsfläche aus. Lautlos regnen die Scheine.

In dem Moment betritt Léo den Raum, im Neoprenanzug. »Guck, er passt mir noch, und ... Wow, wo kommt das ganze Geld her?«

»Du weisst doch, ich traue den Banken nicht.«

»Wie viel ist das?«

»Genau 2300 Euro. Das reicht, um Rodolphe für seine Hähnchen zu bezahlen und bis das Geld von der Versicherung kommt. Für uns heisst das zwar immer noch mehr Nudeln als Fleisch, aber immerhin.«

»Scheissegal, ist doch super. Und Sportler brauchen doch Kohlenhydrate, oder?«

Anna mustert ihren Sohn in seinem Ganzkörperanzug, der ihm bis zu den Unterarmen und zu den Knöcheln geht. Sie betrachtet die breiter werdenden Schultern, den Bartschatten über der Oberlippe, den Mann, zu dem er heranwächst.

»Also, was sagt der Hub?«

»Fünfundsechzig.«

»Und die Periode?«

»Zehn.«

»Offshore-Wind, sagst du?«

Er hat wirklich ein schönes Lächeln, unser Léo, das muss man gesehen haben.

*

Léo hat sein Brett aus dem Schuppen geholt – ein Fishboard mit dem typischen Tail in Form einer Schwanzflosse – und es auf dem Gepäckträger seines alten Mountainbikes festgezurrt. Anna wartet auf ihrem

Fahrrad, dann machen die beiden sich auf den Weg. Léo hat seinen Anzug bis zur Taille heruntergekrempelt, die Sonne wärmt ihm den Rücken. Unter ihrem T-Shirt trägt Anna einen Badeanzug für ihre erste Schwimmsession des Jahres.

Sie fahren den Weg hinab zum Strand, schliessen ihre Räder beim Parkplatz an. Die meisten Autos gehören den Städtern, die das Wochenende am Meer verbringen. Die Touristen kommen erst später. Aber so oder so könnten sie einfach ein wenig weiter Richtung Norden radeln und fänden menschenleere Spots vor. Nur, zu dieser Jahreszeit müssen sie es sich gar nicht so schwermachen, um auf den hundert Kilometern ein Stück Strand für sich allein zu finden.

Léo trägt sein Brett unter dem Arm. Anna schultert den Rucksack mit den Handtüchern und der Wasserflasche. Sie erklimmen den Hauptweg, von dem Stege durch die Dünen führen. Die Restaurants, Bars und Läden in zwei Reihen sind noch geschlossen. Gerüchten zufolge werden einige von ihnen nicht mehr aufmachen, sind pleitegegangen. Anna denkt an ihre eigene Lage, ihr Gesicht verdunkelt sich; sie verlangsamt den Schritt und lässt ihren Sohn ein Stück vorgehen, damit er ihr die Sorgen nicht ansieht.

Léo kommt an einer Gruppe Jugendlicher vorbei, ein paar haben Boards dabei, andere nicht. Er grüsst sie, einer von ihnen zeigt ihm den Stinkefinger, alle lachen. Léo senkt den Kopf und geht weiter.

Jetzt ist auch Anna auf ihrer Höhe angekommen. »Schon mal was von Zurückgrüssen gehört?«

»Was will die Alte?«, blafft der mit dem Stinkefinger.

»Ach, du kannst also nicht nur Zeichensprache.«

Die Jugendlichen – wie viele werden es sein, fünf oder sechs, alle maximal sechzehn – verstummen verdattert. Ab jetzt spielt sich alles zwischen dem Anführer und der Alten ab. Auf gewisse Weise geniessen die anderen ihre Zuschauerrolle, wenigstens ein Highlight an diesem Sonntag, der sonst nur aus Biertrinken und Däumchendrehen besteht.

Der Junge kommt von seinem Mäuerchen runter, Anna setzt ihren Rucksack ab, stellt ihn neben sich. Dem Jugendlichen fällt nichts anderes ein, als auf sie zuzugehen, aber da sie nicht zurückweicht, weiss er nicht recht weiter. Er sieht die Entschlossenheit in ihren Augen, etwas Grimmiges, fast Wütendes, die muskulösen Arme, die hervortretenden Adern. Er bleibt vor ihr stehen. Der nächste Schritt wäre schon ein Akt der Gewalt, davor schreckt er noch zurück.

»Komm, lass uns gehen«, sagt Léo, der noch einmal umgedreht ist. Er fasst seine Mutter am Ellenbogen, Anna schüttelt ihn barsch ab. Es ist schwer, zu sagen, wer überraschter ist, Léo oder der Halbstarke mit den ausgeblichenen Haaren und dem türkisfarbenen Ohrring.

Anna hält dem Blick des Jugendlichen stand. Er kann nicht wissen, dass sie gerade ihren Grillwagen verloren hat, dass sie bis zum Hals in der Scheisse steckt und es nur noch einen Tropfen braucht, um ihr Fass zum Überlaufen zu bringen.

»Für wen hältst du dich?«, fragt Anna.

»Komm, lass doch«, sagt Léo. »Bitte …«

»Einen Surfer?«, fährt seine Mutter fort. »Dich stecke ich dreimal in die Tasche, kapiert, du Wurst?«

Der Junge läuft rot an, aber sagt nichts. Ohne ihn aus den Augen zu lassen, greift Anna nach ihrem Rucksack, dann geht sie mit ihrem Sohn weiter.

Erst Schweigen hinter ihnen, dann: »Warte ab, du Schwuchtel, wir erwischen dich noch ohne deine grosse Schwester!«

Anna kann sich ein Lächeln nicht verkneifen, als sie hört, was für ein Kompliment der Halbstarke ihr unwissentlich macht. Léo findet das weniger witzig.

»Was sind das für Vollidioten?«, fragt seine Mutter. »Die habe ich hier noch nie gesehen.«

»Irgendwelche Typen von der Schule. Älter als ich. Die surfen normalerweise an einem anderen Spot, weiter nördlich.«

»Und wie heisst der Clown, mit dem ich gerade zu tun hatte?«

»Keine Ahnung«, lügt Léo.

»Wenn irgendwas ist, gibst du mir Bescheid?«

»Ich komme schon klar.«

»Nein, du gibst mir Bescheid.«

Léo wartet, bis sie ausser Sichtweite sind, dann sagt er: »Du bist nicht unbesiegbar, Maman. Du kannst nicht immer gegen alles und jeden kämpfen. Und ich, ich … ich komme schon klar, ehrlich.«

»Es geht nicht darum, unbesiegbar zu sein, Léo. Es geht darum, sich Respekt zu verschaffen.«

»Und wieso forderst du ihn heraus, obwohl du seit Jahren auf keinem Brett mehr gestanden hast?«

»Nur so, um ihn auf die Palme zu bringen.«

»Mir ist das peinlich, Maman.«

»Der Typ beleidigt dich, du sagst nichts, aber ich bin dir peinlich? Das musst du mir erklären, Léo. Ja, erklär mir mal, wie du dich im Leben durchschlagen willst.«

3. Die Bienenkönigin

Das exakte Datum: der 25. März des laufenden Jahres.

Der Ort austauschbar: ein Konferenzraum im neunten und letzten Stock eines anonymen und funktionalen Verwaltungsgebäudes am Rande der Hauptstadt.

Sechs Personen sind anwesend: drei Männer, drei Frauen, Paritätsprinzip. Das Protokoll wird in geschlechtergerechter Sprache verfasst. Die damit betraute Assistentin hält sich etwas abseits; sie hat keinerlei Entscheidungsgewalt, sie ist nur ausführende Kraft, und wir kennen auch nicht ihren Namen. Aber rein biologisch gesehen hat an diesem Ort und in diesem Moment die Weiblichkeit die Oberhand.

Hier also Frauen und Männer. Was es für eine Welt braucht. Wären sie die letzten Menschen auf der Erde, müssten sie sich nur paaren, und alles finge wieder von vorne an. Aber die menschliche Spezies vermehrt sich ohne Unterlass und zählt bald acht Milliarden Individuen. Die hier anwesenden Männer und Frauen machen sich diesen Überfluss zunutze. Sie müssen sich nicht fortpflanzen. Niemand von ihnen hat Kinder, das macht sie unverwundbar.

Aber zunächst zum augenscheinlich Banalen, dem

Fundament des Meetings, seinem Epizentrum: dem Tisch.

Der rund ist.

Menschen zerbrechen sich darüber den Kopf, machen daraus einen Beruf, verwenden Zeit darauf, Formen im Zusammenhang mit unseren schuftenden Körpern zu studieren; das betreffende Forschungsfeld entwickelt sich in Bezug auf Arbeitspsychologie und -ergonomie stetig weiter.

Die Beziehung zwischen Objekt, Individuum und seiner Tätigkeit.

Alles mit dem Ziel der grösstmöglichen Rentabilität.

Am Übergang vom fünften zum sechsten Jahrhundert hatte König Artus intuitiv schon begriffen: Es ist besonders effizient, an einem runden Tisch zusammenzukommen. Studien bestätigen die Vorzüge:

Die Beteiligten begegnen sich auf Augenhöhe, sind sich näher, sehen einander direkt an und gehen weniger auf Konfrontation. Ein runder Tisch sorgt für weniger Diskussion und spart Zeit. Er stiftet das Gefühl von Zusammengehörigkeit und einer gemeinsamen Sache.

Wer hätte gedacht, dass sich auf diese Art der Kommunismus in ein liberales Meeting einschleicht?

Zu den Stühlen gibt es wenig zu sagen: ergonomisch, tragfähig, Mahagonilehne, Sitzfläche aus lederbezogenem Polyurethanschaum, lackierte Stahlfüsse, Eco Design, fast tausend Euro pro Stück.

Anders gesagt, ein Arsch voll Geld.

Und zwar jeweils der von: Xavier Floriot (56), CEO Frankreich der Allianz Renault-Nissan-Mitsubishi; Jean de Laurençon (60), Generaldirektor von France Télévisions; Camille Mangin (49), Staatssekretärin im Ministerium für Ökologischen Wandel; Anthony Jourdain (50), CEO Frankreich der JCDecaux-Gruppe; Justine Crot (52), CEO Endemol Frankreich; Mylène Labarque (31), freischaffende Entwicklerin von Spielshows.

Wir überspringen die Schritte, die diesem Kick-off-Meeting vorausgegangen sind, die finanziellen, technischen und juristischen Details, die Vielzahl von Klauseln und Annexen der Verträge ebenso wie die Legion an Anwälten und Juristen, die für dieses Zusammenkommen von öffentlichen und privaten Sphären nötig waren – den Inhalt eines Dossiers an der Schnittstelle zwischen Ökonomie, Politik und Unterhaltung. Dieser Welten, die zusammen eine einzige ergeben: unsere.

Nein, das Wichtigste wird mit ihrer erstaunlich dünnen Stimme von Mylène Labarque postuliert. Ihre Worte haben Tragweite, Tausende Namenlose werden sich auf diesen Aufruf melden:

»Das Spiel besteht darin, mit einer Hand ein Auto zu berühren. Wer als Letztes loslässt, gewinnt.«

Es brauchte etwas mehr als ein Jahr und sechs Personen, um an diesen Punkt zu kommen, zu dieser einfachen, von Mylène Labarque und ihrer Mäusestimme vorgebrachten Formel. Zwei Doktortitel von der HEC, drei Master in Wirtschaftswissenschaften und ein Diplom vom Conservatoire européen d'écriture audiovisuelle. Aufsummiert rund vierzig Jahre Studium. Aber wenn man die tatsächliche Zahl an Teams und Beteiligten, Anwälten und Juristen zusammenrechnet, kommt man auf fast ein Jahrhundert an Uni- und Hochschulpapierkram. Die Menschheit in einem Destillierkolben, und daraus tropft die Essenz dessen, was wir geworden sind: die farblose Suppe einer grossen Fernsehspielshow.

*

Die Assistentin ohne Namen verlässt für einen Moment das Meeting, die Anwesenden beugen sich gerade über ihre Smartphones; leise zieht sie die Tür hinter sich zu, niemand beachtet sie. Ihre Achseln sind feucht. Sie kann nicht sagen, ob unter der Bluse, die sie unter ihrem eleganten marineblauen Kostüm trägt, ein leichter Schweissgeruch hervorströmt. Dafür weiss sie, dass der Mann, den sie seit ein paar Wochen trifft, beim Sex auf diesen Geruch steht.

Die Assistentin geht durch den langen Flur und stösst die metallene Fluchttür auf. Steigt die Stufen der Aussentreppe zur Dachterrasse hinauf. Ihre Absätze klackern über die Stahlstreben. Ein für die Jahreszeit überraschend laues Lüftchen entlockt ihr ein Lächeln. Die langen Haare werden ihr ins Gesicht geweht, sie zieht einen Stift aus ihrer Tasche und steckt sie damit hoch. Kurz vor den Bienenstöcken bleibt sie stehen und wartet. Eine Strähne löst sich aus ihrem improvisierten Knoten und fällt ihr ins Gesicht, sie lässt sie auf dem Metallgestell ihrer Brille liegen.

Die Gestalt im Imkeranzug bemerkt sie und gibt ihr ein Zeichen. Mit bedächtigen Handgriffen beendet sie die Begutachtung eines Rähmchens, dann schiebt sie es zurück in die Beute und entfernt sich mit langsamen Schritten von den Bienen.

Die Gestalt lüftet ihren Schleier und gibt den Blick auf ihre hellen blauen Augen und die vollen Lippen frei. Gepflegte, lange graue Haare umrahmen ein Gesicht mit harmonischen Falten und einnehmendem Lächeln. Die Bienenkönigin zieht ihre Handschuhe aus. Die braunen Flecken auf ihren Händen werden regelmässig durch Kryotherapie entfernt. Sie streckt sich unter der milden Sonne – eine unerwartet intime Regung vor ihrer Untergebenen –, einer Märzsonne, der man noch nicht so recht traut, bevor die Eisheiligen nicht noch einmal zugeschlagen haben.

Die Bienenkönigin zieht eine Packung Zigaretten aus ihrem weissen Leinenanzug, ein Grübchen gräbt sich in ihre Wange, als sie den ersten Zug nimmt. Mehr als fünfunddreissig Millionen Menschen haben für dieses betörende Gesicht gestimmt, wie für ein Bollwerk gegen die Katastrophe.

Hinter ihr funkelt der Eiffelturm in der tiefstehenden Sonne. Dieses Jahr wird er nachts nicht mehr leuchten; eine umweltfreundliche Sparpolitik will die Energiekosten des Landes senken.

Die Bienenkönigin kneift die Augen zusammen und geniesst. Es ist eine von drei Zigaretten, die sie sich jeden Tag zugesteht. Sie lässt ein paar Sekunden verstreichen, bevor sie sich ihrer Assistentin zuwendet.

»Ist Ihnen mal aufgefallen, dass die meisten Wörter, die wir heutzutage verwenden, mit *Re-* anfangen? Reduzierung, Reformierung, Reprivatisierung …«

»Restrukturierung, Reorganisation, Regeneration …«

»Exakt«, stimmt sie lächelnd zu. »Reflation, Reaktivierung …«

Die beiden Frauen lachen. Die Sirene eines Krankenwagens zerreisst bis zu ihnen hinauf die Luft und lässt einen Taubenschwarm auffliegen, unterbricht ihr kleines Wortspiel. Allerdings hätte die Frage, die die Bienenkönigin beschäftigt, dem ohnehin gleich ein Ende gesetzt.

»Also, Mélanie?«

»Sie haben sich geeinigt. Die Option wäre für diesen Sommer, Juli.«

»Alle Zeichen stehen auf Grün?«

»Ja, Madame. Das wäre eine Chance für unseren TV-Bereich und …«

»Unsere Fernsehanstalten, Mélanie, wir haben doch unseren eigenen Begriff dafür.«

»Ja, Madame. Auch der ökologische Wandel könnte profitieren.«

»Noch was?«

»Es bleiben zwei Punkte, die Sie entscheiden müssen. Valéry Leroy möchte Sie *asap* treffen.«

»Der König der Löwen?«

»Zeit und Ort bestimmen Sie. Er hat Ihnen eine Frist von zweiundsiebzig Stunden gesetzt. Er will nur rechtzeitig Bescheid wissen, damit er seine Anreise aus Tokio planen kann.«

»Sonst?«

»Wird das Projekt mit privaten Partnern umgesetzt.«

»Ist das eine Drohung?«

»Dieses Treffen verpflichtet Sie zu nichts, es wäre nur Ihre Chance, ins Spiel zu kommen. Um anschliessend freies Spiel zu haben.«

»Finden Sie sich clever, Mélanie?«

»Verzeihung, Madame. Das Meeting war lang.«

»Ich stelle Ihnen jetzt eine letzte Frage, und Sie geben mir eine klare Antwort: Was ist meine Rolle bei der Sache?«

»Sie sind die Biene, die den Löwen sticht.«

Die Bienenkönigin kneift die Augen zusammen und blickt gen Horizont, auf die 543 940 Quadratkilometer, die ihr unterstehen.

»Sagen Sie Leroy, er soll die Triebwerke seiner Gulfstream starten.«

4. Hyänen

»Meinen Sie, man kann noch was retten?«, fragt Anna. »Den Grill zum Beispiel? Die Feuerwehr konnte ja doch …«

»Machen Sie Witze?«, unterbricht sie der Versicherungsagent. »Sie können froh sein, dass man Ihnen nicht noch die zweihundert Euro für den Transport zum Schrottplatz aufbrummt.«

Jérôme Mounir steht auf dem kleinen Schild auf seinem Schreibtisch. Breite Schultern, helle braune Augen, grosse, schlanke Hände. Dunkler Teint. Ein schöner Mann, noch keine dreissig. Es ist bescheuert, aber plötzlich fragt sich Anna, wann sie das letzte Mal mit jemandem geschlafen hat …

»Madame Loubère?«

»Ja?«

»Hören Sie mir zu?«

»Selbstverständlich, Verzeihung.«

»Ich sagte, laut Polizeibericht haben Sie nach Ihrem Unfall eine medizinische Untersuchung abgelehnt. Warum?«

»Mir … mir tat nur ein bisschen die Schulter weh, das ist schon fast weg. Ich habe nur einen blauen

Fleck, hier.« Anna zieht den Ärmel ihres T-Shirts hoch.

Jérôme Mounir hat schon den Blick gesenkt und studiert seine Akte.

»Der Alkoholtest war negativ, richtig?«

»Ich verstehe nicht ganz, warum Sie …«

»So sind die Vorschriften. Der Test war negativ, können Sie das bestätigen?«

»Ja.«

»Ich frage mich nur, warum Sie nicht auch den Speicheltest gemacht haben …«

»Speicheltest?«

»Auf Cannabis.«

Anna beschleicht eine ungute Ahnung. Aber das ist ein Verdacht, dem sie nicht weiter nachgehen will.

»Verstehen Sie«, fährt der Versicherungsagent fort, »ein abendlicher Unfall auf einer schnurgeraden und völlig trockenen Strasse, bei der Sichtweite, ohne Beteiligung anderer Fahrzeuge, da kommt die Frage auf, wie aufmerksam Sie waren …«

»Ein Wildschwein zählt da nichts?«, fragt Anna kühl.

»Ich mache nur meinen Job, Madame Loubère. Wissen Sie, es laufen einem so viele Betrüger über den Weg. Ich sage nur, dass Ihre Reaktionszeit abgesehen von der Müdigkeit auch durch die Einnahme eines Psychopharmakons beeinflusst worden sein kann. Bitte schildern Sie mir noch einmal Ihren Tag.«

Anna seufzt, ihr Unbehagen wächst, sie wiederholt, was sie schon der Polizei erzählt hat. Von ihrem Vormittag auf dem Dorfmarkt, der Mittagspause, wie sie anschliessend in eine Einfamilienhausgegend weitergezogen ist … »Da stehe ich normalerweise zwischen siebzehn und zwanzig Uhr, nur dass mir an dem Abend niemand was abgekauft hat.«

»Wie läuft Ihr Geschäft?«

»Mittelmässig. Eher schlecht.«

»Verstehe.«

Anna wiederum versteht nicht, nein. Sie will einfach nur beruhigt werden, aus keinem anderen Grund ist sie an diesem Montagmorgen hierhergekommen.

»Wann, denken Sie, bekomme ich mein Geld?«, fragt sie.

»Verzeihung?«

»Das Geld für meinen Wagen.«

»Für Ihren Wagen?«

»Sie sind doch Versicherungsagent?«

Jérôme Mounir kann sich ein herablassendes Lächeln nicht verkneifen. »Zunächst mal geht es darum, den Wert Ihres Fahrzeugs zu bestimmen. Ich werde Sie gleich bitten, einige dafür notwendige Dokumente auszufüllen. Aber rechnen Sie nicht mit einer centgenauen Erstattung des Schätzwerts, im Gegenteil.«

»Wie viel?«

»Oha! So weit sind wir noch lange nicht. Erst mal müssen wir Ihren Schuldanteil an dem Unfall ermitteln. Erst danach können wir erste Berechnungen anstellen. So oder so wird das seine Zeit dauern.«

»Sie denken, ich habe meinen Wagen abgefackelt, um die Versicherungssumme einzustreichen? Dass ich extra ein Wildschwein auf die Strasse gezaubert habe?«

»Nichts dergleichen will ich andeuten, auch wenn es nichts gibt, was es nicht gibt. Deswegen möchte ich Sie auch bitten, in einem Labor einen Urintest durchführen zu lassen.«

»Einen Urintest?«

»Damit wir feststellen können, ob Sie Cannabis konsumieren. Der Konsum bestimmter Substanzen, auch sogenannter ›weicher‹ Drogen, kann die Fahrtüchtigkeit für mehrere Stunden und sogar Tage beeinträchtigen. Und in Anbetracht der Unfallumstände besteht der begründete Verdacht für die Einnahme von Rauschmitteln.«

Jérôme Mounir ist ein schöner Mann, das ist Fakt. Aber hinter seiner attraktiven Fassade offenbart sich die ganze Hässlichkeit seines Charakters.

»Und das alles lesen Sie mir am Gesicht ab?«

»Madame Loubère, sollten Sie Cannabis oder auch irgendeine andere illegale Substanz konsumieren, ist es besser, wenn Sie mir das jetzt sagen, so sparen Sie sich die Laborkosten und den Papierkram. THC kann bis zu sieben Tage nach Einnahme nachgewiesen werden. Bei regelmässigem Konsum noch länger.«

Anna denkt an den Joint, den sie in der Nacht des Unfalls geraucht hat. Trotz ihrer Vorahnung in dem Moment hätte sie nie gedacht, dass die Sorgen so gross sein würden.

»Artikel 16, Absatz 3«, fährt der Agent fort, »besagt, im Falle eines begründeten Verdachts kann der Versicherer den Versicherten bitten, sich …«

»Soll das ein Scherz sein? Niemand liest sich den

ganzen Vertrag durch. Und wenn ich mich weigere? Ich kann mich doch auch weigern, oder?«

»In dem Fall fiele das in den Zuständigkeitsbereich unserer Rechtsabteilung. Das müssten Sie mit denen klären.«

»Hören Sie, Monsieur Mounir, ich war vollkommen klar im Kopf, nur ein bisschen müde vom Tag, und dann ist da dieses Wildschwein aufgetaucht, das war's. Nichts anderes ist passiert. Lassen Sie uns die Sache mit dem Test vergessen.«

»Wenn Sie sich nichts vorzuwerfen haben, verstehe ich nicht, wo das Problem liegt.«

»Und ein Leihwagen? Gehört der zu Ihren Leistungen? Ich komme von zu Hause nirgendwohin.«

»Madame Loubère, ich versuche, Ihnen …«

»Mir was von Urin zu erzählen, hab ich verstanden. Und was ist jetzt mit dem Leihwagen?«

»Ich … Der ist in Ihrem Tarif nicht vorgesehen, nein. Ihr Anspruch umfasst nur ein Minimum an Leistungen.«

»Was Sie nicht sagen. Was ist das genau für ein Test?«

»Na ja, ähm, der funktioniert wie ein Schwangerschaftstest. Wir könnten den sogar hier durchführen, das würde Sie fünf Minuten kosten, nur bräuchten wir dafür die Bestätigung durch ein Labor.«

»Stäbchen in Flüssigkeit?«

»Genau.« Schon hat er eine Hand am Telefon und trommelt mit den Fingern. »Ich mache für Sie einen Termin im Labor aus?«

Annas Blick versinkt in einer Erinnerung: der rosa

Doppelstreifen auf einem Clearblue-Test, die erste greifbare Spur von Léo.

»Also?«, fragt der Versicherungsagent.

Für einen Moment bleibt das Lächeln auf Annas Gesicht, flüchtiges Aufleuchten eines Wunschkinds mit dem Mann, den sie liebte. Jetzt sieht sie Jérôme Mounir an.

Anna gibt sich einen Ruck. »Hören Sie, ab und zu rauche ich was. Aber nie, wenn ich arbeite, nie, wenn ich Auto fahre, ich bin doch nicht bescheuert. Bitte, lassen Sie uns die Sache vergessen. Wenn ich den Test mache, habe ich keine Chance, verstehen Sie?«

Jérôme Mounir zögert, Anna nutzt den Moment: »Haben Sie Kinder, Monsieur?«

»Ja, ich ... Zwei ... Ein Mädchen, ein Junge.«

»Ich habe einen dreizehnjährigen Sohn. Ich brauche einen neuen Wagen.«

Verlegen schaut der Agent auf seine Dokumente. Man könnte meinen, er sucht Mut zu fassen; er entscheidet sich für die Flucht. Als er den Kopf hebt, ist sein Blick leer.

»Wenn ich das durchgehen lasse, stehe am Ende ich dafür gerade. Und zwar nur ich. Ich kann das nicht, ich kann das wirklich nicht, mir sind die Hände gebunden, verstehen Sie?«

Sind wir an diesem Punkt angekommen?

Wir sind an diesem Punkt angekommen.

Wann genau hat das angefangen? Wann ist die Welt auf Kosten ihrer Menschen so kompliziert geworden? Seit wann wiegen Vorschriften und Bürokratie schwerer als der gesunde Menschenverstand?

Niemand ist verantwortlich, niemand kann etwas ausrichten.

Anna steht auf. Ihr Stuhl quietscht über das Linoleum.

Was bleibt dir noch, Anna?

Derbheit, Wut.

»Schieben Sie sich Ihr Teststäbchen in den Arsch, Jérôme.«

*

Draussen zieht sich Anna die Kapuze ihrer Armeejacke über den Kopf. Jetzt fängt es auch noch an zu regnen. Natürlich hätte sie sich beherrschen, erst nachdenken müssen, anstatt ihren Gefühlen nachzugeben. Jetzt ist alles vorbei, hoffnungslos.

Gedankenverloren hat sie, ohne es zu merken, den Park durchquert und ist im Behördenviertel angekommen. Während sie auf die Präfektur zusteuert, bemerkt sie die Bereitschaftspolizei auf der Strasse. Gellende Sirenen. Ein Tumult rollt auf sie zu, der Beton um sie herum macht alles lauter.

Anna möchte einfach nur in das Gebäude gehen, eine Nummer ziehen und warten, bis man sie aufruft, damit sie ihre Papiere neu beantragen kann. Aber hinter der Schiebetür gibt ihr eine Frau mittleren Alters hektische Zeichen, es sei geschlossen, dann verschwindet sie in den Tiefen der Eingangshalle.

Anna dreht sich um, begreift, aber zu spät. Von der einen Seite strömen Hunderte Demonstranten heran, auf der anderen geht im Laufschritt ein doppelter Polizeikordon in Position.

Den Einsatzkräften wird ein erster Molotowcocktail entgegengeschleudert, die Flasche zerspringt etwa zehn Meter vor ihr und setzt die Fahrbahn in Brand. Anna weicht zurück, sucht nach einem Ausweg. Eine Batterie von Tränengasgranaten fliegt in Richtung der Demonstranten, die strömen auseinander, bevor sie sich auf dem plötzlich zum Kriegsgebiet gewordenen Gehweg wieder neu gruppieren.

Wohin jetzt?

Auf welche Seite schlägst du dich, Anna?

Die Umstände lassen ihr keine Wahl. In ihrer Armeejacke den Polizisten entgegenzurennen wäre eine Kampfansage. Sie gehört zu keiner Seite, aber noch am wenigsten zu der. Anna lässt sich von der lärmenden Meute verschlucken, die zerschlägt, zerschmettert, zertritt: Autos, Scheiben, Roller, alles, was ihr unterkommt. Anna schiebt sich an den Hauswänden entlang, bahnt sich gegen den Strom ihren Weg, zieht sich den Kragen ihres T-Shirts über Mund und Nase, um das Tränengas nicht einzuatmen. Sie tappt durch den Nebel, wird fast von einer Gruppe blindlings voranstürmender Kapuzenträger umgerannt, ein Stoss mit der Schulter schleudert sie gegen die Hauswand, stechender Schmerz in der Hüfte, sie reisst sich zusammen, geht weiter. Es wird geschrien, gegrölt und beleidigt, aber es lässt sich kein Slogan heraushören, auch kein Transparent irgendeiner Gewerkschaft ist zu sehen. Die Horde besteht aus Assis im Trainingsanzug, die ihre Gesichter mit Schals vermummen, und schwarzgekleideten Kerlen mit Bomberjacke und Sturmhaube. Sie sind mit Baseballschlägern, Brecheisen, Steinschleudern und Boulekugeln bewaffnet. Schwarzer Block, Jugendliche aus Hochhaussiedlungen, Typen, die am Rande von Demonstrationen plündern und randalieren. Der Mob schlägt das Schaufenster eines Handyladens ein und ergiesst sich in das Geschäft, die Leute raffen alles, was sie können. Anna zögert, sie denkt an ihr Handy, das sie bei dem Unfall verloren hat. Dann betritt auch sie den Laden und greift wahllos zwei Smartphones. Ein Kerl mit Dalí-Maske à la *Haus des Geldes* bleibt stehen und beobachtet sie. Sie spürt seinen Blick, zwei starrende Glasmurmeln. Plötzlich fällt Anna auf, dass sie die einzige Frau unter den Randalierern ist, und sofort wächst ihre Beklommenheit, es meldet sich die Angst vor Männern, vor Horden. Anna steckt die Handys ein und macht sich aus dem Staub.

Und Anna rennt. Bahnt sich einen Weg durch das Geschrei, Sirenengeheul, das wüste Durcheinander, das keiner Revolution entspringt, sondern höchstens dem Aufscheinen, den Zuckungen einer Menschheit, die für nichts anderes kämpft als für ein iPhone und den eigenen Instagram-Account.

*

Und du, Léo? Wie schlägst du dich in der Zwischenzeit? Der in Flammen aufgegangene Wagen, deine Mutter, die dir heute früh versichert hat, sie werde alles in Ordnung bringen. Aber ihr Blick konnte dich nicht täuschen, du hast ihre Not gespürt.

Heute wiegt das Leben schwer, Léo. Wenn dein Vater da wäre, würdest du dich stärker fühlen, dann wäre alles leichter. Aber er ist nur ein Schatten auf vergilbten Fotos. Es gibt nur noch euch beide, Mutter und Sohn oder andersrum, manchmal fragst du dich, wer von euch den anderen mehr braucht. Es hat immer nur euch beide gegeben.

In der Schule hat sich der Tag von Stunde zu Stunde dahingeschleppt. Hat sich die Langeweile über die Sorge geschoben. Und jetzt schliessen sich die Türen des Busses hinter einem letzten Fahrgast. Zeit für den Nachhauseweg, für dieselbe Strecke rückwärts, der Tag neigt sich dem Ende zu. Aber noch nicht gleich, noch nicht ganz.

Kevin geht zwischen den Sitzen durch den Gang und bemerkt Léo, der ganz hinten sitzt, auch wenn der versucht, sich möglichst kleinzumachen. Léo tut so, als würde er die regendurchtränkte Landschaft aus Reihenhäusern und Gewerbegebieten mit Fertigbau-Lagerhallen betrachten. In Wirklichkeit kann er sich weder in Luft auflösen noch das Weite suchen.

Sobald sich der kleine Gangsterboss nähert, stehen die beiden Schüler neben Léo auf und geben ihre Plätze frei. Kevin ist allein, ohne seinen Trupp, aber das Leben ist trotzdem ein Kreuz, das Leben macht manchmal Angst.

»Da ist ja unser kleiner Surfer«, sagt Kevin und quetscht Léo gnadenlos gegen die Scheibe.

Er wirkt zufrieden, geradezu erfreut, Léo wie ein Häufchen Elend vorzufinden. Ein dröger Tag hat endlich seine Bestimmung gefunden: Kevin ist auf dieser Erde, um Léo Loubère zu schikanieren.

Er legt ihm den Arm um die Schultern. Mehrere der anderen Schüler drehen sich um, knien auf ihren Sitzen oder stehen im Gang und beobachten die beiden.

»Léo ist mein kleiner Freund«, erklärt er ihnen grinsend. Er tut so, als würde er sich umsehen. »Ist deine Schwester heute gar nicht da?«

Léo versucht, sich zu befreien, aber Kevin ist kräftiger als er, drückt ihm das Schlüsselbein ab, entringt ihm ein schmerzverzerrtes Gesicht. Mit Mühe presst Léo hervor: »Das ist meine Mutter.« Er weiss nicht, warum er das sagt, es ist idiotisch, das stachelt Kevin nur an, vulgär zu werden.

»Deine Mutter ist auf jeden Fall heiss, meinst du, sie würde mir und den Kumpels mal einen blasen?«

Léo stösst ihm den Ellenbogen in den Bauch, aber es ist, als würde er gegen ein Holzbrett schlagen. Kevin nimmt Léo noch mehr in den Schwitzkasten, klemmt ihm die Luft ab, erstaunlich, wie viel Kraft er hat. Der Trottel muss ziemlich viel Zeit damit verbringen, auf seinem Brett zu paddeln.

»Hör mal gut zu, du kleiner surfender Wichser. Du hast Glück, dass ich wegen dem Regen gut gelaunt bin … Ich werde dir also nicht *richtig* weh tun, sondern nur ein bisschen, kapiert? Hast du Kohle? *Hast du Kohle?*«, fragt er und schnürt Léo noch mehr den Hals ab.

So gut er kann, fingert Léo einen Schein aus seiner Hosentasche.

»Was ist da los?«, brüllt plötzlich der Busfahrer. Ein Teil seines aufgedunsenen Gesichts wird vorne im Rückspiegel sichtbar. »Setzt euch gefälligst hin!«

Die Schüler gehorchen.

»Larrieu!«, schreit der Fahrer noch, als er sieht, wie Kevin Léo im Schwitzkasten hält. »Wenn du in meinem Bus Scheisse baust, fliegst du mit einem Arschtritt raus!«

»Es ist alles in Ordnung«, entgegnet Kevin, »ich unterhalte mich mit meinem Freund.«

»Larrieu, du setzt dich jetzt hierher, sonst gehst du zu Fuss nach Hause, das schwöre ich dir!«

Kevin löst seinen Griff, Léo hustet. »Bis später, mein kleiner Mamasurfer.«

Léo ringt nach Luft, während Kevin nach vorne geht und den Zehner einsteckt.

»Was glotzt ihr so?«, blafft er die anderen an.

Sofort wenden alle den Blick ab.

Kevin lässt sich Zeit. Der Fahrer wartet, bis der Halbstarke sich hingesetzt hat, dann fährt er weiter.

Es braucht wenig.

Nur ein Element, um allen auf den Sack zu gehen.

*

Léo erreicht den Bungalow, seine Mutter bäckt Crêpes und trinkt ein Bier. Eine Zigarette glimmt im Aschenbecher. Die Terrassentür steht offen, die Tropfen prasseln auf das Plastikdach über der Veranda. Trotz des Regens bleiben die Temperaturen mild. Léo ist durchnässt, Anna gibt ihm einen Kuss auf die feuchte Wange.

»Ich habe Cola gekauft«, verkündet sie.

Léos Gesicht hellt sich auf. »Bekommst du das Geld von der Versicherung?«

»Das ist auf gutem Weg«, antwortet Anna. Sie greift nach der Zigarette im Aschenbecher, senkt die Lider, um Léos Blick nicht erwidern zu müssen. »Na los, beeil dich mit den Hausaufgaben, ich habe Hunger!«

»Wenn's auch Nutella gibt, bin ich dabei.«

Léo spielt das Spiel der vorgetäuschten guten Laune mit und geht in sein Zimmer, in dem er sich manchmal stösst, weil es so winzig ist. Anna wendet die Crêpe in der Pfanne. Ihre brennenden Augen sind noch rot vom Tränengas. Sie legt die letzte Crêpe auf den Teller mit den anderen, schaltet den Herd aus und stapelt die schmutzigen Küchenutensilien in der Spüle. Sie zieht sich ihre Jacke über, nimmt die kleine Büchse aus dem Schrank und ruft in den Raum: »Léo? Ich gehe zum Campingkiosk.«

Sie rennt fast aus der Tür, ohne Kopfbedeckung im feinen Regen.

Anna braucht einen Aufschub, bevor sie sich dem Abend stellen kann.

Anna erstickt.

Die Bäume eines Waldes können die Beklemmung manchmal leichter machen. Der Duft der Nadelbäume beruhigt, ihr Harzaroma mischt sich mit dem Cannabis; davon kommt Anna noch nicht los, sie zieht an ihrem Joint wie ein Teenager, findet kein besseres Mittel, um die Wirklichkeit erträglicher zu machen, um so tun zu können, als wäre alles in Ordnung.

Eine halbe Stunde später kommt sie zurück, Léo hat den Tisch gedeckt, alles für die Crêpes bereitgestellt, Schinken, Käse, Nutella, er liest ein Buch, das er aus der Schulbibliothek ausgeliehen hat. Der tragbare Fernseher läuft, in den Nachrichten werden Bilder der Zusammenstösse zwischen Polizei und Demonstranten am Rand des Gewerkschaftsprotests gezeigt. Eilig schaltet Anna ab.

»Entweder du liest oder du guckst Fernsehen.«

»Ich kann beides gleichzeitig. Hast du eigentlich die Demo gesehen? Die haben anscheinend die Präfektur zerlegt.«

»Ich konnte nicht mehr hin, war alles abgesperrt.«

»Zum Glück, dir hätte was passieren können.«

»Deine Hausaufgaben?«, fragt seine Mutter und zieht die vom Regen schwere Jacke aus.

»Ich muss noch zwei Kapitel lesen …«

»Zeig mal.«

Léo dreht ihr den Buchdeckel hin: *Viper im Würgegriff.*

(Grossmutter starb. Meine Mutter erschien. Und die Geschichte wird Drama.)

»Das lest ihr noch?«, fragt Anna erstaunt. »Wenn das nicht dasselbe Exemplar ist, das ich damals hatte … Gut, ich gehe mich abtrocknen, und dann komme ich.«

In dem kleinen Bad wringt sie ihre Haare mit einem Handtuch aus. Sie wäscht sich die Hände, putzt sich die Zähne. Sie weiss, Léo wird der Grasgeruch nicht entgehen, aber er wird nichts sagen.

Léo legt sein Buch weg und holt die Crêpes, die er in der Mikrowelle noch mal warm gemacht hat.

»Was hast du da am Hals?«, fragt Anna, als sie den roten Striemen seht, der ihm vom Ohr bis zum Adamsapfel reicht.

»Nichts. Ist beim Fussball passiert, Sportunterricht.«

»Seit wann spielst du Fussball?«

Léo zuckt mit den Schultern. »Kommst du essen, Maman?«

Anna nimmt sich ein zweites Bier aus dem Kühlschrank und setzt sich Léo gegenüber. Der Joint hat sie entspannt und ihren Appetit angeregt.

»Und, was hat die Versicherung gesagt?«, fragt Léo.

»Ich muss noch einen Haufen Papierkram ausfüllen, Dokumente unterschreiben, und dann geht alles seinen Gang …«

Anna wischt sich die Hände an der Papierserviette ab.

»Ich habe eine Überraschung. Mach mal die Augen zu.«

Léo hört auf zu essen. »Was?«

»Mach die Augen zu, habe ich gesagt.«

Als er sie wieder öffnet, liegen zwei Smartphones auf seiner Serviette.

»Such dir eins aus.«

»Aber … du bist doch verrückt!«

»Ich habe meins beim Unfall verloren. Und ich dachte, du bist jetzt alt genug für dein eigenes. Das ist was anderes als dein altes Nokia!«

»Ja, klar, aber … das ist zu viel, Maman.«

»Das wird uns beiden das Leben erleichtern.«

Léo betrachtet die beiden Geräte, dann seine lächelnde Mutter. »Wo hast du das Geld dafür her? Und wo sind die Schachteln?«

»Welche Schachteln?«

»Na, von den Handys. Mit der Bedienungsanleitung, dem Ladekabel, die Schachteln eben …«

»Ein Kunde hat die mir verkauft, die sind gebraucht. Er hat ein Handygeschäft, das sind Ausstellungsstücke.«

»So gute Teile? Echt?«

»Ich werde für uns zwei Verträge abschliessen. Und die Ladekabel besorgen … Ist alles okay, Léo, freust du dich gar nicht?«

Der Junge legt seine Gabel zur Seite. »Weisst du, Maman, das wäre nicht nötig gewesen …«

»So weiss ich immer, wo du bist.«

»Mach dir um mich keine Sorgen.«

»Natürlich mache ich mir Sorgen, wie sollte ich auch nicht.«

»Bei mir ist alles okay, wirklich. Ich brauche kein Handy. Ich will, dass es dir gutgeht, ohne dass du heimlich einen durchziehen musst.«

Anna schiebt ihren Teller weg, setzt sich gerade hin. Sie weiss nicht, was sie antworten soll, es ist schrecklich, sie weiss einfach nicht, was sie ihm sagen soll.

Dann stellt Léo ihr eine so einfache wie unerträgliche Frage. »Was wünschst du dir, Maman?«

Sie hebt den Blick und sieht ihn an.

»Was wünschst du dir für dich im Leben?«

Léo hat die schwarzen Augen und die matte Haut seines Vaters. Wenn man ihm eine Kapuze überziehen und er auf die Erde spucken würde, könnte man ihn für einen dieser Hooligans halten. In Wirklichkeit ist er das sanfteste Kind der Welt, ohne einen Hauch von Bosheit in sich. Bei Surfwettbewerben muss sie ihm zureden, so wenig liegt ihm Konkurrenzdenken. Und dieser Junge ist ihr Sohn. Und ihr Sohn fragt sie, warum sie so oft angespannt ist, warum sich ihr bittere Falten um die Mundwinkel graben. Warum sie sich nicht rückhaltlos ins Leben stürzen kann, wie wenn man sein Brett unter dem Arm trägt, die Füsse sich in den Sand graben, und am Horizont nur Unendlichkeit.

Es ist nicht die beste Antwort, aber die einzige, die sie ihm geben kann – eine ehrliche.

»Ich habe alles verloren. Meinen Wagen, mein Geschäft. Alles. Und die beiden Handys, Léo, die habe ich geklaut.«

5. Der König der Löwen

Valéry Leroy hat keinen Hals.

Sein Kopf ist eins mit seinem Rumpf. Einen leichten Buckel hat er auch. Leroy misst eins neunundfünfzig. Manche nennen ihn den »Gnom«.

Ein Fehler.

Valéry Leroy ist ein Killer.

Deswegen trägt er in der Businesswelt auch den Beinamen »der König der Löwen«.

Und damit kann er leben. Das gefällt ihm. Auch wenn er sich auf die Zehenspitzen stellen muss, um den Genfer Hafen vom *rooftop* des Hotels Métropole erspähen zu können.

Niemandem, der ihn kennt, würde der Gedanke kommen, darüber zu lachen: Generaldirektor und Verwaltungsratspräsident von Renault-Nissan-Mitsubishi. 2,95 Millionen verkaufte Fahrzeuge allein im letzten Jahr, 57,5 Milliarden Umsatz. Weltweit 170 000 Mitarbeiter.

Kill me please.

Auge in Auge mit ihm – oder eher: neben ihm, während er die Fontäne mit ihrem Federschweif aus schwebenden Tröpfchen betrachtet – die Bienenkönigin, an der Spitze eines Staats mit 67,39 Millionen Einwohnern.

Wer hat die Macht?

Das werden wir gleich sehen.

Die oberste Etage wurde gesichert. Leibwächter sind im Hotel verteilt. Der König der Löwen und die Bienenkönigin sind unter grösstmöglicher Diskretion hier eingetroffen. Dunkle Limousinen mit getönten Scheiben. Später werden beide unerkannt zu ihrem Tagwerk zurückkehren. Die, die bei diesem Treffen alles zu verlieren hat, kennen wir bereits. Und schon steht es eins zu null im Spiel um die Macht.

»Genf ist perfekt«, sagt der König der Löwen mit sanfter Stimme. »Ausgezeichnete Wahl. Hätte ich genauso entschieden. Unsere erste Übereinstimmung.«

Die Bienenkönigin antwortet nicht. Der Maître d'Hôtel lädt sie nach drinnen ein und bietet ihnen einen Aperitif an, aber beide beschränken sich auf ein Glas Perrier.

Zweite und letzte Übereinstimmung.

Man lässt sie auf den eigens reservierten dreihundertfünfzig Quadratmetern allein. Kein unerwünschtes Ohr hört mit. Die Bienenkönigin hatte sogar eine umfassende Durchsuchung durch zwei Sicherheitsbeamte angeordnet, keine Mikros, kein Blumentopf auf dem Tisch.

Glatt.

Bereinigt.

Der König der Löwen kommt ohne Umschweife zur Sache: »Ich will Zugang zu Ihren Medien, zu allen öffentlichen Sendern. Fernsehen, Radio, auch zu den Websites. Damit meine ich Slots zur Hauptsendezeit und Werbung. Ausserdem will ich Unterstützung durch die Zeitungen.«

Die Bienenkönigin würde ihn gern von oben herab anschauen, ihn einen Wicht nennen, nur ist sie diejenige, die sich hässlich fühlt, wie eine abgehalfterte Prostituierte, die einem spätnachts noch einen guten Preis macht. Sie muss gar nicht nach dem Warum fragen, die Antwort kommt wie durch Telepathie.

»Die Show muss unserer Marke neuen Aufschwung geben«, fährt der König der Löwen fort. »Unser Umsatz ist im letzten Jahr um siebenundzwanzig Prozent zurückgegangen. Und die Aussichten fürs zweite Quartal sind nicht rosig, die Zahlen fallen weiter. Wir müssen den Binnenmarkt zurückerobern, und die Seele des Landes, das sind nicht die grossen Städte, das ist der ländliche Raum, die vernachlässigten Unterzentren, Dörfer, kleinere Siedlungsgebiete.«

»Das ist Ihre neue Strategie?«

»Und da kommen Sie ins Spiel. Um das zu erreichen, brauchen wir einen Kapillareffekt, die Vertrauenswürdigkeit Ihrer öffentlichen Sender, nur so dringen wir in diese Gebiete vor … Ihre Nachrichtensprecherin, die Hübsche da …«

»Marie-Ève Langhieri …«

»Exakt, ihre Augen, ihr Mund, die Art, wie sie die Zuschauer ansieht … Diese *Nahbarkeit,* verstehen Sie? Wir brauchen diese Nahbarkeit.«

»Daher die Idee für dieses groteske Spiel.«

»Sie täuschen sich: für das genialste Spiel überhaupt, so offen für alle, wie es nur geht. Der Inbegriff von Gleichheit.«

»Aber nicht von Brüderlichkeit.«

»Wen schert's.«

»Mich.«

»Natürlich.«

Der König der Löwen lächelt. Die Bienenkönigin nicht.

»Die Wahl ist auf den Alaskan Diesel Ice Edition gefallen, das Spitzenmodell unserer Pick-ups. Er soll dem Amarok von Volkswagen Konkurrenz machen, da sind wir, wenn Sie das Wortspiel erlauben, noch nicht auf der Überholspur angelangt …«

Die zweifach verglasten Fenster dämpfen den Verkehrslärm. Das Restaurant wirkt trotz der eleganten Einrichtung plötzlich trostlos. Am liebsten würde die Bienenkönigin weinen. Bietet ihm noch einen Moment die Stirn, auch wenn es wenig nützt.

»Der ökologische Wandel war der Aufhänger meines Wahlkampfs, und Sie wollen von mir, dass ich einen Wettbewerb unterstütze, bei dem es eine klimaschädliche Dreckschleuder zu gewinnen gibt, verstehe ich das richtig?«

»Vollkommen richtig, ja.«

»Und ein elektrisches Modell ist Ihnen nicht in den Sinn gekommen?«

»Sehen Sie wirklich einen Mindestlohnempfänger sein Auto an die Steckdose seiner Dreizimmerwohnung hängen?«

»Wir haben über die nächsten zehn Jahre einen Ausbau des Ladesäulennetzes vorgesehen.«

»Zehn Jahre! Die Krise ist jetzt. Die neuen Bohrtechnologien liefern uns noch Erdöl für ein gutes Jahrhundert. Technologien, die Sie finanzieren, soweit ich weiss.«

»Ich muss die Programme für fossile Energien, die meine Vorgänger durchgewinkt haben, noch zum Abschluss bringen, das ist nicht meine Entscheidung.«

»Und ich sage Ihnen, es gibt genug Platz für alle. Sie kümmern sich um Ihre Wohlstandsbürger und ich mich um meine Proleten. Wen kümmert's, ob uns irgendeine gesellschaftliche Randgruppe für böse Klimasünder hält. Es geht darum, unserem Unternehmen zu neuem Ansehen zu verhelfen, ein Gefühl von Heimatverbundenheit zu wecken. Nationalstolz durch eine Marke, die für eine Produktionssteigerung und neue Arbeitsplätze stehen kann … Ich muss Ihnen nicht ausbuchstabieren, was Ihnen das bringen könnte. Das ist eine Win-win-Situation, das heisst, wir profitieren beide.«

»Ich spreche Englisch, danke.«

»Also?«

Die Bienenkönigin hält seinem Blick stand. »Sie sind zwölftausend Kilometer geflogen, um mir zu sagen, dass ich keine Wahl habe? Das gibt keine gute CO_2-Bilanz.«

Der König der Löwen seufzt und legt beide Hände – die überraschend gross sind für seine winzige Statur – auf die tadellosen Falten seiner Hose. Es scheint ihm wirklich, ja wirklich leidzutun, dass es nun so weit kommen muss.

Seine Stimme wird noch sanfter: »Wir beschäftigen in diesem Land 47978 Arbeitnehmer. Es reicht, die Hälfte dieser Stellen ins Ausland zu verlagern. Sind Sie bereit, 25000 Arbeitslose auf Ihre Kappe zu nehmen? Was wollen Sie deren Familien sagen? Wollen Sie denen was von Energiewende und Lastenfahrrädern erzählen?«

Die Bienenkönigin tut so, als dächte sie nach. In Wirklichkeit zögert sie nur das Unausweichliche hinaus: »Wir werden nicht zusammen Mittag essen, Monsieur Leroy.«

»Ist das Ihr letztes Wort?«

»Wir unterstützen Sie, aber nicht offiziell.«

»Halleluja.«

»Ich will ein Vetorecht, was die Kandidaten angeht.«

»Das ist alles?«

»Das ist wohl alles, was mir bleibt, oder? Ich will es von Ihnen hören, Monsieur Leroy.«

»Ja.«

»Ja, wie?«

»Ja, Madame la Présidente. Das ist alles, was Ihnen bleibt.«

Man nimmt jeden Sieg, den man kriegen kann.

Ausserdem muss man weiterdenken.

Und genau das tut die Bienenkönigin.

6. Die Unzertrennlichen

Auf die Landschaft des Gewerbegebiets am Rande der Umgehungsstrasse geht ein Sprühregen nieder, als wäre Herbst und nicht Frühling. Leuchtreklamen, Lagerhallen, Parkplätze, Kreisverkehre. So viele Wegweiser wie Geschäfte. Darty, La Halle aux Chaussures, GiFi, Carrefour, Leroy Merlin, Flunch ... Blechbauten, deren Fertigbauweise zum Emblem der immer neuen Sehnsüchte wird. Und zwischen zwei Zäunen die Fahrzeugflotte eines Gebrauchtwagenhändlers. Die Preise sind mit weissem Marker auf die Windschutzscheiben geschrieben, Anna rechnet, und jedes Mal kommt sie zum selben Ergebnis, wie eine immer neue Kerbe in ihrem Pech.

Mit hochgeschlagener Kapuze und den Händen in den Taschen, eingemummt in ihre Jacke, schreitet sie über den schlammigen Parkplatz, umrundet die Pfützen. Jede dieser Zahlen steht für den Abgrund, der sich zwischen ihr und der Wirklichkeit auftut, für alles, was sie sich nicht leisten kann. Vor allem als sie vor dem Grillwagen stehen bleibt, der in schlechterem Zustand als ihr alter ist und weitaus mehr kostet, als er sollte.

»Guten Tag, Sie hatten angerufen?«

Anna hat den Mann nicht kommen hören. Da sind die Windböen, der Lärm des Regens auf ihrer Kapuze. Sie dreht sich um, und er sieht so aus, wie seine Stimme klingt: schmächtig, gelblicher Teint unter einem riesigen lila Schirm, *Richard Gebrauchtwagen* ist darauf zu lesen. »Nicht der beste Tag für eine Probefahrt, oder?«

Anna weiss sofort, die Sache ist gelaufen, sie wird den Kerl nicht überreden können, mit dem Preis runterzugehen und sich auf Ratenzahlung einzulassen. Das sagt ihr der fehlende Schimmer in seinen Augen, die Gleichgültigkeit, die von ihm ausgeht, keine Anziehung, keine Empathie. Nichts, wo sie den Hebel ansetzen könnte.

»Darf ich einsteigen?«

»Er ist offen, nur zu.«

Anna klettert in das Fahrerhaus des Fiat Ducato. Geruch nach Bratfett und Schimmel, die beigefarbenen Stoffsitze mit dunklen Flecken übersät. Sie schliesst die Tür, um nicht noch nasser zu werden, schnallt sich nicht an, für sie geht es nirgendwohin. Der Kilometerzähler steht auf 105 000, sie weiss, die Zahl ist frisiert, der Wagen kommt bestimmt auf das Doppelte, sie brauchte nur den Motor hören, um sich eine ungefähre Vorstellung zu machen. Sie hatte bei einem Floristen gearbeitet, dann bei Auchan an der Kasse gesessen, aber wenn sie mit ihren Hähnchen unterwegs war, fühlte sie sich fast frei. Ein Komboloi hängt am Rückspiegel, Anna tastet über die kleinen Holzperlen, starrt auf die Motorhauben der vom Regen auf der Windschutzscheibe verzerrten, unbeweglichen Autos und diese spiegelverkehrte Zahl: 000 8I.

Anna steigt aus dem Wagen, setzt vorsichtig ihren Fuss ab, damit der Matsch nicht ihre Hose vollspritzt.

»Welches Baujahr?«

»2009. Der Vorbesitzer war Grieche«, sagt der Händler. »Hat Kebab und Pita verkauft.«

»Kann ich noch den Rest sehen?«

»Natürlich. Halten Sie bitte mal kurz.«

Anna nimmt den nassen Griff des Schirms. Der Verkäufer öffnet die quietschende horizontale Seitenklappe und stellt sie mit einem Stab fest. Jetzt stehen sie beide vorm Regen geschützt unter dem Vordach.

»Kleine Kühlkammer, hitzebeständige Edelstahlverkleidung, Dunstabzug, Boden aus Giessharz, Spiessgrill für Kebab und Hähnchen …«

Anna tritt näher heran und schaltet ihre Handytaschenlampe ein, um besser sehen zu können. Alles ist alt, fettig, vom Rost angegriffen. Was ihr der Händler vorbetet, hat nichts mit dem zu tun, was sie sieht. Sie schaltet ihre Lampe aus und lässt es trotz allem auf einen Versuch ankommen, es wäre idiotisch, es nicht zu tun: »Zehntausend, zahlbar in vier Raten.«

»Machen Sie Witze?«

»Ein besseres Angebot kriegen Sie nicht.«

»Das entscheide immer noch ich.«

»Bei dem Baujahr werde ich Keilriemen, Blattfedern und die gesamte Elektrik auswechseln müssen, die hat sicher schon einiges mitgemacht.«

Der Typ grinst, sein Gesicht wird knittrig, wie Plastik, das man zusammenknüllt, damit es weniger Platz in der Tonne einnimmt. »Fünfzehntausend in zwei Raten.«

»Ich kann nicht mehr zahlen, als ich Ihnen geboten habe.«

»Dann verschwenden Sie meine Zeit«, entgegnet der Händler und wird wieder ernst.

Anna zuckt mit den Schultern, gibt ihm seinen Schirm zurück, wischt sich die Hand an ihrer Jacke ab und geht.

»Warten Sie!«, brüllt ihr der Verkäufer hinterher. »Ich hab Sie aus dem Bus aussteigen sehen.«

Sie zählt bis drei, dann dreht Anna sich um.

»Für tausend kann ich Ihnen was verkaufen. Kommen Sie mit, dann können Sie es sich überlegen.«

Anna zögert.

»Ich wirke vielleicht so«, fährt der Typ fort, »aber ich bin kein ganz mieser Kerl. Wissen Sie, wie man mich früher genannt hat?«

»Wie denn?«

»Richard, Gebrauchtwagen mit Herz.«

*

Am Nachmittag kommt Anna nach Hause. Unter dem Dach, unter dem sie sonst ihren Grillwagen abstellt, parkt sie einen Renault Clio, Baujahr 1995, mit abgeblättertem grünem Lack. Sie stellt den Motor aus, hält die Luft an. Erst verliert sie ihren Job, jetzt steht sie kurz davor, auch noch ihren Bungalow zu verlieren und mit Léo in einer Einzimmerwohnung an der Umgehungsstrasse zu landen. Danach ginge es nur noch bergab, im freien Fall, dem Unglück entgegen.

Sie hatte ein Leben. Auf wackeligen Füssen, einfach, aber ein Leben mit einer Arbeit und einem Gleichgewicht.

Anna zieht die Handbremse an, umklammert das Lenkrad. Was gestern galt, gilt heute nicht mehr. Es geht gar nicht mehr darum, sich eine Zukunft auszumalen, sondern darum, das wenige nicht zu verlieren, was sie sich erkämpfen konnte. Jetzt braucht es Kraft, Mut, Ausdauer, Hartnäckigkeit. Sie ringt nach Luft, Herzflattern. Über zwei Millionen Frauen sterben jedes Jahr an Herz-Kreislauf-Erkrankungen, der häufigsten Todesursache im Land. Anna nimmt sich zusammen und atmet langsam ein. Der Regen prasselt aufs Dach, sie konzentriert sich auf sein Trommeln. Ein Rotschwänzchen landet auf einem der Scheibenwischer, Anna verharrt regungslos und zählt bis zehn, dann fliegt der Vogel wieder auf.

Jemand klopft gegen die Scheibe, Anna zuckt zusammen. Sie atmet auf, als sie die Umrisse der Finchers erkennt, beide in durchsichtige Plastikponchos gehüllt. Madame Fincher hält eine mit Alufolie abgedeckte Kuchenform in den Händen, und Anna ahnt, warum sie hier sind.

Sie sammelt sich, steigt aus dem Auto.

»Wir haben Ihnen was mitgebracht«, sagt Madame Fincher.

»Einen Karottenkuchen«, ergänzt Monsieur Fincher.

»Jacob! Das sollte eine Überraschung sein!«

»Was ist denn mit Ihrem Garten passiert?«, fragt Monsieur Fincher, als er die Erdhaufen sieht. »Haben

Sie Wühlmäuse? Sie können uns immer um Rat fragen, hören Sie? Sie müssen nur Holunder oder Rizinus pflanzen, und …«

»Léo hat uns von Ihrem Unfall erzählt«, unterbricht ihn seine Frau, »dass Sie den Wagen verloren haben und so weiter …«

»Margaret!«, rügt sie Monsieur Fincher.

»Du hast ja recht, Jacob. Ich rede zu viel, ich weiss, hier, für Sie …«

Anna nimmt den Kuchen. Solange sie sie kennt, hat sie die Finchers immer nur zu zweit gesehen, ob sie irgendwohin müssen, im Garten arbeiten oder auf ihrer Veranda sitzen. Wohin der eine geht, geht der andere. Beide über fünfundsiebzig, lange graue Pferdeschwänze. Sie rauchen Beedies und verehren immer noch Simon & Garfunkel. Ihre Haut ist das ganze Jahr über sonnengebräunt, ihre drei Kinder sind auf drei Kontinente verteilt und arbeiten in Berufen, die ihre Eltern nicht verstehen. Und weil die beiden Engländer sind, wie man an ihrem nie abgelegten Akzent erkennt, schlägt Anna vor: »Wie wär's mit einem Tee?«

»Und einem kleinen Joint?«, ergänzt Margaret.

Sie sind wie ein Running Gag, den man immer wieder gerne hört, und Anna schenkt ihnen aus tiefstem Herzen ein Lächeln.

7. Lasttiere

»Maman, komm schnell!«

Mit ihrer Zahnbürste in der Hand tritt Anna aus dem Bad. Zerzauste Haare, verquollenes Gesicht, Spuren einer schwierigen Nacht, in der der Schlaf sein Versteckspiel mit ihr getrieben hat.

»Hör mal!«

Verwirrt blickt sie in Richtung des ausgeschalteten Fernsehers.

»Was ...?«

»Pscht!«

Der Ton kommt aus dem Transistorradio, das auf dem Kühlschrank steht: die Stimme eines Schauspielers, ein Werbespot auf einem landesweiten Sender. Eine lärmende Menge, Motorengeräusch im Hintergrund, der Trubel rund um eine Show. Léo ist so gebannt, dass Anna keine andere Wahl bleibt, als ihn ernst zu nehmen.

»*... Sie träumen von einem Pick-up, von einem Renault Alaskan Ice Edition im Wert von 50 900 Euro? Machen Sie mit beim* Game! *Nichts leichter als das: Anfassen heisst gewinnen! Dieses Spiel steht allen offen, dieses Spiel ist 100 % fair!*«

»Renault Alaskan, 100 % Pick-up, 100 % Premium. Bitte beachten Sie die Teilnahmebedingungen. Das Game *ist eine Initiative der Allianz Renault-Nissan-Mitsubishi …«*

Léo schaltet das Radio aus. Er setzt sich wieder auf den Resopalstuhl und schlürft seine Schüssel Cornflakes aus, ein Geräusch wie ein ablaufendes Waschbecken.

»Léo! Das ist widerlich!«

Er wischt sich aufgeregt mit dem Handrücken über die Lippen. »Das kam auch gestern im Fernsehen.«

»Was meinst du?«

»Das *Game.* Das ist ein Wettbewerb. Du musst ein Auto anfassen und darfst nicht mehr loslassen. Wer als Letztes übrig bleibt, gewinnt.«

Mit der Zahnbürste in der Hand und dem Mund voller Zahnpasta sieht Anna ihn verdattert an. Dann spuckt sie in die Küchenspüle aus. »Das ist ja völlig bescheuert!«

»Du musst mitmachen, Maman. Fünfzigtausend Euro, hast du gehört? Wenn du den Pick-up verkaufst, hast du das Geld für einen Foodtruck.«

»Ich soll da mitmachen? Kommt nicht in Frage.«

»Man muss einen Brief schreiben. Was hast du zu verlieren?«

»Und du meinst, die nehmen einen dann einfach? Komm, hol deinen Rucksack und ab zur Schule!«

Anna kramt in ihrer Hosentasche.

»Hast du noch was von gestern?«

»Ähm, ja, ein paar Münzen.«

»Du hast die zwanzig Euro für die ganze Woche ausgegeben? Hast du deine Klasse zu McDonald's eingeladen oder was?«

Sie gibt ihm einen Fünfeuroschein fürs Mittagessen.

»Das muss reichen. Na los, sonst verpasst du den Bus.«

Anna geht zurück ins Bad, Léo steckt sich den Schein in die Socke. Für die Münzen ist das keine Option, die drücken an den Füssen, also verstaut er sie in seiner Hosentasche.

*

Was kann man mit den zweitausenddreihundert Euro aus dem Garten anfangen?

Einen Gebrauchtwagen kaufen.

Eine Rate für den Bungalow tilgen.

Zwei Handyverträge abschliessen.

Sich um einen Rechtsschutz kümmern.

Bleiben noch dreiundzwanzig Monate, um den Kredit für den Bungalow abzuzahlen; der Clio hat 147 000 Kilometer auf dem Zähler; der 12-Euro-Tarif bei SFR beschränkt sich auf 3G und 5 GB; eine Rechtspraktikantin wird versuchen, Widerspruch bei der Versicherung einzulegen.

Anna fasst wieder Fuss in der Welt der Möglichkeiten.

Wenn sie die Rechnungen für Gas, Strom und Heizung beglichen hat, kann sie mit dem Rest noch ihre Hähnchen bezahlen. Danach bleiben ihr ihre zwei Augen zum Weinen.

Als Anna auf dem kleinen Betrieb ankommt, schiebt Rodolphe Blanquin eine Mistkarre über den Hof bei den Hühnerställen. Er trägt keine Latzhose, sondern ein Leinenhemd und eine Jeans in Gummistiefeln. Seine mittellangen Haare lugen unter einem Crédit Agricole-Käppi hervor. Rodolphe rasiert sich schon lange nicht mehr, er ist noch keine vierzig und steckt bis zum Hals in Schulden. Unter seinem blonden Bart stiehlt sich ein müdes Lächeln hervor. Man merkt, Annas Besuch freut ihn, so kommt ein wenig Geld rein, und er hat die Gelegenheit für einen Plausch und eine Zigarette.

Er stellt die Schubkarre ab und zieht die Handschuhe aus.

Pauline, seine Frau, empfängt die beiden in der Küche, die ebenerdig auf den Innenhof führt. Zwei Mädchen, fünf und sieben, zanken sich neben dem Kühlschrank. Der Boden ist mit getrocknetem Matsch besprenkelt, in der Spüle stapelt sich schmutziges Geschirr. Pauline schickt die Mädchen weg, in ihr Zimmer oder ins Wohnzimmer, egal, Hauptsache woandershin, dann bietet sie Anna einen Kaffee aus der Thermoskanne an. Pauline hat rote Haare, ihre feinen Züge sind mit Sommersprossen übersät. Mit ihrem wohlproportionierten Körper ist sie eine hübsche Frau, und auch Rodolphe ist mit seinen breiten Schultern und den blauen Augen ein attraktiver Kerl. Aber in den drei Jahren, in denen Anna ihnen die Hähnchen abkauft, sind sie gealtert.

Pauline bietet ihr einen Stuhl an, Anna setzt sich. Rodolphe dreht für sich und seine Frau zwei Zigaretten.

Anna bemüht sich zu lächeln, aber was sie ihnen zu sagen hat, gibt ihrem Lächeln einen faden Beigeschmack. Auf einer Ecke des Geschirrschranks, wo sich alles Mögliche an Papierkram stapelt, von Rechnungen bis zu Prospekten von Intermarché, fällt Anna ein gerahmtes Foto ins Auge, die beiden an einem palmengesäumten Strand. Braungebrannt trinken sie durch zwei Strohhalme gemeinsam aus einer Kokosnuss. Und sind zehn Jahre jünger.

Anna wendet den Blick ab und zieht eine Zigarette aus ihrer Packung. Rodolphe gibt ihr Feuer. Sie nimmt einen Zug, fasst sich ein Herz: »Pauline, Rodolphe. Ich werde euch keine Hähnchen mehr abkaufen können. Zumindest erst mal nicht.« Sie sieht, wie sich ihre Gesichter verhärten. Sie weiss, sie brauchen mehr Erklärung, sie erzählt ihnen von dem Unfall, von den Schwierigkeiten, die ihr die Versicherung macht. »Es tut mir leid, aber ich kann es nicht ändern«, schliesst sie ein wenig schroff.

Pauline zieht an ihrer Zigarette. Sie könnte heulen, aber da kommt nichts. »Und dafür sind wir extra aus der Stadt hierhergezogen«, sagt sie. »Bio, Permakultur, der ganze Schwachsinn! Einen Kredit haben wir für das Zertifikat aufgenommen … Und können uns damit den Hintern abwischen!«

»Hör auf, Pauline, sag so was nicht«, schaltet sich ihr Mann ein.

»Yuppies in der Jauchegrube, das sind wir geworden. Wir reissen uns in diesem bescheuerten Kaff den Arsch auf, und du faselst was von Lebensqualität! Scheisse,

Anna, konntest du nicht besser auf deinen Wagen aufpassen?«

»Hör auf, Pauline!«, unterbricht Rodolphe. »Tut mir leid, Anna. Sie meint es nicht so.«

Pauline schlägt die Hände vors Gesicht, presst die Handflächen gegen die Augen, bis sie nichts mehr sieht, fängt sich. »Entschuldige«, sagt sie und beugt sich zu Anna vor, um sie zu umarmen. »Es tut mir leid, wirklich, ich kann nicht mehr …«

Anna ist von der überschwänglichen Umklammerung peinlich berührt. In Wirklichkeit kennen sie sich kaum. Sie zieht ihre Scheine aus der Tasche, streicht sie auf dem Tisch glatt und stellt die Zuckerdose darauf. »Das sind fünfzig Euro extra. Mehr habe ich nicht.«

»Nimm sie zurück«, sagt Rodolphe.

»Ich habe unseren Vertrag gebrochen. Es ist meine Schuld, dass die Versicherung nicht zahlt.«

»Wir haben nie was unterschrieben, Anna.«

»Ein Grund mehr.«

Pauline sagt nichts. Bis sie fünfundzwanzig war, hatte sie ein unbeschwertes Leben geführt. Jetzt denkt sie an die Kinder. Wer kann ihr verübeln, dass sie bei fünfzig Euro kleinlich wird.

»Und was machst du jetzt?«, fragt Rodolphe.

»Ich komm schon klar«, antwortet Anna und drückt ihre Zigarette im Aschenbecher aus. »Mach dir um mich keine Sorgen.«

Sie steht auf, ihren Kaffee hat sie nicht ausgetrunken.

Wieder diese Beklemmung. Dieses Gefühl, an allen Ecken und Enden bröckelt die Menschlichkeit weg, wie

Dünen, die nach und nach von immer neuen Unwettern abgetragen werden.

Rodolphe begleitet sie zum Auto. Er sagt nichts, versucht, Haltung zu bewahren, aber sein Gang wirkt steif, er schlurft mit den Füssen, seine Stiefel versacken im Matsch, und vielleicht wird er eines Tages völlig darin versinken, mit Haut und Haar.

»Kommt ihr zurecht?«, fragt Anna.

»Ich weiss nicht. Ich bin erschöpft. Ich habe mir das einfach alles anders vorgestellt.«

Anna steigt in ihren Clio und fährt vom Hof, ohne sich noch einmal umzudrehen. Diesmal ist sie ohne Versicherung unterwegs, die Not bringt Risiken mit sich. Aber was will man schon von einer Zeit erwarten, in der man den Namen einer griechischen Göttin einem Auto verpasst?

Was soll es da noch zu erzählen geben?

*

In der Schule reden alle vom *Game*. Und wenn die Jugend darüber spricht, ist das ein gutes Zeichen. Die geballte Kompetenz der Ritter der Tafelrunde, ihre Meetings im Zwielicht tragen Früchte – Statistiken, Grafiken, Studien am Schnittpunkt der Märkte, dort, wo Soziologie, Sozialpsychologie und Ökonomie zusammenkommen.

Wer studiert hat, hat die Macht.

Im Moment hört Léo, wie es heisst, für das *Game* brauche man keine besondere Fähigkeit, nur Willenskraft. Anders gesagt: genug Verzweiflung, Armut und Abstumpfung, so dass sich gut die Hälfte der erwachsenen Bevölkerung auf den Aufruf hin bewerben kann.

Die Ritter der Tafelrunde werden einen Bedarf schaffen, die Wirtschaft ankurbeln und so für einen Aufschub sorgen, bevor die aufkeimende Wut sich entlädt. Sie noch einmal besänftigen.

Und das mit der Verlockung eines Spielzeugs, eines Symbols.

Eines Versprechens: dem Alaskan und seinem Allradantrieb. Um wohin zu fahren? Die Frage stellt sich erst später. Erst mal das Ding überhaupt gewinnen. Erst mal überhaupt zu den zwanzig gehören, die fürs *Game* ausgewählt werden, alles klar?

Gut.

Léo lässt die Sache nicht los. Von mehreren seiner Freunde hat er gehört, ihre Eltern hätten nichts zu verlieren, dass sie es versuchen würden. Er versteht nicht, warum seine Mutter sich bei so einer Gelegenheit so sträubt.

In der Zwischenzeit wird Léo Loubère in einer Ecke des Schulhofs schon wieder von Kevin in die Mangel genommen, seine drei Euro in Münzen verschwinden in der Hosentasche des wohlbekannten Vollidioten.

»Mehr gibt dir deine Mutter nicht? Liebt sie dich nicht oder was?«

Seine Spiessgesellen lachen. Kevin durchsucht ihn, findet nichts, was sich sonst zu klauen lohnte. Er schlägt ihm mit der Faust aufs Brustbein, dann ziehen er und sein Gefolge von dannen.

Nach ihrem Abflug bleibt Léo mit einem Schmerz zurück, der bis in die Rippen ausstrahlt. Was er in seiner Socke versteckt hat, reicht gerade für ein Sandwich.

8. Fliegende Fische

Ein grauer Morgen Anfang April. Von den Dünen aus beobachtet Anna Léo beim Surfen. Sie hat beschlossen, ihn heute nicht in die Schule zu schicken, denn ein kräftiger ablandiger Wind formt den gleichmässigen Seegang zu fast zwei Meter hohen Wellen. Zu A-Frames, Wellen, die nach links und rechts brechen, das bedeutet doppelte Möglichkeiten, man kann sie zu beiden Seiten fahren, absolute Freiheit. Ja, es ist einer dieser perfekten Tage zum Surfen, an denen man vom Ozean mehr lernen kann als in der Schule, denkt sie.

Ihr Sohn winkt ihr vom Ufer zu, dann schwingt er sich wieder auf sein Brett und paddelt Richtung Lineup. Das Wasser ist braun und schaumig. Der Strand wurde noch nicht für die kommende Saison gesäubert, und der von den Gezeiten gebeutelte nasse Sand ist mit Müll übersät – Styroporplatten, Tüten, Plastikflaschen und -kanister.

Léo stünde gern mit seiner Mutter zusammen auf dem Wasser, aber er versucht schon lange nicht mehr, sie zu überreden. Am Strand ist sie gern bereit, ihm zu erklären, ihn zu beraten, sie kann auch abends bei einem Bier übers Surfen fachsimpeln, aber sie steigt auf kein Brett mehr, nicht einmal auf eins im Sand, wenn er sie bittet, ihr eine Position zu zeigen. Léo hat Fotos von ihr auf beeindruckenden Wellen gesehen, sie war ein Goofy-Footer – mit starkem linkem Bein wie er –, aber seit dem Tod seines Vaters: Schluss.

Nada.

Njet.

Finito.

Sie kommt lieber nur mit, beobachtet ihren Sohn dabei, wie er sich in seinem viel zu engen schwarzen Anzug auf den Wellen ausprobiert. Wieder durchzuckt sie diese panische Angst: dass ihr die Bank den Bungalow wegnimmt, sie das wenige verliert, was sie sich fernab von allem mit viel Geduld aufgebaut hat. Sie allein ist dafür verantwortlich, niemandem sonst kann sie die Schuld zuschieben, um ihr Los zu beweinen, höchstens dem »Schicksal« oder der »Gesellschaft«. Sie hatte geglaubt, abseits von allem zu leben gäbe ihr Freiheit. Aber eine Welt in Schieflage hat die Karten neu gemischt, und so gerät ihr Alltag immer mehr ins Wanken.

Für die nächsten zwei Monate hat sie inzwischen etwas gefunden, eine Stelle als Aushilfskraft auf dem Campingplatz, einen Studentenjob: Bungalows putzen und für die Saison vorbereiten. Ausserdem wartet sie darauf, dass sie den Restaurants am Strand das erste Gemüse aus ihrem Garten verkaufen kann.

Es entlockt ihr ein Lächeln, als Léo ein schwieriges Manöver gelingt.

Anna pfeift mit den Fingern, Léo gleitet gen Ufer und winkt ihr zu. Sie reckt den Daumen hoch, da klingelt ihr Handy. Sie wühlt in ihrer Jackentasche, wird schliesslich fündig.

»Hallo? Madame Loubère? Sylvie Mangin von der KPR Rechtsberatung …«

Anna schlägt ihre Kapuze hoch und dreht sich zur Seite, um den Wind abzuhalten.

»Hallo? Hören Sie mich?«, fragt die junge Frau am Telefon.

»Ja, ich bin dran.«

»Es ist so, Madame Loubère, ich habe keine guten Neuigkeiten … Hallo?«

»Nur zu, ich höre Sie.« *(Scheisse.)*

»Gut, nach eingehender Prüfung sieht eine Klausel in Ihrem Vertrag tatsächlich vor, dass Sie sich diesem Test unterziehen müssen. Wenn Sie ablehnen, kommt das einem positiven Testergebnis gleich. Wir könnten noch versuchen, diese Entscheidung aufzuheben, indem wir die Klausel für unzulässig erklären, aber das kostet Zeit, und mit dem Verfahren würden weitere Kosten auf Sie zukommen.«

»Heisst?«

»Es liefe auf ein langes Verfahren hinaus, ohne dass ich Ihnen versprechen kann, dass wir gewinnen. Solche Tests sind kein Standard, begegnen einem aber in der Praxis immer häufiger. Was die Kosten angeht, müssten Sie von mindestens tausendfünfhundert Euro ausgehen … Madame Loubère, sind Sie noch da?«

»Sagen Sie mir ganz ehrlich: Gibt es Chancen auf Erfolg?«

»Wir würden unser Möglichstes tun, allerdings …«

»Ja oder nein?«

»Wie schon gesagt, es bräuchte Geduld, und …«

»Ja. Oder. Nein?«

»Ich glaube, die Situation könnte …«

Anna hängt auf.

»Maman?«

Léo legt ihr die Hand auf die Schulter, Anna dreht sich zu ihm um, das Smartphone in ihrer Hand ist noch warm. Kochend heiss. Schmelzende Lava. Sie steckt es sich in die Tasche.

»Alles okay, Maman?«

»Zieh dich um, du verkühlst dich noch«, antwortet sie.

Léo öffnet den Reissverschluss am Rücken. Anna schaut weg, bis ihr Sohn seine Nacktheit unter einem Frotteeponcho versteckt und sich die Kapuze über die feuchten Haare gezogen hat.

Am liebsten würde sie an Ort und Stelle auf die Knie fallen und vor Wut in Tränen ausbrechen.

»Weisst du was, Léo? Es ist entschieden, ich kaufe dir einen neuen Anzug.«

»Können wir uns den denn leisten?«

Sie nickt.

Auch wenn sie keine Ahnung hat, wie.

Die siebenhundertachtzig Euro netto für den Aushilfsjob reichen niemals.

Anna hat Angst.

Sie, die früher vor der Küste Kaliforniens acht Meter hohe Wellen bezwungen hat.

*

Léo spült sein Brett mit dem Gartenschlauch ab und stellt es zurück auf sein Rack im Schuppen. Er liebt, wie es in dem Verschlag riecht, nach Wachs und Harz. Dank des Heizkessels wird es hier auch im Winter nie ganz kalt. Léo dreht seinen Anzug auf links und hängt ihn zum Trocknen auf einen Bügel. Der Geruch nach Gummi mischt sich mit dem nach Meersalz, der sich im Holz festgesetzt hat, und dem nach Waschbenzin, das aus dem kleinen Kanister sickert. Anna hat Léo gezeigt, wie man damit die Teerflecken entfernt, die sich manchmal auf seinem Brett absetzen. Bei jeder Gelegenheit schimpft sie auf die Tanker, die ihren Dreck im Meer entleeren.

Der Schuppen ist für Léo ein Kokon, all diese Gerüche wecken seine Sinne. Im Sommer, wenn der Verschlag sich so sehr in einen Backofen verwandelt, dass Kanister, Anzüge und Bretter draussen bleiben, kommen noch Schweiss und Sonnencreme dazu.

Aber die Magie des Orts wäre nicht dieselbe ohne die Gun.

Léo kann nicht anders, als mit der Hand über das glatte Holz zu fahren, er tastet über das Maserwerk, die weiche, geschmeidige Formung, die dafür gemacht ist, einen Aufprall abzufedern, ohne zu zerbersten. Sie ist wie ein Tier im Winterschlaf, ein Raubtier im Ruhemodus.

Die Gun ist »das andere Brett«, eine Gary Linden aus Balsaholz, gefertigt von ebendieser kalifornischen Legende, in Annas Besitz seit fast zwanzig Jahren. Man nennt sie so, weil man mit ihr Jagd auf grosse Wellen machen kann, wie mit einem grosskalibrigen Gewehr auf einen Elefanten. Sie ist neun Fuss lang, und Léo weiss, dass seine Mutter mit sechsundzwanzig die Welle von Mavericks geritten ist. Er auf dem Arm seines Vaters, und die Familienlegende besagt, Léo habe die ganze Zeit mit dem Finger auf sie gezeigt, während sie den Gesetzen der Schwerkraft trotzte und dabei ihr Leben aufs Spiel setzte. Anna fasst das Brett nicht mehr an und hat Léo die Aufgabe übertragen, es in Schuss zu halten.

Die Gun wartet auf ihren Moment, einen Tag mit grossen Wellen, aber vor allem: den Tag, an dem Léo so weit ist.

Über dem Brett, auf einem Regal, die Gläser, in denen seine Mutter ihr Cannabis lagert.

Zwei Welten, die für ihn tabu sind.

Er schraubt einen Deckel auf. Der Duft der Blüten ist so stark, dass ihm schwindlig wird. Léo hört, wie sich draussen Schritte nähern. Eilig stellt er das Glas zurück an seinen Platz.

Die Tür geht auf.

»Was machst du da?«, fragt seine Mutter.

»Nichts, ich ...«

»Wehe, ich erwische dich beim Rauchen. Du bist erst dreizehn, Léo.«

»Das Gras interessiert mich nicht, ich will die Gun. Wann kann ich sie endlich nehmen?«

Anna verschränkt die Arme und betrachtet dieses fünftausend Dollar schwere Juwel von einem Surfbrett. Sie denkt an die Sache mit den fetten und den mageren Jahren, als hätte am Ende immer alles seinen Preis.

»Ich hab es dir schon einmal gesagt: Wenn du La Nord oder Guéthary beherrschst ...«

»Aber wir könnten es mit Wellen wie heute probieren, oder nicht?«

»Léo? Léo, sieh mich an. Du wirst wissen, wann du so weit bist. In gewisser Weise entscheidet das Brett für dich: wenn du es zum Beispiel allein durch die Dünen tragen kannst. Lass den Dingen ihre Zeit, okay?«

»Und du, Maman, hast du den Dingen ihre Zeit gelassen?«

Wenn dich dein Sohn ansieht und du nicht weisst, was du ihm antworten sollst, weil du selbst von der Hand in den Mund lebst, ohne Gewissheit, ohne Halt.

»Öl bitte noch die Rails ein, und überprüf die Finnen.«

»Warum hast du aufgehört zu surfen? Scheisse, von so einem Brett träumen alle!«

»Léo!«

»Ich verstehe nicht ...«

»Du hast da nichts zu verstehen, kapiert? Es gibt Dinge, die sind mein Leben und die gehen dich nichts an, Punkt.«

Anna verlässt den Schuppen, Léo stellt einen Fuss in die Tür.

»Maman? Maman!«

»Was?«

»Es tut mir leid. Ich hätte das nicht sagen sollen.«

Anna nickt. »Ich werde mich rächen, wenn ich dich zu deinem Buch abfrage. Die Wildsau aus dem Roman, das bin ich!«

Sie lacht, Sonne fällt ihr ins Gesicht.

Ich mag es, wenn du lachst, Maman.

9. Viper im Würgegriff

Mit einem Schrubber bearbeitet Anna die Aussenwand eines Zeltbungalows. Mehrmals musste sie den Eimer neu befüllen, den sie mitsamt der weiteren vom Campingplatz zur Verfügung gestellten Putzausstattung auf ihrem elektrischen Golfcart herumkutschiert. Anna spürt, wie sich ihre Schultern spannen, an manchen Stellen klebt Kiefernharz auf der eingeschäumten Plane.

Als sie fertig ist, setzt sie sich auf die Holzstufen und steckt sich eine Zigarette an. Sie hebt den Blick zu den Baumwipfeln, schliesst die Augen, Sonnenstrahlen wogen ihr übers Gesicht.

Charlotte, ihre Kollegin, ist mit dem Nachbarbungalow auch fertig und setzt sich zu ihr, um sie nach einer Zigarette und Feuer zu fragen.

»Danke«, sagt Charlotte. »Der Kiosk macht erst heute Nachmittag auf.«

»Na klar, kein Problem.«

»Es lebe die Saison, wenn dann alles aufhat. Denkst du, dieses Jahr kommen viele Touristen?«

»Die kommen doch immer. Die wird man nicht los, wie Fusspilz.«

»Immerhin verdanken wir denen unseren Job.«

»Sag mal, kriege ich mein Feuerzeug zurück?«

»Entschuldige! Reflex«, erklärt Charlotte und holt das BIC aus der Tasche ihrer Kittelschürze. »Ich schnorre eigentlich nicht gern Zigaretten.«

»Geht mir genauso, aber mich kannst du immer fragen.«

»Ich habe einen Sohn, der mir meine ständig klaut. Er treibt mich in den Wahnsinn!«

»Ich auch.«

»Dir werden auch die Kippen geklaut?«

»Nein, ich habe auch einen Sohn. Léo, er ist dreizehn, fast vierzehn …«

»Kevin, sechzehn. Ich werde nicht mit ihm fertig. Sein Vater ist mit einer Schlampe aus Lacanau abgehauen. Die betreibt einen Scheiss-Bikiniladen …«

Anna reagiert nicht. Über dieses Thema will sie nicht sprechen, über den Vater, den Ehemann, den Partner. Aber Charlotte lässt nicht locker, sicher nimmt die Trennung bei ihr viel Raum ein. Den leeren Platz am Tisch, den leeren Platz im Bett, Tag für Tag eine grössere Lücke.

»Er kümmert sich kein Stück um Kevin, er ist ihm völlig egal. Und der Vater von deinem Jungen, sieht der ihn?«

Anna zögert, etwas hält sie zurück. Aber wozu lügen?

»Er lebt nicht mehr.«

»Scheisse.«

»Manchmal fragt man sich, was schlimmer ist, oder? Welche Abwesenheit mehr weh tut …«

»Machst du Witze? Eindeutig der Tod!«, erwidert Charlotte. »Ich kann das Arschloch wenigstens noch am Telefon beschimpfen!«

Die zwei Frauen lachen. Charlotte hat wasserstoffblonde Haare, ihr Kittel ist ihr etwas eng. Aber sie hat Charme. Und Argumente: Brüste, um die Anna sie beneidet und die sie mit einer nicht ganz zugeknöpften Bluse in Szene setzt.

»Hast du vielleicht Lust, mal abends was trinken zu gehen?«, fragt Charlotte.

»Kommt drauf an.«

»Worauf?«

»Hast du dann deine eigenen Zigaretten dabei?«

»Mindestens zwei Packungen, versprochen.«

Sie lachen noch einmal.

»Sag mal, Charlotte. Surft dein Sohn zufällig?«

»Na klar. Ist ja hier Nationalsport, oder?«

»Hast du vielleicht einen Anzug, der ihm nicht mehr passt? Ich kaufe ihn dir ab.«

»Abkaufen? Den schenke ich dir! Für seinen Surfkram muss eh sein Vater blechen! Spinnst du?«

»Ich kann dir wirklich was dafür geben.«

»Ach, Quatsch.«

»Dann lade ich dich ein, wenn wir was trinken gehen.«

»Das fänd ich gut. Na dann, bringen wir's zu Ende?«

»Wie viele sind's noch?«

»Sechs. Aber wir müssen erst morgen fertig sein. Und Samstagabend hauen wir wie zwei Cowgirls in der Bar alles auf den Kopf!«

»Männer gibt es keine mehr, oder?«

»Nein, schon lange nicht mehr.«

*

Während der Klassenarbeit stolpert Léo über keine einzige Frage. Sprache. Struktur. Symbolik. Gesamteindruck. Der Stift fliegt übers linierte Papier. Es macht ihm Spass, aufzuschreiben, was er weiss, und mit Argumenten zu unterfüttern. Es ist das erste Mal, dass er so etwas fühlt, eine Begeisterung, die sich langsam ihren Weg bahnt, die Möglichkeit, durch Schreiben etwas zu erreichen.

Bevor er alles noch einmal durchliest, hält er kurz inne und denkt an seine Mutter, wie sie am Vorabend mit der alten Taschenbuchausgabe von Hervé Bazins Roman im Schneidersitz auf dem Sofa gesessen und ihn abgefragt hat.

Léo gibt als Erster ab.

»Willst du nicht lieber noch einmal alles kontrollieren?«, fragt sein Lehrer.

»Schon erledigt«, antwortet Léo.

»Dann beschwere dich hinterher aber nicht, wenn dich die Rechtschreibung Punkte kostet.«

»Nein, Monsieur.«

Mit dem Rucksack über einer Schulter verlässt Léo den Klassenraum und geht über den Flur. Plötzlich fällt ihm auf, dass er grösser und kräftiger ist als seine gleichaltrigen Mitschüler, als wäre er über Nacht ein paar Zentimeter gewachsen. Durchs Surfen hat er an

Muskelmasse zugelegt. So viel selbstsicherer fühlt er sich noch nicht, aber er muss handeln. Das ist ihm gestern im Schuppen klargeworden, und seitdem dreht und wendet er die Idee in seinem Kopf. Mit dem Ergebnis: Es wäre dumm, die Gelegenheit nicht beim Schopf zu packen.

Léo weiss, wo er sie findet, in einer Ecke am Rand des Basketballfelds, neben der Baracke, in der der Hausmeister die Mülltonnen unterstellt. Solche Schmuddelecken üben eine magische Anziehung auf Typen wie Kevin und seine Spezis aus, denkt er. Als sie ihn kommen sehen, können die fünf Jungs nicht fassen, was er sich traut. Das hier ist ihr Revier, ihre Hässlichkeit fernab der Autorität der Erwachsenen. Fernab von allem, was nicht zu ihnen gehört. Léo riskiert gerade mindestens einen gebrochenen Arm oder ein demoliertes Knie.

Kevin hockt auf der Lehne einer Bank und lässt einen Joint rumgehen, spuckt durch seine Schneidezähne in Richtung des sich nähernden Léo. Einer der Typen auf einem Motorroller stellt seine Maschine auf dem Ständer ab und steht auf.

»Gib meinem Kumpel das Geld und komm her«, sagt Kevin.

»Ich hab nichts für dich«, antwortet Léo und bleibt in sicherem Abstand zur Bank stehen. »Ich will dir ein Geschäft vorschlagen.«

»Dein Geschäft schieben wir dir in den Arsch. Mach deinen Scheissrucksack auf.«

Aber Léo rührt sich nicht.

»Los, Manu«, befiehlt Kevin.

Da zieht Léo ein Tütchen hervor und wirft es ihm vor die Füsse. Manu sieht Kevin an, der gibt ihm ein Zeichen, das Tütchen aufzuheben und ihm zu bringen.

Kevin öffnet es und riecht daran. Der Cannabisgeruch ist so stark, dass er fast niesen muss.

»Ich habe noch mehr davon«, erklärt Léo. »Fünf Euro das Gramm. Hundert pro Zwanziggrammtüte, eigener Anbau. Ich besorg euch das Zeug, und ihr verkauft es. Ihr könnt das Doppelte bis Dreifache dabei verdienen … Ich habe im Internet recherchiert.«

Kevin kratzt sich die Nase. Eigentlich wollte er seine zehn Euro einstreichen, ihm ein paar verpassen, sich amüsieren, und da schlägt der kleine Scheisser ihm vor, easy-peasy schnelles Geld zu machen und richtig was zu reissen, nicht nur irgendwelchen Touris die Fahrräder oder Surfbretter zu klauen.

»Du gibst mir die Tüte und fertig«, verkündet Kevin. »Für lau.«

»Das wird nicht passieren«, entgegnet Léo.

Schallendes Gelächter, der Rest der Meute stimmt mit ein.

»Und wieso nicht?«, fragt Kevin, nachdem er sich von einem Hustenanfall erholt hat.

»Weil meine Mutter deine kennt. Und wenn die davon Wind bekommen, haben wir beide nichts davon, weder du noch ich.«

10. Balz

Léo sieht seiner Mutter dabei zu, wie sie sich vor dem kleinen Spiegel auf dem Tisch schminkt. Er findet sie ohne Make-up schöner. Abgesehen vielleicht von dem Stift um die Augen, der ihren Blick verändert. Léo spürt etwas, was ihn verunsichert: dass seine Mutter zuallererst eine Frau ist. Ihre Welt. Was sie einem Mann geben kann und er nie bekommen wird. Diesen geheimen Ort, der ihm verwehrt bleibt, wie sie ihm gesagt hat.

»Wie ist Charlotte so?«, fragt Léo.

»Nett. Sie bringt mich zum Lachen. Sie hat auch einen Sohn, weisst du?«

»Kevin, hast du erzählt.«

»Ach, das weisst du noch?«

Léo zuckt mit den Schultern.

»Aber sie hat nicht so viel Glück wie ich, und weisst du, warum? Weil ihr Bengel ihr jede Menge Ärger einbringt, während ich den besten Sohn der Welt habe.«

Das Kompliment lässt ihn kalt. Es ist immer noch bescheuert: dass er den Anzug von einem Typen tragen muss, den er hasst. Auch noch in Bordeauxrot, als ginge es darum, in den Wellen möglichst aufzufallen.

Anna schraubt ihren Lippenstift auf. Léo mag nicht,

wie sie einen Schmollmund macht, um das Karminrot darauf zu verteilen, er mag es nicht, wie die Farbe ihre Lippen zum Glänzen bringt. Er mag ihre aufgesetzte gute Laune nicht, diese übertriebene Euphorie, nur weil sie an einem Samstagabend mit einer Freundin ausgeht. Er mag auch nicht dieses peinliche Gedankenwirrwarr, das ihm im Kopf herumspukt.

»Die Würstchen für die Hotdogs sind im Kühlschrank«, sagt Anna. »Du lässt sie fünf Minuten in kochendem Wasser ziehen. Es gibt Senf und ein Baguette. Bitte iss auch was vom Salat.«

»Ist ja gut, Maman. Du gehst nicht zum ersten Mal aus.«

»Léo, alles okay?«

»Ja, klar.«

»Bist du sicher? Kann ich wirklich gehen?«

Léo wartet, bis sie ihre Stiefel und die Kapuzenjacke übergestreift hat. Draussen ist es schon dunkel. Anna steckt ihre Marlboros ein und greift verstohlen nach der kleinen Büchse mit den vorgedrehten Joints.

»Dein Handy ist an?«, fragt sie.

»Ja.«

»Und nicht den Schlüssel stecken lassen, okay?«

Anna gibt ihm einen Kuss auf die Stirn, schnell wischt er mit der Handfläche den roten Abdruck weg. Er folgt ihr unters Vordach, sieht ihr zu, wie sie in den Clio steigt und ihm noch einmal flüchtig zuwinkt. Dann wartet er, bis die Rücklichter vom Dunkel verschluckt werden.

*

Charlotte wohnt in einem einstöckigen Reihenhaus, das seit seinem Bau Anfang der zweitausender Jahre schlecht gealtert ist, Anna holt sie ab. Der karamellfarbene Verputz ist von schimmligen Schlieren überzogen, ein einstmals weisser Rollladen hängt schief. Der von einer Hecke aus wildwuchernden Sukkulenten umgrenzte Minigarten war nie zu Höherem berufen. Sein Schicksal war vorherbestimmt, festgeschrieben, abgesteckt. Das Los eines Reihenhausgartens.

Sobald sie das Auto kommen hört, tritt Charlotte aus der Tür. Über einer pinkfarbenen Bluse trägt sie eine Lederjacke. Dazu einen knallengen schwarzen Rock. Ihre Haare sind zu einem Fischgrätenzopf geflochten, die rötliche Tönung hat einen leichten Erdbeerstich. Als sie sich auf den Beifahrersitz fallen lässt, rutscht ihr Rock ein Stück hoch, und Anna bemerkt den Saum eines halterlosen Strumpfs, aber sagt nichts dazu.

»Warst du beim Friseur?«, fragt sie, nachdem Charlotte die Tür zugezogen hat.

»Was muss, das muss.«

»Mist, du hast dich richtig in Schale geschmissen. Mit meiner Jeans und meinem Pulli komme ich mir ein bisschen blöd vor.«

»Du bist eben naturschön, du brauchst keinen Schnickschnack. Los, lass uns fahren.«

Ihr Ziel ist ein kleiner Ort am Meer, tausend Einwohner im Winter, zwanzigmal so viele im Sommer. In der Nebensaison sind hier drei Viertel der Geschäfte mit rostigen Metallrollläden verbarrikadiert. Unter pastellgrünen Strassenlaternen in Krebsscherenform wehen

Papierfetzen über das Pflaster. Die Esplanade mündet auf einen Felsvorsprung, der den Strand überragt; Letzterem gibt man keine zwanzig Jahre mehr, bevor er gänzlich abgetragen ist.

Die Bar befindet sich an der Ecke zur Küstenstrasse. Ein rotblaues Neonschild, Motorräder davor, ein Hauch von Amerika oder das, was vom Mythos eines ausgefransten Anderswo bleibt.

Anna geht hinter Charlotte durch die Tür, man muss noch einen braunen Filzvorhang zur Seite schieben, dann steht man vor einem langen Tresen; dahinter ragen die Bierzapfhähne auf, davor sitzen etwa genauso viele Männer auf Barhockern, sie drehen sich um, als der frische Windhauch von der Tür die von schalem Hopfen und frittierten Zwiebelringen schwere Luft durchzieht.

Charlotte grüsst von weitem die Kellnerin und lotst Anna an einen Tisch, der etwas abseits und nicht direkt unter einem Lautsprecher steht.

»Wir sind vielleicht ein bisschen früh, oder?«, fragt Anna.

»In einer Stunde ist es rappelvoll. Warst du hier noch nie?«

»Ich gehe nicht mehr oft in Bars.«

»Das wird super, du wirst sehen.«

Ein Mann um die vierzig kommt, um ihre Bestellung aufzunehmen.

»Cédric, darf ich vorstellen: Anna«, sagt Charlotte.

Sie geben sich die Hand. Er hat beeindruckende Schultern und Arme, einen rasierten Schädel, Rockerbart und ein Spinnennetztattoo am Hals. Er mustert

Anna gleichgültig, aber lässt ihre Hand nicht gleich los, als sie sie zurückziehen will.

»Cédric macht unglaubliche Fish and Chips«, erklärt Charlotte und zwinkert ihm zu.

»Für die ist mein Koch zuständig, ich serviere nur. Also, was sagt deine Freundin?«

»Die sagt: gerne«, antwortet Anna und zwingt sich zu einem Lächeln.

»Mit zwei Halben?«

»Zwei Helle?«, schlägt Charlotte vor.

Anna nickt.

»Ich kümmere mich heute Abend persönlich um euch«, sagt Cédric.

»Du bist ein Schatz«, erwidert Charlotte.

Die beiden Frauen bleiben allein zurück, Anna fragt sich, ob es die richtige Entscheidung war, zu kommen, ob es naiv war, zu glauben, es ginge hier um einen Mädelsabend. Was hast du erwartet? Die anfängliche Vorfreude ist schon dabei zu schwinden.

»Ich habe mich immer gefragt, wie es ist, wenn ein grosser, muskulöser Kerl auf mir liegt«, sagt Charlotte.

»Wahrscheinlich kriegst du vor allem schlecht Luft. Ein bisschen wie bei ihren Witzen.«

»Hey, entspann dich! Hoch die Hände, Wochenende! Was ist dir denn über die Leber gelaufen?«

Ja, wovor hast du Angst, Anna? Wieso bist du so misstrauisch? Léo hat recht: immer auf der Hut vor der dunklen Seite der Macht …

»Gib mir mal deine Hände«, sagt Charlotte und nimmt Annas in ihre. »Ja, wie alle Neuen cremst du dich nicht ein und ruinierst dir die Haut. Diese ganze Chemie ist der letzte Scheiss. Du solltest auch Handschuhe tragen …«

Es berührt Anna, dass sich jemand um sie sorgt. Abgesehen von Léo wüsste sie nicht, wer sonst noch. Sie muss übrigens aufhören, an ihren Sohn zu denken, jedes Mal, wenn sie ihn allein lässt, befällt sie dieses Schuldgefühl, dabei ist die Zeit, die sie sich zugesteht, so kurz.

»Du hast schöne Hände«, fährt Charlotte fort und dreht Annas Handfläche um. »Aber deine Schicksalslinie sieht beschissen aus.«

»Kannst du aus der Hand lesen?«

»Ich habe ein paar Bücher zu Hause.«

»Und wie kann man seine Schicksalslinie aufbessern?«

»Positiv bleiben, an sein Glück glauben … so was.«

»Und Karotten essen?«

Die beiden Frauen lachen.

»Kommst du oft her?«, fragt Anna.

»Schon, ja. Im Sommer kann man draussen rauchen. Hinten gibt es noch einen kleinen Garten. Genehmigen wir uns eine?«

»Ich habe was Besseres«, sagt Anna und zieht die kleine Büchse aus ihrer Hosentasche.

»Sieh mal an, stille Wasser! Da bin ich dabei. Ausserdem regt das den Appetit an.«

*

Als er ihn wegräumen will, fällt Léo der kleine Spiegel runter, den seine Mutter auf dem Tisch hat stehenlassen. So fängt es an, so verliert man seine Unschuld. Wenn man zufällig entdeckt, dass die Welt mehr als eine Wahrheit zu bieten hat. Wenn man in dem zersplitterten Spiegel das eigene zerstückelte Gesicht sieht und plötzlich viele wird. Vielleicht wäre es das Beste, all seine Facetten zu akzeptieren, auch die hässlichen. Besonders die hässlichen. Man fängt an, Geheimnisse zu haben, man packt kleine Tüten mit Marihuana, das die eigene Mutter angebaut hat, und wiegt sie auf der Küchenwaage ab. Ein Moment der Verunsicherung angesichts des Chaos. Die über den Tisch verstreuten Krümel, die Scherben auf dem Boden.

Léo holt Handfeger und Kehrblech unter der Spüle hervor. Es ist noch nicht spät, aber bei seiner Mutter und ihren Anwandlungen weiss man nie, vielleicht kommt sie früher nach Hause. Die Hanfkrümel mischen sich mit den Spiegelsplittern. Eine Sache zieht die nächste nach sich, jetzt muss die Mülltüte in der Tonne draussen entsorgt werden, um keinen Verdacht zu erregen. Der Spiegel geht noch, den kann man beichten. Der durchdringende Cannabisgeruch jedes Mal, wenn man den Mülleimer aufmacht, ist da schon etwas anderes. Die Verunsicherung wird noch grösser, als auf dem eingeschalteten Fernseher die Werbung fürs *Game* läuft. Mit dem Müllsack in der Hand bleibt Léo in der Tür stehen. Er sieht das Auto im Wert von 50 000 Euro auf dem Bildschirm, fängt an zu träumen, genau das will die Werbung, unsere Unzufriedenheit nähren und uns das Leben vergällen.

Léo entsorgt die Tüte im Müllcontainer an der Strasse. Der Wind geht in Böen nieder, es regnet Kiefernnadeln. Plötzlich wird er unruhig, dann kommt die Angst. Er trabt zurück zum Bungalow, vielleicht hundert Meter, nur wirkt die Strecke auf einmal unüberwindbar. Eine Hand, die ihn im Nacken packt, ihn in eine Höhle verschleppt, so dass er nie wieder die Sonne sieht.

Léo rennt.

Er zieht die Tür hinter sich zu, schliesst zweimal ab und macht die Fenster zu. Er stellt den Fernseher lauter, eine Sendung, in der sich braungebrannte Kandidaten an einem von Kokospalmen gesäumten Strand irgendwelchen Herausforderungen stellen.

Léo beruhigt sich wieder etwas.

Die Welt hat nicht nur eine Wahrheit zu bieten, Geheimnisse sind uns da eine Hilfe.

Da kommt ihm die Idee, sich im Zimmer seiner Mutter umzusehen. Das Gefühl, dass auch sie etwas vor ihm verbirgt. In der Schublade mit ihren Unterlagen stösst er schnell auf die schlechten Neuigkeiten, vor denen sie ihn zu bewahren versucht hat: die Bestätigung, dass die Versicherung ihnen keinen Cent zahlt; das Schreiben der Bank, die eine verspätete Monatsrate für den Bungalow einfordert; eine Zahlungserinnerung für die Wartung des in Flammen aufgegangenen Grills; eine Stromrechnung.

Er legt alles zurück an seinen Platz und verlässt das Zimmer.

Selbst wenn er Kevin das Cannabis verkauft, das reicht niemals.

Léo ist niedergeschmettert.

Léo sieht keinen anderen Ausweg.

Léo nimmt Stift und Papier, Léo fängt an zu schreiben.

Léo schreibt.

Seine Hand gleitet über den Bogen, Buchstaben nehmen Gestalt an, dann Sätze. Nach und nach kommt wieder diese Euphorie in ihm auf, die ihn schon bei seiner Klassenarbeit gepackt hat. Natürlich dauert es einen Moment, er versucht es erst mit Entwürfen, schreibt sie Stück für Stück ab.

Der Brief und die Intention.

Worte und ihre Konsequenzen.

Geschriebene Worte.

*

Ein Rocksong so wuchtig wie ein Paar Doc Martens. Es gibt keine Tanzfläche, aber bei den Riffs von *Cadillac Ranch* ist fast die ganze Bar auf den Beinen. Wie man lange eingeholte Segel hissen würde, rafft man sich hoch. Das Bier und die fettigen Pommes ziehen schwer am Bauch, einen Fuss zu heben oder den Arm zu bewegen reicht für eine Illusion von Schwerelosigkeit.

Anna ist wohl die Blüte in einem schlammigen Teich, die Seerose auf einem quecksilberverseuchten Tümpel. Sie ist für diese Musik gemacht, die fliessende Leichtigkeit ihres Körpers, ihre Mühelosigkeit inmitten all der Flusspferde; sie ist eine Frau, die Lust macht, loszuziehen, nicht wegzugehen, nein, aber loszuziehen. In den Momenten, in denen es ihr gelingt, sich selbst zu vergessen, versprüht sie etwas Unbändiges. Ihre Haare wirbeln durcheinander, fallen ihr ins Gesicht, ihr Hals leuchtet hell im schummrigen Licht der Bar, sie lacht. Ihre Jeansbluse, die abgewetzten Stiefel, wie sich die Packung Zigaretten in der Gesässtasche ihrer Jeans abzeichnet, die Bierflasche in ihrer Hand. Das Lederarmband an ihrem schmalen, drahtigen Handgelenk. Die durchtrainierten Schenkel, die gespannten Muskeln. Trotz all der Jahre verströmt sie noch immer etwas von der Energie der ehemaligen Sportlerin, ein schwelendes Feuer, eine innere Stärke. Das weckt den Appetit gewisser Männer. Ungeschickt wird sie umkreist, man buhlt um ihre Aufmerksamkeit, aber Anna sieht nichts und niemanden, sie zieht sich in sich selbst zurück, um dem Moment zu entfliehen.

Männer gibt es an Orten wie diesem viele, das Unglück treibt sie hierher. Die Frauen sind das Gegenmittel für ihre Einsamkeit; die ersehnte Berührung ihrer Hände im Nacken, ihre Lippen, die längst vergessene Dinge wachrufen. All das findet der Kerl mit Wampe in dem ausgedehnten Zungenkuss, den er abseits der Tanzenden mit Charlotte tauscht. Diese Männer sind die sanfte Version der Tresenbekanntschaften – sind kurz vorm Aufgeben oder tatsächlich mutlos; genügsam, verletzlich und nachsichtig geworden, weil sie schon so viele Körbe und Rückschläge einstecken mussten. Charlotte hat das verstanden. Und das reicht ihr, um ihrer eigenen Einsamkeit zu entfliehen, ein Pflaster auf der immer noch frischen Wunde, die ihre Scheidung hinterlassen hat. Ein Abend, eine Nacht mit einem Mann, der schon am Boden ist, ihn später in den Mund nehmen, während ihm der eigene Körper, das Alter, der unaufhaltsame Verfall ein wenig peinlich ist, dazu die Angst, nicht hart genug zu werden, nie wieder ganz auf der Höhe zu sein.

Und dann.

Gibt es noch den Alphamann.

Gibt es Cédric.

Er packt Anna am Arm, führt sie etwas abseits und bietet ihr eine Line Koks an. Sie weiss nicht, warum sie ja sagt, vielleicht erinnert es sie an alte Zeiten in Kalifornien, als sie noch allen möglichen Blödsinn angestellt hat, an spontane Eingebungen am Strand. Oder ist es die Mischung aus Alkohol, Müdigkeit und ihrer Not, die ihr den Blick verstellt?

Da ist vor allem: der feste Griff um ihren Arm, ein Befehl.

Cédric schleppt sie mit in ein kleines, fensterloses Büro neben den Toiletten. Er schliesst hinter ihr ab, drinnen herrscht Chaos, überall stapeln sich Kartons und Akten, es riecht nach kalter Asche, und spätestens das erinnert jetzt kein bisschen mehr an Lagerfeuer unterm Sternenhimmel mit Indiepop im Hintergrund.

Cédric schiebt einen Stapel Papiere zur Seite und trennt mit einer Kreditkarte auf einer Ecke des Schreibtischs vier Lines ab. Er holt einen Strohhalm aus seiner Hosentasche und zieht mit einem schnoddrigen Geräusch in jedes Nasenloch einmal hoch. Hält Anna den Strohhalm hin. Sie zögert, aber jetzt ist sie hier, jetzt kommt sie aus der Nummer nicht mehr raus. Also tut sie es ihm nach, das Koks steigt ihr in die Synapsen, eine Adrenalinspitze rauscht ihr gegen Augen und Ohren. Anna erinnert sich, wie es früher war, jetzt, da sie eine ganz andere ist. Sie kneift die Augen zusammen, stützt sich gegen das Schwindelgefühl am Tisch ab. Cédric packt sie mit beiden Händen an der Taille, dreht sie um, presst sie an sich. Sie überlässt ihm ihre Lippen, aus Neugier und weil sich trotz allem eine Lust in ihrem Bauch regt, weil das Koks die Begierde anstachelt und die Grenze zwischen Einverständnis und Zurückweisung verschwimmen lässt. Cédrics Zunge durchforstet ihren Mund, sie spürt die Kugel seines Piercings. Dieses Detail stösst sie ab, plötzlich fühlt sich seine Zunge schlaff und aufdringlich an, ein unerwünschter Vorstoss in ihren Körper.

Man macht Blödsinn, und dann kommt das Danach.

»Nein, hör auf«, sagt Anna.

Sie wendet das Gesicht ab, doch Cédric greift nach ihrem Kinn.

»Scheisse, bin ich heiss.«

Er packt ihre Hand und presst sie sich in den geschwollenen Schritt.

»Spürst du das?«

Er ist stärker als sie, sie schafft es nicht, sich loszuwinden.

»Blas mir einen, stell dich nicht so an.«

Also hört sie auf sich zu wehren und schmiegt sich an ihn. Sie gibt sich zärtlich, unterwürfig, wandert langsam mit den Lippen über seinen Hals weiter nach unten, sie schiebt sein T-Shirt hoch und küsst seinen Oberkörper, seinen Bauch, ein haariger Flaum kitzelt ihr über die Lippen. Sie mag keine aufgepumpten Muskelprotze, Kraft ist etwas anderes, Kraft kommt vom Wind und vom Wasser.

Anna kniet sich hin, öffnet die Gürtelschnalle und lässt seine Hose nach unten gleiten. Sein hartes Glied drückt sich gegen den Slip. Cédric betrachtet sie von oben, lächelnd, siegessicher. Anna zieht ihm die leicht nach Urin riechende Unterhose herunter. Nimmt den Penis in die Hand, streichelt seine Hoden, dann drückt sie zu.

»Au!« Cédric lässt sich auf den Schreibtischstuhl fallen, der rollt zurück und prallt gegen die Wand. »Scheisse, hast du sie nicht mehr alle?«

Anna stürmt zur Tür und schliesst auf. In seinen Klamotten und seinem Schmerz gefangen, brüllt Cédric ihr Beschimpfungen nach. Anna stürzt durch den Flur zur Bar, bahnt sich schubsend einen Weg durch die Tanzenden bis zu dem Tisch, an dem Charlotte mit ihrem Flirt knutscht.

Anna zieht ihre Jacke von der Stuhllehne. »Ich haue ab«, keucht sie, »ich erklär's dir später. Kommst du nach Hause?«

»Ich kann sie mitnehmen«, erwidert der Mann.

»Okay, kein Problem«, sagt Charlotte etwas überrumpelt.

Draussen rennt Anna über die Esplanade, verlangsamt erst den Schritt, als sie in die Gasse biegt, in der sie ihren Clio abgestellt hat. Ihre Lungen brennen, sie ringt nach Luft. Mit den Händen aufs Autodach gestützt, übergibt sie sich in den Rinnstein. Joint, Bier, Zigaretten, Fish and Chips, Koks. Ein Zuviel an Mist, an allem, eine unheilvolle Ballung, von Angst im Bauch. Alles, was man schlucken kann, um sich weh zu tun. Kotzen heisst ablehnen. Kotzen heisst annehmen.

Die Krämpfe lassen nach. Sie zieht ihre Jacke an, der Wind ist aufgefrischt, plötzlich zittert sie.

Anna öffnet den Wagen, setzt sich hinters Steuer, findet im Ablagefach der Tür eine Packung Taschentücher, wischt sich den Mund ab. Sie fährt los, ohne sich anzuschnallen, nichts soll ihr mehr den Brustkorb abschnüren.

Sie lässt die leeren Strassen des Örtchens hinter sich, es ist spät, sie schaltet das Radio ein; da melden die Nachrichten, dass im Grand Est wieder eine Fabrik schliesst, sie wechselt den Sender, es gibt einfach kein Entkommen, und irgendwann stumpft man ab, man klammert sich an sein eigenes kleines Schicksal, dem sich niemand anderes für einen stellen kann als man selbst.

Sie schaltet das Radio aus, versucht, den Kopf freizubekommen. Was nutzt es, über irgendwas zu grübeln, über irgendwen zu urteilen, ob nun Cédric oder wen auch immer. Ihr brennt der Rachen. Die Stille verschmilzt mit dem Raum, der sie umgibt, mit der Landstrasse, die sie entlangfährt, mutterseelenallein in schwarzer Nacht, die Spur der Scheinwerfer als einziger Kompass.

Bis.

In der Ferne ein Leuchtfeuer: Blaulicht, Polizeisperre.

Und sie geradewegs darauf zu, wie man einem Bullen für den Alkoholtest in den Einsatzwagen folgen würde.

Sie schaltet das Abblendlicht aus und biegt in einen Waldweg. Die Reifen drehen in der nassen Erde durch. Wieder findet sie keine andere Lösung als die Flucht, sie hält an und stellt den Motor aus.

Was zum Teufel soll das alles?

Die Frage stellt Anna dem Universum.

Denn es ist erniedrigend, Angst zu haben.

Angst vor Männern. Angst, ihr Zuhause zu verlieren. Angst, Léo nicht beschützen zu können.

Und die Antwort kommt: der rauschende Wind in den Zweigen, das Fauchen der von den Böen niedergestreckten Gräser, das Trommeln der vereinzelten Regentropfen auf der Windschutzscheibe.

Und hinter der Windschutzscheibe ein Reh, das sie aus schwarzen Augen anstarrt.

Das Tier springt plötzlich weg und verschwindet in den Büschen. Anna steckt sich eine Zigarette an, lehnt ihren Nacken gegen die Kopfstütze. Sie versucht sich zu beruhigen, ihr Körper wie elektrisiert.

Da sind die Abscheu, der Ekel vor Cédric.

Doch da sind auch die Sehnsucht, die Begierde, das Verlangen nach einem Mann.

Einem anderen Mann.

Alles vermischt sich, alles verschwimmt.

Auflösung der Gefühle.

Anna lässt die Hand in ihre Hose gleiten, sie berührt sich, wie sie es schon so oft getan hat.

Sie schliesst die Augen und stöhnt; ihr Geheimnis, ihre Lust.

Vergessen.

Die Zärtlichkeit, die ihre Einsamkeit ist.

11. Schmetterlingsgarten

Sie kommen aus dem ganzen Land.

Das Porto übernimmt Endemol France.

Ein Grund mehr, sein Glück zu versuchen.

Wie soll man aus den täglich Tausenden Briefen aussortieren? Man muss es gesehen haben, um es sich vorstellen zu können, diese Papiermassen, das ganze Gewicht, den Platz, den das einnimmt. Jeden Tag ein Lieferwagen voller Postsäcke, eigens bereitgestellte Büroräume, Reisswölfe, damit die Abgelehnten anonym bleiben und weniger Platz in den Papiertonnen einnehmen.

Und die Zeit.

Die Zeit, die es braucht, um all die Bewerbungen zu lesen. Kaum entzifferbare Handschriften, schiefe Sätze, schlechte Grammatik, fehlerhafte Rechtschreibung, unglückliche Wortneuschöpfungen, unzusammenhängende Argumente … Man hat Studenten angeheuert, damit die eine erste Sortierung vornehmen: nach Alter, Geschlecht, Nationalität, Beruf, Bildungsstand, Aussehen (siehe angehängtes Foto). Offiziell wird ausgelost, aber eine Vorauswahl gibt es. Die psychische Gesundheit wird beurteilt, wer gar nicht geht, wird ausgesiebt.

Die politisch Inkorrekten. Alle, die nicht dem akzeptablen Durchschnitt entsprechen.

Einziger gemeinsamer Nenner: die Verzweiflung.

Man schöpft vom mittleren Rand der Resignierten, der Hoffnungslosen, Gescheiterten, Erschöpften, Zermürbten und Entkräfteten.

Die Kunst, die Kandidaten auszuwählen, die noch nicht am absoluten Tiefpunkt angekommen sind, die mit Potential zur *Resilienz.* Auch die körperliche Konstitution und etwaige Behinderungen werden bewertet, ein Autismus vielleicht einer Trisomie vorgezogen, Übergewicht einer Hasenscharte.

Man wird sehen.

Entscheidend ist, dass sie alle einer von uns sein könnten.

»So viele sind es also?«, fragt die Bienenkönigin.

»Ja, Madame«, antwortet Mélanie.

Der grosse Postraum im Keller erinnert an die Höhle des Weihnachtsmanns. Umschläge verschiedenster Formate quellen aus bis zum Bersten gefüllten, offenen Säcken, ein bisschen wie der Tresor von Dagobert Duck, nur dass das Papier keinen anderen als einen sozialwissenschaftlichen Wert hat.

Der Anblick ist ein Stillleben; die Studenten haben den Raum nach ihrem Minijob-Tagwerk verlassen. In der Luft hängt noch ihr Atem, Starbucks- und Poke-Bowl-Kartons liegen verstreut, auf den Kunstlederstühlen kann man die Abdrücke ihrer Körper erahnen. Die Stapel mit den »Auserwählten« sind auf grosse Tische verteilt, die Berge mit den Aussortierten türmen sich auf dem Boden, bis im Morgengrauen die Schredderteams anrücken.

Jedes Wort wie eine einzelne Flaschenpost im Meer.

»Dass wir jetzt hier stehen, ist das Ergebnis von Abdankungen, Ausflüchten und Inkompetenz«, sagt die Bienenkönigin. »Wir haben so wenig Mut bewiesen, dass wir die, die dieses Land repräsentieren, jetzt aus Verlierern und Arbeitslosen auswählen.« Sie seufzt, fährt fort: »Sie wirken angespannt, Mélanie. Macht es Sie nervös, dass ich hier bin?«

»Der Beirat ist nicht begeistert von Ihrem Interesse an den Bewerbungen.«

»Auch wenn die denken, dass ihnen alles gehört, noch zählt meine Stimme, sie sind sogar auf sie angewiesen, verdammt noch mal! Ich habe ein Vetorecht, was die Kandidaten angeht. Vor allem habe ich das Recht, jemanden auszusuchen. Und das will ich selber machen, ganz unvoreingenommen.«

»Möchten Sie etwas trinken, Madame?«

»Nein, möchte ich nicht, Mélanie. Lassen Sie mich erst mal alleine. Und sagen Sie dem Sicherheitsdienst, ich will unter keinen Umständen gestört werden.«

Die Bienenkönigin würde gern noch eine rauchen, bevor sie anfängt, aber das geht nicht. Sie steht an der Spitze von mehr als 67 Millionen Menschen, aber gegen einen Rauchmelder an der Decke kommt sie nicht an.

Sie zieht ihre Schuhe aus, durchquert barfuss den Raum, dreht einen Sack nach dem anderen um, verteilt Hunderte von Briefen auf dem Boden. Sie hat diesen bestimmten Abend ausgewählt, diese paar Stunden wie einen Einschnitt in den Lauf der Zeit. Sie ist eine kleine lächerliche Königin, ein Zufall in der Weite des Universums, ein winziges Licht im komischen und kosmischen Raum.

Sie geht über den Teppich aus Umschlägen, macht wahllos welche auf.

…

Sehr geerte Damen und Heren vom Wettbewerb, ich bin 44 und seid drei Jahren arbeitslos …

Ich heisse Benoît Loris, bin 27 Jahre alt und Doktor der Archäologie …

Geschieden, drei Kinder, zehn, zwölf und siebzehn Jahre alt …

Nach 35 Jahren in derselben Firma habe ich aufgrund einer Umstrukturierung meine Arbeit verloren …

Mein Traum ist Alaskan zu haben und damit auf die Jagt zu gehen und in Urlaub zu faren …

Als Witwer ohne Kinder sehne ich mich danach, wieder unter Leute zu kommen …

Ich heisse Claire, ich bin Poetry-Slammerin, und die Show wäre eine Möglichkeit, auf mich aufmerksam zu machen …

Unsere Tochter Sandra ist hyperaktiv, und wir denken, die Herausforderung, bei Ihrem Wettbewerb stillzustehen …

Meine Freundin sagt, ich bring nie was zu Ende, aber ich will ihr beweisen, dass ich das gebacken krieg …

Liebe Jury, ich war bereits Teilnehmer bei Fort Boyard, Familienduell *und* Money Drop …

…

Die Bienenkönigin hätte nicht gedacht, dass sie das so mitnimmt. Tränen rinnen ihre Falten entlang, bahnen sich ihren Weg, bevor sie fallen. Lauwarme, salzige Tropfen lassen die Adressen auf dem Papier verschwimmen. Sie würde sie am liebsten alle an ihre Brust drücken, sie trösten, von ihrem Kummer heilen. Ihnen sagen, dass sie sie von Herzen liebt. Und dass, wenn das Bienenvolk krank ist, es nicht reicht, die Königin auszutauschen, denn die Königin ist Ursache und Wirkung zugleich; und bald ist die Königin nur noch wenig wert, weil ihre Macht ihr entgleitet. Sie wird der moralische Kompass für diese beschämende Farce sein. Damit es noch ein bisschen, noch ein Stückchen weitergeht. Sie hat sich geschworen, dass das Kartenhaus nicht einstürzt, solange sie im Amt ist. Am Ende sieht sie ihr Land lieber gedemütigt als ruiniert. Sie wird das *Game* zum gesellschaftlichen Kleister machen. Zum Fundament für neue Hoffnung, sie wird so viel herausholen wie möglich. Der König der Löwen wird nicht alles bekommen, nicht dieses letzte bisschen Menschlichkeit, davon ist sie überzeugt.

Und für wenigstens eine oder einen ihrer Untertanen kann sie ganz konkret etwas tun.

Die Bienenkönigin führt sich die Umschläge ans Gesicht, saugt den Geruch des Papiers ein, all der Hände, Ängste, der hoffnungsvollen Erwartung. Die Triebkraft der Macht ist die Begierde. Die Bienenkönigin würde es niemals zugeben, aber die Ausübung von Macht kann etwas ziemlich Sinnliches sein.

Sie gräbt die Hände in die Stapel.

Denn irgendwann ist der Moment gekommen, für wen auch immer, was auch immer, in diesem Fall für diesen Brief:

Sehr geehrte Damen und Herren vom Game,
ich heisse Léo, bin dreizehn Jahre alt, und ich weiss, dass Kinder nicht am Wettbewerb teilnehmen dürfen. Aber ich schreibe Ihnen heute Abend im Namen meiner Maman, Anna …

12. Hundeleben

»Es kotzt mich an, dir was zu zahlen«, sagt Kevin.

»Pech für dich. Ich hab dein Weed, gib du mir mein Geld.«

»Nächste Woche will ich die nächste Lieferung.«

»Kein Problem.«

»Wo versteckt deine Schlampenmutter das Zeug? Wusstest du, dass sie in Bars mit irgendwelchen Typen rummacht?«

Léo ballt die Fäuste, sein Gesicht wird bleich.

»Was, willst du mir eine reinhauen?«

Léo denkt an ihr Geschäft. Sie brauchen das Geld, seine Mutter und er. Also braucht er Kevin.

»Wieso bist du so?«, fragt er ihn.

Kevin spuckt auf den Boden; Léo zieht gerade noch rechtzeitig seine Turnschuhe zurück. Dann wird ihm von Kevin ein zusammengerolltes Geldbündel vor die Füsse geworfen.

»Weil's mir passt. Du bringst mir vielleicht Kohle ein, aber du bleibst ein Hurensohn.«

Im Bus nach Hause muss Léo unwillkürlich an die Zauberin Karaba aus *Kiriku* denken. Er würde die kindische Assoziation gern abschütteln, nicht weiter darüber nachdenken, aber er kann nicht anders, als sich zu fragen, welcher Dorn Kevin weh tut. So oder so, je weniger er dieselbe Luft atmet wie dieser Typ, desto besser für ihn.

Der Bus lässt ihn am Strassenrand raus. Léo ist der Einzige, der am Campingplatz aussteigt. Sein mit Heften und Büchern beladener Rucksack ist schwer. Wenn er keine Lust hat, zur Schule zu gehen, sagt seine Mutter, das sei eben seine Arbeit und in der Arbeit finde man seinen Stolz.

Es ist nach achtzehn Uhr. Auch wenn der Himmel grau und das Licht trübe ist, werden die Tage länger. Das Auto seiner Mutter ist nicht zu sehen, umso besser.

Léo kriecht schnell zwischen die Rundhölzer unter dem Bungalow, gräbt mit den Händen ein Loch und steckt seine ersten Scheine in ein Glas. Seine Mutter sagt, die einzige verlässliche Bank sei die Erde. Noch zehntausend Euro, denkt er, und niemand kann ihnen ihr Zuhause wegnehmen. Das wäre eine Gewissheit, wie dieses verbuddelte Geld und die Arbeit, die stolz macht.

Léo klettert aus seinem Versteck und putzt sich die Hose ab. Er beschliesst, der Gun einen Besuch abzustatten. Das Holz zu berühren gibt ihm Sicherheit, auf dieses Brett kann er sich stützen wie auf die Stärke seiner Mutter. Es steht für eine Zukunft, ein Versprechen. Er nimmt den Schlüsselbund, öffnet das Vorhängeschloss des Schuppens.

Der Geruch ist da, genau wie immer, Harz, Benzin, Holz, Neopren, Meersalz. Das Fishboard auf dem Rack, sein alter Anzug und der von Kevin auf ihren Bügeln.

Alles ist da.

Bis auf das Wesentliche.

Bis auf die Gun.

*

Die Mitte des Bungalows.

Sein Zentrum.

Das Herz des gemeinsamen Lebens, Küche und Wohnzimmer, in Aufruhr.

»... Ich muss mich nicht rechtfertigen, Léo.«

»Wenn du mir Sachen verheimlichst?«

»Und du erzählst mir alles?«

»Das ist was anderes. Du bist meine Mutter!«

»Eben! Ich bin deine Scheissmutter.«

»Ich dachte, keine Kraftausdrücke ...«

»Ja, ist mir jetzt auch egal. Durch die Gun können wir die Rate für den Bungalow bezahlen.«

»Du hast mir dieses Brett versprochen! Das war Papas!«

»Und es gehört immer noch dir. Es ist nur für eine Weile ein Pfand, ich musste mir Geld leihen, verstehst du das nicht?«

»Und wenn du nächsten Monat nicht zahlen kannst?«

»Dann behält Tanguy das Board länger ...«

»Der Typ heisst Tanguy?«

»Er hat einen Surfladen. Wir kennen uns noch aus unserer Wettbewerbszeit ... Léo, niemand nimmt dir dieses Brett weg. Manchmal muss man gewisse Entscheidungen treffen.«

»Warum hast du mir nichts gesagt?«

»Weil du ein Kind bist und weil alles schon schwierig genug ist.«

»Und wenn ich den ganzen Tag alleine bin, wenn ich mir abends zu essen mache und du mit irgendwelchen Typen um die Häuser ziehst, bin ich dann auch ein Kind? Weisst du, was sie über dich sagen? Dass du eine Schlampe bist!«

Anna kann nicht anders, die Ohrfeige kommt einfach von selbst. Léo strauchelt, knallt mit dem Rücken gegen den Kühlschrank, drinnen klirren die Flaschen.

»Wer sagt das?«

Léo antwortet nicht.

»Scheisse, wer?«

»Niemand …«

»Geh in dein Zimmer, ich will dich nicht mehr sehen!«

*

Ein verschwommenes Gefühl, eine kurze wache Klammer, weil sich Gespenster zwischen die Ängste der Wirklichkeit schleichen und über den Schlaf keine guten Feen mehr wachen. Léo merkt, wie seine Mutter in sein Zimmer kommt, um ihm einen Kuss zu geben. Er fühlt die lauwarmen Tränen auf seinem Hals, den heissen Atem in seinem Nacken. Diese Verbundenheit aus Fleisch und Blut, diese bedingungslose Liebe ist etwas von weit her, ein Urinstinkt. Für einen Moment legt sich die warme Hand beruhigend auf seine Stirn, wie damals, als er klein war, wenn er mit Schmerzen im Bett lag und die Hand sein Fieber linderte.

Diese Frau ist die Reptilienfrau.

Diese Frau ist deine Mutter, Léo.

13. Wolkenkuckucksheim

Am nächsten Morgen fällt durch den *Cars*-Vorhang ein orangegelbes Licht ins Zimmer. Léo denkt zwei Dinge: Erstens, er hat Hunger; zweitens, er muss unbedingt diesen bescheuerten Vorhang loswerden.

In der Stille des Wohnzimmers schlingt er zwei Schüsseln Cornflakes hinunter. Er steht am Fenster und beobachtet, wie ein Eichhörnchen einen Baum hochklettert. Die Sonne scheint, Léo weiss nichts über den Tidenhub oder sonst irgendwas, aber alles, woran er denken kann, ist, surfen zu gehen.

Er zieht seinen (alten) Anzug an (den er an Armen und Knien abgeschnitten hat, Kevins zu tragen kommt nicht in Frage), holt sein Board aus dem Schuppen – versucht, sich nicht wegen der Gun zu bemitleiden –, macht es auf seinem Fahrrad fest und fährt los.

An diesem Morgen erstickt auch er.

Die Zeit vergeht, und ihm ist das nicht einmal aufgefallen.

Ein *Cars*-Vorhang.

Scheisse, ist das peinlich.

*

Die Mitte des Bungalows, zum Zweiten.

Sein Zentrum.

Im Herzen des gemeinsamen Lebens, Küche und Wohnzimmer, die kalte Wut seiner Mutter.

»Was ist das?«, fragt Anna mit einem Brief in den Händen.

Keine Begrüssung, kein »Wie geht's?«. Léo schlägt die Kapuze seines Ponchos zurück, seine Haare sind noch feucht. Die Wellen waren tatsächlich gar nicht so schlecht.

»Was ist denn?«, fragt er mit unsicherer Stimme.

Seine Mutter legt den auseinandergefalteten Brief auf den Tisch, dreht ihn, was vorher auf dem Kopf stand, Endemol France, wird nun entzifferbar:

Endemol France.

Liebe Anna Loubère,

wir freuen uns, Sie in der Vorauswahl für unsere Show Das Game *begrüssen zu dürfen; der Wettbewerb findet im Juli statt und wird im öffentlichen Fernsehen ausgestrahlt. Wir bitten Sie, sich so schnell wie möglich bei unserer Produktionsassistentin Laurence Virenque zu melden, um alle weiteren Modalitäten zu klären.*

Wir freuen uns darauf, Sie kennenzulernen, und hoffen, Sie bald zu unseren zwanzig GAME-Finalist:innen zählen zu können.

Sollten wir bis zum 30. Mai keine Rückmeldung von Ihnen erhalten, können wir Ihre Bewerbung nicht länger berücksichtigen.

Mit freundlichen Grüssen

Léo legt den Brief hin, seine Hand zittert. Ist das möglich? Kann das geschriebene Wort so viel bewirken? Kann ein einfacher Brief all ihre Probleme lösen?

»Ich dachte, wir erzählen uns alles, Léo?«

»Aber das ist ja super, Maman!«

»Findest du?«

»Die nehmen dich ganz bestimmt. Du gewinnst. Und dann verkaufst du das Auto, das sind 50 000 Euro, Maman. 50 000!«

Anna denkt nicht einmal daran, nach draussen auf die Veranda zu gehen, um sich ihre Zigarette anzustecken. Sie nimmt den ersten Zug, wie um Schwung zu holen, dann legt sie los: »Glaubst du, dass ich mich vor dem ganzen Land zum Affen mache? Vor den Kameras den Hampelmann spiele? So siehst du mich? Sag schon!«

»Aber … Es ist doch nur ein Spiel! Ein Spiel!«

»Nein, Léo. Das ist der Absturz, da verkauft man seine Seele, und seine Würde gleich mit. Und das kommt nicht in Frage, niemals!«

Léo wollte das Richtige tun, dabei entgleitet ihm alles. Noch vor einem Monat sah die Welt viel einfacher aus, ihre Grenzen waren klar umrissen; seine Mutter hatte einen Job, er dachte, sie zu kennen. Zwischen sie beide passte kein Blatt Papier, und all die Probleme, die sich jetzt so bedrohlich und übermächtig vor ihnen auftürmen, gab es nicht.

»Und was machst du jetzt?«, fragt Léo. »Mich zum Spielen in mein Zimmer schicken?«

»Werd nicht frech.«

»Also sagst du ab?«

»Wir brauchen die nicht. Weisst du, was ich jetzt mache? Ich gehe zurück an meine Arbeit und schrubbe Toiletten auf dem Campingplatz. Das ist vielleicht nicht glamourös, aber immer noch besser als diese dämliche Show.«

*

Seit dem Abend in der Bar arbeiten Anna und Charlotte weiter zusammen, wenn auch mit gedämpfter Begeisterung. Sie können beide anpacken, keine gibt der anderen Grund zur Klage, und wenn es um die Planung geht, setzt man sie gern als Duo ein. Sie teilen sich noch immer ihre Zigaretten, tauschen in den Pausen ein wenig Tratsch aus, bemühen sich um ein Lächeln.

Nachdem sie den Kärcher ausgeschaltet haben, setzen sie sich ins Golfcart. Der Gesang der Vögel schwillt wieder an, die murmelnde Brandung hinter den Dünen. Sie ziehen ihre Gummihandschuhe aus, die Haut an ihren Händen ist zerknittert.

»Ich nehme an, da gehst du nicht mehr hin?«, fragt Charlotte in ironischem Ton, während sie sich ihre Camel anzündet. »Du hast den Laden auf jeden Fall aufgemischt. Cédric hat getobt.«

»Kennst du den Kerl gut?«

»Wie einen Barkeeper, der mich seit drei Jahren bedient.«

»Was hat er dir erzählt?«

»Na ja … Was man eben in einem Büro macht, nachdem man zusammen gekokst hat … Und dass du es dir plötzlich anders überlegt hast …«

»Und?«

»Nichts und. Das ist eure Sache, aber er ist sauer auf mich, und ich kriege keinen mehr aufs Haus.«

»Hast du dich nicht gefragt, warum ich so schnell weg bin? Scheisse, ich habe gedacht, du hältst zu mir.«

»Hättest halt nicht mit ihm mitgehen sollen. Du bist ein grosses Mädchen. Wenn du mitgehst, steh dazu.«

»Was hast du nur mit diesem Typen?«

»Ihm gehört meine Stammkneipe. Und wegen dir herrscht jetzt Eiszeit, das ist alles.«

»Charlotte? Der Kerl ist ein Idiot. Ausserdem kann er nicht küssen, man weiss nicht, ist das seine Zunge oder eine Nacktschnecke …«

Da muss Charlotte dann doch lächeln. »Ich muss mir jetzt also eine neue Bar suchen?«

»Sieht wohl so aus.«

Über ihren Köpfen bearbeitet ein Grünspecht einen Baum. Anna sucht mit den Augen das Blattwerk nach ihm ab, Beharrlichkeit ist Teil der Natur.

»Und was ist aus deinem Typen geworden?«

»Wir sehen uns heute Abend wieder.«

»Freut mich …«

»Du kannst es auch lassen, weisst du.«

»Tut mir leid, Charlotte. Ich bin nicht ganz auf der Höhe.«

Die beiden Frauen rauchen zu Ende und machen sich bereit, um wieder an die Arbeit zu gehen.

»Anna? Noch eine Sache, ich … Wir hatten doch

über den Anzug von meinem Jungen gesprochen, und du hast das mit dem Geld vergessen …«

»Oh, Mist, hab ich dir nichts gegeben? Wie viel?«

»Fünfzig und ein paar Zerquetschte, aber fünfzig sind auch okay.«

14. Falsches Pferd

In der Stadt produzieren Bienen Mischblütenhonig: Kirschbäume, Apfelbäume, Weiden, Eichen, Kastanien ... Nicht zu vergessen die Blumen auf Balkons und in Parks. Schadstoffe kommen nur in Spuren vor, die Bienen filtern sie mit ihrem Speichel heraus. Und paradoxerweise ist der Honig aus Städten wegen fehlender Pestizide oft weniger belastet als der vom Land.

Die Bienenkönigin holt ihre erste Ernte der Saison ein. Drei Bienenstöcke beherbergen ungefähr 150 000 Bienen und bringen fast sechzig Kilogramm Honig im Jahr. Die Bienenkönigin weiss, dass sie den Ertrag noch steigern kann, das Problem sind nicht die Insekten, es liegt an ihrer Technik.

Sie ist eine kundige Imkerin, aber kein Profi.

Durch ihre Maske sieht sie Mélanie mit ihren braungebrannten, schlanken Beinen auf sich zukommen. Gekleidet ist sie wie immer, nur dass sie jetzt ein Kostüm aus leichter Baumwolle trägt und sich der Strumpfhose entledigt hat. Unter der weissen Bluse eine schlanke Taille und kleine Brüste. Die Bienenkönigin denkt sich, wenn sie zwanzig Jahre jünger wäre, würde sie ihr Glück versuchen. Sie könnte auch ihre Position als

Trumpf ausspielen, aber das widerspräche ihren Prinzipien.

Die Bienenkönigin unterbricht ihre Arbeit. Sie lüftet den Schleier und zieht ihre Handschuhe aus, streicht vorsichtig die Insekten ab, die noch auf ihrem Anzug sitzen, sie will ihre junge Assistentin nicht verschrecken. Wenn sie für die Zukunft noch irgendwelche Hoffnung hat, dann ist das den Bienen zu verdanken, die mit ihrem Fleiss das Gemeingut für alle nutzbar machen, aber auch der perfekten Rundung von Mélanies Beinen.

Grosszügigkeit der bestäubenden Hautflügler.

Schönheit des menschlichen Körpers.

»Sie hat abgelehnt«, erklärt die junge Frau, sobald sie in Hörweite ist.

»Eine Zigarette, Mélanie?«, fragt die Bienenkönigin.

»Sie wissen doch, nicht für mich, Madame.«

Die Bienenkönigin dreht das Gesicht zur Sonne und schliesst für einen kurzen Moment die Augen, um die Nikotinwolke einzusaugen.

»Was machen wir?«, fragt Mélanie.

»Nichts.«

»Was sage ich dem Beirat?«

»Nichts.«

»Die zerreissen mich in der Luft, Madame.«

»Niemand wird Ihnen ein Haar krümmen, junge Dame. Oder Sie sonst irgendwie anrühren.«

»Soll ich sie bitten zu warten?«

»Nein. Sie sagen ihnen, ein Platz bleibt unbesetzt. Dafür gebe ich ihnen freie Hand bei der Auswahl der neunzehn anderen, sollen sie nehmen, wen sie wollen, ich werde mich nicht einmischen ...«

»Madame, ich ...«

»Ja?«

»Warum genau sie? Warum diese Frau?«

Mit der Frage hat die Bienenkönigin gerechnet. Die wird immer gestellt, wenn etwas Rätsel aufgibt.

»Bauchgefühl, Mélanie. Nur ein Bauchgefühl, aber das muss Sie nicht weiter interessieren.«

Mélanie nickt, macht ein kleines Geräusch mit den Absätzen, wie um strammzustehen, und verlässt die Terrasse.

Die Bienenkönigin sieht ihrem entzückenden kleinen Hintern nach.

Grosszügigkeit der bestäubenden Hautflügler.

Schönheit des menschlichen Körpers.

Ab jetzt kann sie in ihrem Glauben an die Zukunft auch auf Anna Loubère und deren Integrität zählen.

Die Bienenkönigin ist zuversichtlich.

Ziel des *Game:* die Zuversicht von zwanzig Millionen Fernsehzuschauern wiederzugewinnen, ihnen zeigen, dass man mit Kampfgeist alles erreichen kann.

Und hinter der wiedergewonnenen Zuversicht die Hoffnung auf eine Wiederbelebung der Wirtschaft.

Wieder-, Re-: magische Vorsilben.

Die Bienenkönigin ist überzeugt:

Eine anständige Person reicht, um sie zu retten.

Sie alle.

15. Schweinebaumel

Charlotte hat sie losstürmen sehen. Sie ist leicht genervt, jetzt muss sie die Sanitäranlagen alleine putzen. Anna hat nicht einmal ihren Kittel ausgezogen, sie war völlig von der Rolle. Hat sich kaum verabschiedet, ist einfach los, und ihre Packung Zigaretten hat sie auch im Golfcart liegenlassen. Eigentlich war sich Charlotte sicher, dass sie selbst ein Magnet für Ärger sei. Seit sie Anna kennt, denkt sie, vielleicht ist ihr Pech auf ihre Kollegin übergesprungen.

*

Ein Rettungswagen und ein Einsatzfahrzeug der Polizei sind schon da. Als Anna aus dem Auto steigt, schieben die Sanitäter die Trage in den Transporter und machen die hinteren Türen zu. Sie haben es nicht eilig: Der Körper steckt in einem Leichensack.

Anna findet Pauline dort vor, wo sie sie zuletzt zurückgelassen hat, am Kopfende des Küchentischs. Anna trägt noch ihren apfelgrünen Kittel, die zwei Polizisten an Paulines Seite erkennen sie nicht gleich.

»Wer sind Sie?«, fragt der erste.

»Ich habe sie angerufen«, fährt Pauline dazwischen.

Anna nimmt den Platz der Polizisten ein. Der erste starrt sie mit demselben lüsternen, testosterongeschwängerten Blick an wie an jenem unheilvollen Abend, als sie sie nach dem Unfall nach Hause gebracht haben.

»Wo sind die Mädchen?«, fragt Anna besorgt.

»In der Schule, Gott sei Dank«, antwortet Pauline.

Ihr Gesicht eine wächserne Maske, ihre Stimme tonlos. In einem Nebel würde sie selbst zum Nebel werden. Der zweite Polizist stellt ihr eine Frage, sie hört ihm nicht zu.

»Lassen Sie uns einen Moment allein?«, fragt Pauline.

Die zwei Männer fügen sich widerwillig, sie verlassen die Küche nur ungern, das bedeutet bloss zusätzliche Stunden, Papierkram und so weiter.

»Hast du was zu trinken? Was Starkes?«, fragt Anna.

Pauline zeigt auf ein Fach über der Geschirrvitrine. Anna nimmt die Flasche Abricotine und zwei kleine Gläser.

»Nicht für mich«, sagt Pauline. »Ich brauche einen klaren Kopf.«

Anna schenkt sich ein, kippt das Glas hinunter, tastet wie mechanisch in der Tasche ihres Kittels nach ihren Zigaretten, findet sie nicht. Zwischen Faltprospekten und dem Stapel mit Rechnungen, der sich inzwischen doppelt so hoch türmt, liegt Rodolphes Packung Tabak auf dem Schrank. Ihr Urlaubsfoto steht auch noch da. Anna dreht sich eine Zigarette. Von dem schwarzen Tabak muss sie husten.

»Das war auf Martinique«, erklärt Pauline. »Ich sehe dieses Bild und frage mich, wie konnte er nur …«

»Hast du ihn gefunden?«

»Siehst du hier noch jemand anderes?«

»Es hätte eine deiner Töchter sein können.«

»O nein! Das hat er gut eingefädelt, wenn man so will. Erst ist er zum Bäcker und hat uns Schokocroissants fürs Frühstück gekauft. So aufmerksam ist er lange nicht gewesen, da hätte ich misstrauisch werden müssen … Dann hat er uns zum Auto begleitet. Er hat die Kinder in den Arm genommen. Wir haben uns geküsst, richtig geküsst, und auch da, weisst du, da hätte ich miss… Und dann … dann bin ich von der Schule zurückgekommen … Normalerweise trinken wir beide noch einen Kaffee, bevor wir wieder an die Arbeit gehen …«

Pauline nimmt eine Zigarette. Ihre Hand ist ganz ruhig. Das Schwerste muss sie noch erzählen. In ihrer Stimme liegt jetzt dumpfe Wut. Eine Wut so dumpf wie das Gefühl in ihrem Mund. Eine Wut, die nach Erklärungen sucht, die verstehen möchte, wie man an diesen Punkt kommen kann.

Nein,

eine Wut, die verlangt, zu verstehen, wie *Rodolphe* an diesen Punkt kommen konnte, wie er seine Frau hintergehen, seine Kinder im Stich lassen konnte, obwohl er wusste, welchen unsagbaren Schmerz sie für den Rest ihres Lebens mit sich herumschleppen würden.

»Ich hab ihn im Hühnerstall gefunden«, fährt Pauline fort und stösst eine Rauchwolke aus. »Er hat seine

Hausaufgaben gemacht. Er war zwar gross, aber seine Füsse hingen genau zwanzig Zentimeter über dem Boden. Es hätte nicht viel gebraucht, um sich noch zu retten …«

Die beiden Frauen schweigen, Anna schenkt sich noch einen Schnaps ein. Es klopft zweimal kurz an der Küchentür.

»Moment!«, ruft Anna.

»Ich habe alles verloren, Anna. Meinen Mann, meinen Hof, alles. Wir haben Konkurs angemeldet, wenn du es wissen willst. Als du neulich Abend bei uns warst, ist mit dir unsere letzte Einnahmequelle versiegt, läppische dreihundert Euro. Es war, als hättest du das Licht ausgeknipst, verstehst du?«

»Pauline, ich …«

»Ich kenne hier niemanden so lange wie dich, wusstest du das? Nachdem ich die Polizei gerufen habe, warst du die Einzige, an die ich gedacht habe.«

»Ich helfe dir, Pauline, wir finden eine Lösung.«

»Ich lasse seinen Leichnam nach Compiègne überführen, wir werden ihn da beerdigen, wo seine Familie wohnt. Aber ich will nicht, dass du kommst, ich will nie wieder deinen Namen hören, ich will dich nicht mehr sehen. Ich habe genau gespürt, wie du an dem Abend vor uns geflüchtet bist. Du kannst nichts dafür und bist an allem schuld. Du warst wie der Tropfen, der das Fass zum Überlaufen gebracht hat. Und jetzt macht man dir Vorwürfe, an dich erinnert man sich, als würde alles andere nicht zählen. Das ist unfair, ich weiss, aber es ist so. Verschwinde, Anna. Verschwinde einfach.«

Anna fügt sich. Sie hat das auch gebraucht. Dass man sie mit der Nase aufs eigene Elend stösst, dass man ihr klarmacht, was für ein armseliges Rädchen sie im Häcksler der Menschheit ist.

*

Anna fährt auf einer Landstrasse durch die Maisfelder. Die erstarrten Beregnungsmaschinen als Skelette prähistorischer Riesen. Ihr Auto der einzige Punkt in Bewegung auf der schnurgeraden Spur. Die Kilometer ziehen vorbei, ohne dass sie jemandem begegnet.

Brummen des Motors; Knirschen des Plastik-Armaturenbretts; pfeifender Wind, der durchs offene Fenster zieht.

Der beissende Geruch nach Diesel; das herbe Aroma von trockener, zu Staub gewordener Erde; kalter Rauch.

Anna krampft die Finger ums Lenkrad.

Presst die Zähne zusammen. Presst die Pobacken zusammen.

Klammert sich fest, um nicht unterzugehen. Um alles zusammenzuhalten, was auseinanderfällt. Ihr entgleitet.

Es brauchte einen grossen Schraubenschlüssel, mit dem sie die Muttern ihres Lebens wieder festziehen könnte.

Auf dieser Strasse fährt niemand ausser dir, Anna.

16. Ruf der Wildnis

Léo weiss, dass seine Mutter ihre Gläser im Schuppen nicht kontrolliert. Sie greift das erstbeste, füllt ihre kleine Büchse auf und verstaut die anschliessend im Schrank. Léo verteilt alles, so gut es geht, er könnte sogar ein, zwei Gläser verschwinden lassen, ohne dass es auffällt. Und bis sie ihn erwischt, hat er genug verdient, um ihre Wut zu bremsen und die Sache ins rechte Licht zu rücken. Sie würden sich die Gun zurückholen können, das wäre schon mal etwas.

Er steckt die zweihundert Euro in seine Sparbüchse und vergräbt sie wieder. Auch wenn sicher niemand nach da unten kriecht, bedeckt er die aufgewühlte Erde mit Moos und Kiefernzapfen. Man weiss nie. In der Schule haben sie angefangen, *Ruf der Wildnis* zu lesen.

(… aber es war auch schön, wenn der Fisch gefressen war, noch eine Stunde oder so mit den anderen Hunden herumzustreunen, von denen es über hundert gab. Darunter waren auch wütende Kämpfer …)

Léo schwingt sich in seinen Sattel, fährt den Pfad hinab, der sich zwischen den Kiefern hindurchschlängelt, und biegt auf den Radweg neben den Dünen. Bis in den Ort braucht er eine gute halbe Stunde.

Er schliesst sein Rad an, zieht sein schweissgetränktes T-Shirt aus und läuft mit nacktem Oberkörper weiter. Die schöne Jahreszeit ist angebrochen, ab jetzt wird er quasi nichts anderes mehr als seine kurze Hose tragen, ausser natürlich in dem letzten Monat Schule, bis es dann im September wieder losgeht. Zwischen all den Surfern, die ihm entgegenkommen, fällt er sowieso nicht auf. Seit einiger Zeit lässt er sich auch die Haare wachsen. Er möchte so aussehen wie die älteren Jungs. Die meisten kommen am Wochenende aus der grossen Stadt zum Surfen her, manche fahren am selben Abend wieder nach Hause. In Wirklichkeit lebt keiner von ihnen so sehr das Aussteigerleben wie er. Der »Surf-Lifestyle«, den er verkörpert, hat nichts mit dem aus den Zeitschriften oder dem der Schaumstoffboards von Decathlon zu tun. Er weiss auch eh nicht, was damit gemeint ist, seine Mutter hat von so was nie geredet, was soll das sein; man lebt auf eine bestimmte Weise, so frei, wie es eben geht, und gut ist.

Das, was er in sich trägt, hat ihn heute hierhergetrieben. Das Bekenntnis zu seinen Wurzeln, sowohl auf molekularer als auch auf spiritueller und symbolischer Ebene. Seine Mutter hat ihm den Shop grob beschrieben. Surfläden gibt es in dieser Touristenfalle, zu der sich das Seebad während der Sommersaison entwickelt, wie Sand am Meer, manche mehr, manche weniger spezialisiert, manche mehr, manche weniger professionell aufgestellt.

Insofern ist es natürlich ein Schock für Léo, als er seine Gun plötzlich zwischen einem Souvenirladen und einem Bademodengeschäft entdeckt. Hinter dem Schaufenster sieht er, wie sie von Jugendlichen umkreist und betastet wird. Léo weiss genau, was sie fühlen, aber Scheisse, dieses Brett gehört ihm.

Im Laden erkundigt er sich nach Tanguy. Eine junge Frau mit diversen Piercings und Tattoos fragt ihn, was er von ihm wolle.

»Das ist was Persönliches.«

»Tanguy! Hier ist so ein Kleiner, der will dich persönlich sprechen!«, brüllt sie.

Léo ist es peinlich, als ein paar Jungs sich umdrehen, er hat es satt, so jung zu sein, er will zu den Grossen gehören.

Tanguy erscheint: sonnengebleichte Haare, braungebranntes Gesicht, Oakley-Jawbreaker-Sonnenbrille an einem Band um den Hals, Oxbow-Shorts, Achselshirt von Billabong. Bestimmt 120 Kilo auf 1,75 Meter. Wie seine Mutter so einem Kerl sein Brett anvertrauen konnte, ist Léo ein Rätsel. »Ich kenne sonst niemanden, der mir zweitausend Euro leihen würde«, hätte sie ihm geantwortet.

»Du bist bestimmt Léo«, sagt Tanguy und hält ihm die Hand für ein High five hin. »Hast du gesehen, Cindy«, sagt er zu der jungen Frau, »er ist seiner Mutter wie aus dem Gesicht geschnitten.«

Léo rührt sich nicht, mürrische Miene.

»Und genauso eine Kratzbürste«, fügt Tanguy hinzu und lässt die Hand sinken.

»Was macht sie da im Schaufenster?«

»Wer?«

»Was macht die Gun in eurem Schaufenster?«

»Willst du was trinken, Kleiner? Cola? Saft?«

»Ich will wissen, was zur Hölle sie da macht!«

»Hat Anna dich geschickt?«

»Im Gegenteil.«

Tanguy versteht, lächelt. »Das ist Teil unserer Abmachung, Léo. Solange ich sie habe, bleibt sie da. Das lockt die Kunden an, siehst du ja.«

»Meine Mutter war damit *einverstanden?*«

»Keine Bange, sie steht nicht zum Verkauf. Das ist nur vorübergehend. Nur ein kleiner Deal, und wenn der Werbestunt aufgeht, kann Anna das Geld sogar behalten.«

»Und wenn jemand sie klaut?«

»Tanguy räumt sie jeden Abend nach hinten in die Werkstatt«, schaltet sich Cindy ein.

»Wir haben einen Metallrollladen vor dem Shop. Keine Sorge, da besteht keine Gefahr.«

»Ich will nicht, dass die Leute sie anfassen.« Léos Tonlage rutscht in die Höhe, diese Stimme im Stimmbruch, die ihm entgleitet, wenn ihn etwas mitnimmt.

»Cindy, bringst du bitte einen Zettel mit *Bitte nicht berühren* am Brett an? Würde dich das beruhigen?«

Léo antwortet nicht.

»Anna sagt, dass du dich für dein Alter ziemlich gut schlägst. Nimm dir ruhig eine neue Leash aus der Kiste oder eine Tube Wachs, was du willst, würde mich freuen …«

Was Tanguy nicht weiss: Die Gun ist nicht nur eine Gary Linden, sein Vater hat sie mit ihm auch noch geshapt, mit Gary, der kalifornischen Legende persönlich, dem Pionier des Big-Wave-Surfens.

Was Tanguy nicht weiss (Pt. 2): Sein Vater ist gestorben, nachdem er sich den Kopf auf einem felsigen Untergrund angeschlagen hat.

Was Tanguy nicht weiss (Pt. 3): Nur das Brett ist zurück ans Ufer gespült worden.

»Das Board gehört mir. Wenn das einer klaut, stecke ich euren Laden in Brand.«

Léo verlässt den Shop ohne Wachs, ohne Leash.

Tanguy dreht sich zu der jungen Frau, die mit einer Handbewegung ein »huiuiui« andeutet. »Weisst du was, Cindy, das traue ich dem glatt zu.«

*

Auf einer Bank am Meer lindert Léo seinen Frust mit einer Nutella-Waffel. Die Schokolade klebt ihm an den Händen, nach dem letzten Bissen leckt er sich die Finger ab. Er ist abgelenkt, er beobachtet die Surfer, wie sie sich auf die nahe dem Ufer kurz brechenden Wellen stürzen, die Shorebreaks. Léo würde sich nicht trauen, so nah am Strand vor Schaulustigen und Badegästen zu surfen. Er will sich die bissigen Kommentare der anderen Surfer ersparen, ihren Spott, sobald mal ein Manöver danebengeht.

Dagegen fällt ihm auf, dass einen von ihnen die Anwesenheit des Publikums richtig anheizt, ihn anspornt, Risiken einzugehen. Mit festem Stand, fast in der Hocke, und der perfekten Fussstellung an der inneren Kante des Boards fährt er, sobald die Welle hohl wird, direkt in die Tube; eine Hand am Rail, die andere gleitet sanft über die Wand aus Wasser. Die Welle ist keine zwei Meter hoch, der Kerl ändert seinen Kurs leicht nach unten und verlässt die Röhre, reckt am Ende eine Faust gen Himmel. Léo weiss, er könnte das auch. Ihm fehlt nur die Unerschrockenheit, der Mut. Oder der Grössenwahn.

Applaus und Pfiffe, Léo erkennt Kevins Freunde, die ihre im grellen Licht aufblitzenden Bierdosen schwenken.

Léo stutzt, beschattet mit der Hand die Augen.

Er kann es kaum glauben, aber er ist es wirklich. Der, der sich in der dreckigsten Ecke der Schule bekifft. Der allen das Leben schwermacht. Vor allem ihm, um genau zu sein.

Kevin Larrieu.

Léo kann nicht begreifen, wie der fieseste, brutalste Typ überhaupt eine solche Anmut an den Tag legen kann.

Wie ist das möglich?

Wie nur?

17. Falsche Kröten

Bevor sie mit dem Giessen anfängt, überprüft Anna, ob die Pflanzstäbe richtig in der Erde stecken. Die neuen Cannabispflanzen baut sie abseits der Tomaten und Auberginen an. Wie Bambus oder Zuckerrohr bildet Hanf unterirdische Rhizome, er ist eine gefrässige Pflanze, wenn man keine Vorkehrungen trifft, nimmt er einem den ganzen Garten in Beschlag. Um dem Wuchern Einhalt zu gebieten, baut sie ihn in einer in die Erde gelassenen Aluwanne an. Luis hat ihr das beigebracht, als sie noch in ihrem Holzhäuschen in Ocean Beach lebten.

Zur Klarstellung: Luis war Léos Vater. Ein spanischer Baske.

(Léo nennt ihn immer nur »meinen Vater« oder »Papa«.)

»Den Hanf im Garten einzudämmen«, hatte er ihr erklärt, »ist, wie die keynesianische Theorie auf den freien Markt anzuwenden. Das aktive Eingreifen der Regierung (das bist du) gewährleistet das Wirtschaftswachstum (den Hanf) in einem liberalen Staat (dem Garten) … Ausserdem ist es das beste Mittel, um den eigenen Konsum einzuschränken. Nicht mehr anbauen, als man braucht.«

Sie war damals fünfundzwanzig, mit Léo im vierten Monat schwanger … Anna hält ihr Gesicht unter das kalte Wasser, unterdrückt die Gefühlswelle, die sie überkommt, rollt den Schlauch am Gartenventil ein. Wenn man nicht aufpasst, haben auch Erinnerungen die Tendenz, sich auszubreiten, einen ganz und gar zu verschlucken.

Anna fegt die Terrasse, leert den Aschenbecher, nutzt die Gelegenheit, um in Ruhe eine zu rauchen.

Von den Dünen wird der Duft der Strohblumen herübergeweht, dieses würzige, an Curry erinnernde Aroma, das sie mit Wind, Wellen und Hitze verbindet. Sie betrachtet die blühenden Pflanzen um sich herum, die in allen möglichen Formen hoch aufragenden Kiefern über sich. *Was würdest du wohl über uns denken, Luis? So weit in der Zeit von dir entfernt. So nah an dem, was du dir für uns, für unseren Sohn gewünscht hättest. Ein Leben möglichst frei von Zwängen, abseits des Lärms, abseits der grossen Städte, das Versprechen, der Versuch, die Luft, das Wasser, die Erde zu spüren. Aufrecht und anständig zu bleiben …*

Hinter ihr geht der von Léo eingestellte Klingelton los, eine beschwingte kleine Reggaemelodie, sie muss lächeln.

Schnell greift Anna nach ihrem Smartphone auf den Verandastufen.

Auf dem Display leuchtet die Nummer der Schule auf.

Und da vergeht ihr das Lächeln.

*

Anna und Charlotte treffen auf dem Parkplatz der Schule aufeinander. Um keinen völlig verlotterten Eindruck zu machen, haben sich beide, so schnell es eben ging, etwas Ordentliches übergeworfen. Das ergibt ein sauberes T-Shirt, eine an den Knöcheln eingedreckte Jeans und Birkenstock-Sandalen bei Anna; einen Go Sport-Jogginganzug aus himbeerfarbenem Samt und Pantoletten bei Charlotte. Ihr Lippenstift ist an den Mundwinkeln übermalt; Anna hat beim Zusammenbinden ihrer Haare nicht alle Strähnen erwischt.

»Was machst du hier?«, fragt Charlotte und bleibt abrupt stehen.

Anna hält inne, nicht weniger überrascht, ihre Kollegin zu sehen. Sie war auf ein ruhiges Wochenende eingestellt gewesen, ohne dass irgendetwas sie an die Arbeit oder an was für ein Problem auch immer erinnern würde.

»Ich schätze, das entspannte Wochenende ist gelaufen«, sagt Charlotte, als könnte sie Gedanken lesen.

Die beiden Frauen stehen vor der Treppe, die zum Sekretariat führt. Scham und keinerlei Lust, die Stufen hinaufzusteigen.

»Geht dein Junge hier zur Schule?«, fragt Anna.

»Offensichtlich«, antwortet Charlotte.

»Ich dachte, er wäre schon älter.«

»Er hat ein Jahr wiederholt. Wegen der beschissenen Scheidung, sagt die Sozialarbeiterin. Hast du eine Kippe für mich?«

»Hab ich zu Hause liegenlassen.«

»Wir sind schon zwei, echt.«

»Was haben sie dir gesagt?«

»Dass ich mir keine Sorgen machen soll, Kevin ist nicht verletzt oder so, aber er hat Scheisse gebaut … Also, die hat das anders ausgedrückt, aber so war's gemeint. Und dir?«

»Dasselbe. Scheisse, Charlotte. Vielleicht haben wir zu viel über uns geredet und zu wenig über unsere Kinder.«

»Wieso, was hätte das geändert? Verdammt, sie sind fast drei Jahre auseinander, wer kann denn ahnen, dass die sich kennen? Hier gehen siebenhundert Schüler hin.«

»Trotzdem, Charlotte. Wir hätten machen sollen, was alle Mütter machen, uns gegenseitig Fotos zeigen, so was, keine Ahnung. Vielleicht wären wir dann nicht hier.«

»Also ich habe keine Lust, mir Vorwürfe zu machen, wir wissen nicht mal, was sie angestellt haben. Komm, packen wir's an! Wir gehen da zusammen rein und stellen uns der Sache wie Erwachsene.«

Charlotte fasst Anna am Ellenbogen. Sie geben ihr Bestes, den Kopf oben zu behalten, aber dieses Ding da in der Brust, das, was man Herz nennt, das tanzt Samba. Zusammen mit der Anstrengung des Treppensteigens schnürt es ihnen den Atem ab und verwandelt das Ganze in einen kleinen Leidensweg, ein Golgota für arme Idiotinnen.

*

Als Erstes halten sie nach ihren Söhnen Ausschau, aber die sind nicht da.

Das Büro von Laurence Schaub, der Rektorin, ist geräumig und funktional. Der Anbau zum Schulgebäude ist gerade erst fertig geworden, die Pressholzmöbel und das fahlblaue Linoleum riechen noch neu. Alles ist sauber und in eingebaute Wandschränke sortiert. Eine Glasfront geht auf den Parkplatz. Wie von der Bauordnung empfohlen, hält die Klimaanlage die Zimmertemperatur bei neunzehn Grad.

Laurence Schaub ist gute eins achtzig gross. Kurze blonde Haare. Ihr Körper der einer Langstreckenläuferin, drahtig und hochgewachsen. Ihr Händedruck ist kräftig, ihre Handfläche trocken. Als Anna ihren offenen blauen Blick kreuzt, denkt sie, es hätte schlimmer kommen können, diese Frau ist streng, aber gerecht.

»Setzen Sie sich«, sagt die zu den beiden Müttern. Denn jetzt gerade – da kann man noch so sehr betonen, dass sie zuallererst Frauen, Bürgerinnen, was auch immer sind –, jetzt gerade sind sie vor allem Mütter.

Die beiden Frauen setzen sich schüchtern auf die hellen Holzstühle.

»Kaffee? Tee?«, fragt die Rektorin.

Charlotte lehnt ab. Annas Mund ist trocken, sie hätte gern ein Glas Wasser, aber das Bedürfnis, endlich zu erfahren, worum es geht, ist grösser.

»Gut, Mesdames, es tut mir leid, Sie so kurzfristig einbestellt zu haben, glauben Sie mir, ich hätte gern darauf verzichtet. Allerdings ist die Sache so ernst, dass es mir angemessen erschien.«

»Wo ist Kevin?«, fragt Charlotte.

»Eins nach dem anderen, wenn Sie erlauben. Kevin und Léo geht es gut. Sie können Ihre Kinder gleich mitnehmen.«

»Reden Sie nicht um den heissen Brei herum!«, blafft Charlotte. »Ich will wissen, was meinem Sohn passiert ist.«

Anna spürt den Ärger in der Rektorin aufsteigen. Feindseligkeit ist nicht die beste Strategie bei dieser Frau.

»Es geht nicht darum, was ihm passiert ist, sondern darum, was er gemacht hat.«

»Und was hat er gemacht?«

»Komm, Charlotte, lass sie ausreden …«

»Halt du die Schnauze! Du bist nicht in der Position, Ratschläge zu erteilen.«

Der von Charlotte ausgerufene Zusammenhalt weicht schlichten Urinstinkten.

»Madame Larrieu, unsere SPB haben einen von Ihrem Sohn hier an unserer Schule betriebenen Cannabishandel aufgedeckt. Ist Ihnen das klar und deutlich genug?«

»SPB? Sind das Bullen oder wie?«

»Sicherheits- und Präventionsbeauftragte.«

»Bullshit!«, schreit Charlotte. »Haben Sie Beweise?«

Anna schweigt, sie bereitet sich auf den Moment vor, wenn die Lippe der Welle über ihr zusammenschlägt: wenn sie einen unter sich begräbt und auf den Grund drückt. Bevor man untergeht, so viel Sauerstoff wie möglich einatmen, die Arme schützend über den Kopf legen und abwarten, bis es vorbei ist. Dagegen ankämpfen ist die schlechteste Idee.

»Sein kleiner Handel läuft seit mehreren Wochen«, fährt die Rektorin fort. »Involviert sind vor allem die Neuntklässler. Wir sind darauf aufmerksam geworden, nachdem wiederholt Jugendliche vom Lycée nebenan hergekommen sind, um sich ebenfalls einzudecken. Sie sehen, ein florierendes Geschäft! Und das auch dank Ihrem Sohn, Madame Loubère, denn der versorgt Kevin mit dem Cannabis. Und offensichtlich geht ihm der Stoff nicht aus …«

»Scheisse, Anna, das gibt's doch jetzt nicht!«, sagt Charlotte.

Jetzt ist es so weit: Wenn man dann unten ist, geht es darum, sich zu orientieren, damit man wieder an die Oberfläche findet. Bloss nicht in Panik verfallen, auf diesen Moment kommt es an, das Licht suchen, den aufsteigenden Sauerstoffbläschen folgen, im Gegenlicht die Umrisse des Bretts ausmachen und sich gen Himmel stossen.

»Ich baue für den Eigenbedarf an«, erklärt Anna Laurence Schaub. »Léo muss sich daran bedient haben. Ich hätte nie gedacht, dass er mir irgendetwas klauen kann, egal was.«

»Kevin ist nicht einfach, Madame«, setzt Charlotte an, »aber Drogen hat er nie angefasst, bevor er … diesen Léo getroffen hat!«

»Was willst du damit sagen, Charlotte? Dass ein Sechzehnjähriger sich von einem Kind was einflüstern lässt? Dass er gar nichts dafür kann?«

»Du bist doch abhängig von dem Scheiss, nicht ich! Das ist alles deine Schuld!«

»Mesdames«, schaltet sich die Rektorin ein, »es geht hier nicht um Sie, sondern um Ihre Kinder …«

»Ich habe nichts damit zu tun und Kevin auch nicht«, entgegnet Charlotte.

»Es reicht!«, donnert die Rektorin und schlägt mit der flachen Hand auf den Schreibtisch. »Die Sache ist ernst. Solange die Entscheidung des Disziplinarausschusses aussteht, sind Kevin und Léo vom Unterricht ausgeschlossen. Es wird eine Untersuchung zu der Frage geben, ob da noch irgendein ›grosser Bruder‹ seine Finger im Spiel hat.«

»Kevin ist Einzelkind.«

»Das ist nur eine Redensart, Madame.«

»Eine Untersuchung?«, fragt Anna besorgt.

»Die Polizei und die Schulbehörde werden am Montag informiert. Strafrechtliche Konsequenzen sind nicht ausgeschlossen.«

Die beiden Frauen werden blass. Charlotte öffnet den Mund, aber nichts kommt raus. Tränen laufen ihr über die Wangen.

»Madame Schaub«, beginnt Anna mit ruhiger Stimme, »müssen wir wirklich so weit gehen? Die Polizei einschalten?«

»Das liegt nicht mehr in meinen Händen.«

»Aber der Disziplinarausschuss ist noch nicht informiert, richtig?«

»Erst am Montag.«

»Können wir Sie nicht um Nachsicht bitten?«, beharrt Anna. »Es sind doch noch Kinder.«

»Kinder, die mit den Gesetzen des Markts vertraut

sind und einen kleinen Teeniebetrieb aufgezogen haben.«

»Wenn die beiden zugeben, dass niemand anderes dahintersteckt und dass diese Sache nur ...«

»Madame Loubère, bitte lassen Sie es. Ich werde diese Diskussion nicht weiterführen. Wenn ich meine Arbeit nicht korrekt mache, habe am Ende ich die Konsequenzen zu tragen.«

Also lässt Anna es. Die gleiche Mauer. Schon wieder. Sie könnte Laurence Schaub noch fragen, ob sie auch Kinder hat, könnte an ihre Menschlichkeit appellieren, die Notlage schildern, in der sie sich befindet. Aber Anna weiss, dass es keine Lösung ist, um Mitgefühl zu betteln, jeder hat sein Leben, seine Probleme.

So viel zu Madame Schaubs blauen Augen und ihrem offenen Blick, während sie erklärt: »Ich habe drei Kinder, Madame Larrieu. Keins von ihnen war jemals in einen Drogenhandel involviert.«

So viel zu Mitgefühl.

Charlotte dagegen kann anscheinend noch eine Demütigung einstecken. »Und Ihr Mann hat Sie auch nicht für eine zwanzig Jahre jüngere Verkäuferin verlassen?«

»Gut, Mesdames, ich denke, das ist alles. Sie können Ihre Kinder jetzt mitnehmen.«

Anna ballt die Fäuste und blickt auf den Boden:

Und Ihr Mann ist auch nicht bei einem Surfunfall umgekommen?

Sie haben auch noch nie Ihren Job verloren?

Und Ihren Kindern hat es nie an etwas gefehlt?

Sie haben noch nie die Scheisshäuser auf einem Campingplatz geschrubbt?

Und Sie mussten sich nie allein gegen die ganze Welt stellen?

Haben noch nie an einem Samstagabend um ein bisschen Liebe gebettelt?

Und Sie haben auch noch nie einen Joint gebraucht, um Ihre Ängste zu betäuben und schlafen zu können?

Haben noch nie getrunken, um Ihren Kummer zu vergessen?

Da gäbe es noch mehr Fragen.

Und wie würde Laurence Schaubs Antwort natürlich lauten?

Noch nie.

*

Anna weiss nicht, was sie tun, wie sie sich verhalten soll. Das Leben ist ein Versuchsraum, ein Fragezeichen: schreien, bestrafen, versuchen zu verstehen? Sie fühlt sich wie ein Eisbrecher, der sich Stück für Stück seinen Weg bahnt, die Erfahrung kommt durchs Machen. Und machen heisst in ihrem Fall oft sich irren.

Sie sitzt hinterm Steuer, der Schaltknüppel schleift, als sie in den dritten Gang wechselt. Ihr Sohn sitzt neben ihr. Zwischen ihnen Stille. Die der schlimmsten Sorte, voller Beklemmung. Eine Mutter und ein Sohn, die sich in diesem Moment fremd sind.

Aber vielleicht stimmt das auch gar nicht.

Denn da ist die Trägheit der Körper, das Leben als eine Kette von Aufgaben, die es zu erfüllen gilt: sein Kind mitnehmen, es nach Hause bringen, also sich selbst nach Hause, zu sich selbst bringen.

Da sind Körper, ja, die physikalische Materialität der Welt.

Starre Körper.

Das sind wir.

Vor allem.

Vor allem anderen.

Was auch immer sein mag.

Was auch immer passieren mag.

Und diese Tatsache, diese Nähe, dieser besetzte Raum, schafft, befeuert und nimmt die Beklemmung: Der andere ist da. Der andere existiert, und wir existieren mit ihm. Und schon macht dieser besetzte Raum alles leichter, er ist das Fundament, auf dem man von vorn anfangen kann.

Du wirst ein Mann sein, mein Sohn.

Du wirst eine Frau sein, Maman.

Léo legt seine Hand auf die seiner Mutter. Seit einer Weile ist für Anna vieles nicht mehr gewiss. Ausser diese Geste, mit der hat sie gerechnet. Denn eins der wenigen Dinge, die sie ganz sicher weiss, ist, dass ihr Kind ein gutes Herz hat. Es scheint lächerlich, das zu denken; »ein gutes Herz« klingt nach einer verkürzten, abgedroschenen moralischen Kategorie, nach Schwäche und Gefühlsduselei. Aber Léo ist genau das: gutherzig, selbstlos. Sie weiss genau, warum er diesen Mist angestellt hat, wie er auf die Idee gekommen ist. Nur dass ein gutes Herz nicht viel Gewicht hat, wenn es auf die Bosheit trifft. Da liegt das Problem, eine Schwäche, die schwer zu überwinden ist. Und wenn es einem doch gelingt, geht einem zwangsläufig auf dem Weg etwas verloren, etwa das helle Funkeln der Naivität.

»Es tut mir leid, Maman.«

Anna dreht ihre Hand um, um Léos zu drücken. Sie fährt etwas langsamer, kostet den Moment aus, bis sie loslassen muss, um wieder nach dem Schaltknüppel zu greifen.

»Kevin hat sich erwischen lassen und mich verpetzt. Er hat auch erzählt, dass du das Gras anbaust.«

»Kevin ist der Vollidiot, mit dem ich am Strand aneinandergeraten bin, ich weiss, du musst dich nicht rechtfertigen. Nimm mal die Packung Zigaretten aus dem Handschuhfach, und zünd mir eine an.«

»Ich?«

»Du bist doch jetzt Dealer, das dürfte dir nichts ausmachen.«

»Ich habe nicht geraucht, Maman!«

Anna muss unwillkürlich lächeln.

Léo tut, wie ihm geheissen, hustet, bevor er seiner Mutter die Zigarette reicht.

»Wenn du die Sache wenigstens allein durchgezogen hättest, Léo. Dass du dich mit dem Kerl zusammengetan hast, ärgert mich am meisten. Du hättest es sehen müssen. Es gibt Leute, die bringen dir nichts Gutes. Wenn du in Zukunft unbedingt Mist bauen musst, dann mach das wenigstens allein oder in der richtigen Gesellschaft.«

Léo weiss nicht, woran er ist. Im Handschuhfach liegen auch Minzbonbons, er steckt sich einen in den Mund, um den ekelhaften Zigarettengeschmack loszuwerden.

Anna biegt in die Landstrasse ein. Jetzt, da sie auch das Industriegebiet hinter sich lassen, wird der Verkehr flüssiger. Dort, wohin sie fahren, wo sie leben, begegnen ihnen deutlich weniger Menschen auf der Strasse. Das hat Anna immer für sie beide gewollt, den Schutz der Einsamkeit.

Während sie sich mehr und mehr dem Ozean nähern und der Verkehr sich lichtet, denkt Anna an die klaren Linien, an die Wege, die sie gelernt hat in den Wellen zu lesen. Und da kommt ihr die bittere Erkenntnis: Seit zu vielen Jahren macht sie nichts anderes, als Brände zu löschen, durchzuhalten, sich durchzubeissen; anstatt über den Tellerrand zu schauen und neue Möglichkeiten auszuschöpfen, ist sie im täglichen Überlebenskampf gefangen. Anstatt etwas zu wagen, stopft sie nur Lücken und Löcher.

Sie dreht sich zu Léo und sieht ihn an. Er hat die Stirn ans Fenster gelehnt und starrt in das rote Rund der in der Ferne untergehenden Sonne.

»Ich mach's, Léo.«

Léo wird aus seiner Träumerei gerissen. »Was machst du, Maman?«

»Du hast recht. Ich hab eh nichts zu verlieren.«

»Wovon sprichst du?«

»Vom *Game.*«

»Du meinst wegen dem Auto? Dafür ist es zu spät.«

»Sie haben mir geschrieben, dass ich noch darüber nachdenken kann, ausserhalb der Frist.«

»Ernsthaft?«

»Anscheinend geniesse ich eine Vorzugsbehandlung. Keine Ahnung, warum, aber ist mir auch egal. Ich mach's, Léo, mehr brauche ich nicht zu wissen.«

II

REICH DER MINERALE

»Die Regungslosigkeit ist, wie die Teilnahmslosigkeit, der Zustand, der am schwierigsten zu erreichen ist. Jede Minute muss unermesslich sein.«

Michel Layaz

18. Alaskan

Da steht er.

Im Zentrum der kreisrunden Bühne.

Weiss.

Funkelnde Karosserie. Eingeschaltetes Standlicht.

Rein.

Polareis. Bläulich glitzernde Kristalle.

Er sieht uns an.

Er *lebt.*

Auf den Sitzen und dem Armaturenbrett klebt noch die durchsichtige Schutzfolie.

Er riecht nach Plastik, Leder und Acryl.

Der Kilometerzähler steht auf 5.

Neu.

Frisch aus dem Renault-Werk in Flins.

Alaskan. Pick-up, Doppelkabine, 2.3 dCi 190 Automat ZEN. Turbodiesel, sechs Zylinder, 190 PS – 2,3 Liter Hubraum – maximales Drehmoment 450 Nm bei 1500–2500 U/min – 7-Gang-Automatikgetriebe – 73-Liter-Tank, Kraftstoffverbrauch 6,3 l/100 km – Länge 5,40 m, Breite 1,85 m, Höhe 1,84 m, Leergewicht 2028 kg – Doppelquerlenker-Vorderachse, Mehrlenker-Hinterradaufhän-

gung mit Starrachse – Federstrebe-Stossdämpfer und Querstabilisator – Bordcomputer, Sprachsteuerung, Touchscreen, GPS-Karten- und Multimediasystem, SD-Kartenlesegerät, CD-Laufwerk, MP3, Connected Services, sechs Lautsprecher – elektronisches Sperrdifferential mit begrenztem Schlupf – Follow-me-home-Funktion – Fahrlichtautomatik – Berganfahrassistent – Rückfahrkamera, Around-View-Monitor mit 360-Grad-Kamera, Einparkhilfe hinten – Scheinwerferreinigungsanlage – Aluminiumfelgen – 2-Zonen-Klimaautomatik – Lederpolsterung mit Sitzheizung – dunkle Verglasung der hinteren Scheiben und der Heckscheibe – ABS, automatische Notbremsung, Antriebsschlupfregelung, Airbags – elektrisches Schiebedach …

Zweihunderttausend Jahre hat der Homo sapiens gebraucht, um diese Technologie zu entwickeln. Fünftausend Jahre Geschichte seit der Keilschrift. Zweieinhalb Jahrhunderte seit dem Dampfwagen von Joseph Cugnot.

Sein Preis: 50 960 Euro für das Sondermodell »*Game* Edition«.

Er steht da.

Reglos.

Er wartet.

Noch von Planen rund um die Bühne vor den Augen des Publikums verborgen und vom Sicherheitspersonal bewacht.

Erst morgen wird er enthüllt, am ersten Tag des *Game.*

Und um den letzten Anreiz zu geben: Der Schlüssel steckt in der Zündung.

Leichte Drehung des Handgelenks, zack, und der Motor erwacht zum Leben.

Der Alaskan ist bereit, sich dem Sieger hinzugeben. Jungfräuliche Prinzessin bei einem mittelalterlichen Turnier.

Ich will erobert werden.

Ich gehöre dem, der mich erobert.

Er steht da.

Reglos.

Er wartet auf dich, Anna.

*

Anna und Léo bauen gemeinsam Luftschlösser: Die Idee ist, den Alaskan zu verkaufen, und mit den 50 000 machen wir dann dies, machen wir dann das.

Etwas nüchterner betrachtet sieht der Finanzplan fürs Luftschloss folgendermassen aus:

Tilgung des Kredits für den Bungalow	9 500 €
Begleichung ausstehender Schulden inkl. Auslösung der Gun	4 500 €
Kauf eines gebrauchten Grillwagens sowie Erneuerung der Ausstattung	16 000 €
Neues Board und neuer Anzug für Léo	1 000 €
Total	31 000 €

Das lässt noch Spielraum, mit 50 000 Euro kann man einiges anfangen.

Gedankenversunken nimmt Anna einen letzten Schluck Bier und steht auf, um sich ein neues aus dem Kühlschrank zu holen.

Und dann machen wir dies, machen wir das.

Sie kommt zurück auf die Veranda, Léo legt sein Buch weg, *Der verschenkte Sieg. (Ich setze die Fahrt zu den Inseln des Pazifischen Ozeans ohne Zwischenaufenthalt fort, weil ich auf See glücklich bin, und vielleicht auch, um meine Seele zu retten),* und beobachtet seine Mutter von der Seite. Er sieht ihr Bein unruhig auf und ab wippen, und während sie versucht, ihre Nervosität mit dem Alkohol zu betäuben, kreuzen sich ihre Blicke.

»Das ist das letzte. Ich bin fit morgen, keine Sorge.«

»Maman, du kannst ruhig was rauchen, wenn du willst. Ich verstehe, wenn dir das hilft. Ich kann in mein Zimmer gehen.«

»An einem so schönen Abend bleibst du hier draussen bei mir. Ich habe sowieso alles weggeschmissen, von hier bis westlich des Pecos gibt es kein einziges Blättchen Cannabis mehr. Es sind jetzt vier Wochen, ich schätze, ich bin langsam entwöhnt.«

»Ich hab noch was behalten ...«

»Du hast was?«

»Ich dachte, falls du was brauchst ...«

Anna kann nicht anders, als laut zu lachen, auch wenn sie angesichts der Umstände lieber ernst bliebe. Aber sie weiss, dass ihr Sohn ihr Lachen weder als Zeichen von Schwäche noch als Anbiederungsversuch auslegen wird.

»Okay. Bring mir deine Reserve.«

Jetzt zischt also Léo ab und kommt mit einem Tütchen wieder. Anna nimmt es, öffnet es und leert es zu ihren Füssen, achtet darauf, dass auch die letzten Cannabisreste zwischen den Brettern ihrer Terrasse verschwinden.

»Versprochen ist versprochen, Léo. Und wir werden jetzt nicht alles aufs Spiel setzen, wo wir unser Ziel vor Augen haben, oder?«

Léo weiss nicht, was er fühlen soll. Da ist Erleichterung, aber auch Sorge. Seine Mutter zwischen Euphorie und Zweifel.

Anna steckt sich eine Zigarette an, das dagegen muss einfach sein. Sie atmet den Rauch ein, hebt ihr Gesicht zum Blätterdach der Bäume und zum roten Himmel.

Ja, das lässt Spielraum, mit 50 000 Euro kann man so einiges anstellen.

Sie hat weiter darüber nachgedacht, dass sie zu lange schon nur noch kämpft. Der Moment ist gekommen, mehr aus ihrem Leben zu machen. Das Glück herauszufordern. Wie sie es seit Luis' Tod nicht mehr getan hat. Ihr wird klar, dass das auch für ihre Liste gilt: Schulden abbezahlen, in einen neuen Wagen investieren. Und die Freude? Das Vergnügen? Wo bleibt der Luxus?

Fast beiläufig lässt Anna fallen: »Wir fliegen nach Kalifornien, Léo.«

Er mustert sie und ist sich nicht sicher, ob er richtig verstanden hat. Erst schmeisst sie das Cannabis weg, das ihr gestern noch unverzichtbar für ihr inneres Gleichgewicht schien, und jetzt schlägt sie eine Reise nach Kalifornien vor, als wäre nichts weiter dabei.

»Da kannst du die gleichen Wellen reiten wie ich mit deinem Vater. Half Moon Bay, Santa Barbara, Newport, Huntington Beach, Malibu, Oceanside, San Diego, Santa Cruz … Weisst du was, das ist ein Versprechen, Léo. Und die Gun nehmen wir mit …«

Léo ist so perplex, dass er die Flasche Orangina auf dem Korbtisch vergisst und mit dem Knie umreisst.

Seine Mutter reicht ihm die Küchenrolle, damit er sich das Bein abtrocknen kann.

»Wisch auch über den Boden. Nicht dass die Ameisen sich hier häuslich einrichten, während ich weg bin.«

»Nach Kalifornien, meinst du das ernst?«

»Wir brauchen nur Pässe und ein Visum.«

»Ich glaube das nicht! Und du fängst wieder an zu surfen?«

»Ich habe gesagt, *du* kannst da die Wellen reiten.«

Léo strahlt bis über beide Ohren.

»Und deine Englischnoten müssen besser werden!«

»Stimmt«, gibt Léo lachend zu. »Kalifornien! Machen wir das echt?«

»Weisst du, wenn dein Vater nicht gestorben wäre, wären wir wahrscheinlich nie zurückgekehrt, auch wenn wir keinen Cent mehr gehabt hätten.«

»Also ist es schön da?«

Anna nickt. »Es ist ein Stück Vergangenheit, Léo. Und die Vergangenheit ist immer schön.«

Also, wo waren wir:

Total	31 000 €
Dazu kommen:	
Vier Wochen Kalifornien	10 000 €
Total neu	41 000 €

Genau im Budget, mit einer Reserve von 10 000 Euro.

Aber damit der Traum wahr wird, braucht es: *money.*

Und für das Geld heisst es: *to win the Alaskan.*

Neunzehn Konkurrenten gilt es zu schlagen.

Letztes Bier, letzte Zigarette.

Morgen ist es so weit, Anna.

19. Gussteile

»Da sind sie also«, murmelt die Bienenkönigin mit Blick auf den Bildschirm.

Aber niemand ist bei ihr, der sie hören könnte. Sie hat sich in ihr Ferienhaus auf dem Land zurückgezogen, weit weg vom Lärm der Hauptstadt. Eine Haushälterin, ein Koch, mehrere diskret über das Anwesen verteilte Leibwächter.

Plus Mélanie, die das Häuschen im hinteren Teil des Geländes bewohnt, in dem früher die Hausangestellten untergebracht waren. Sie als Brücke, als Verbindung zwischen der Bienenkönigin und dem *Game*. Sie, die ein ungestilltes Verlangen, eine unerfüllte Sehnsucht bleiben muss, nah und fern zugleich. Die Demarkationslinie zwischen Macht und der damit einhergehenden Einsamkeit.

Die Bienenkönigin hatte angewiesen, dass in jedem Zimmer ein Bildschirm angebracht wird, damit sie das *Game* rund um die Uhr verfolgen kann. Neben den sieben Kameras, die die Show durchgehend für die öffentliche Ausstrahlung aufzeichnen, sind auf der Bühne fünfzehn Webcams für Produktionszwecke installiert. Die Bühne selbst wurde auf dem Rondell des nach folgenden Kriterien ausgesuchten Seebads aufgebaut:

Es brauchte Sommer (mit optimistischem Blick auf den Juli).

Es brauchte Sonne und Wärme (aber mit einer erfrischenden Meeresbrise).

Es brauchte einen Ozean (und zwar einen richtigen, kein kleines Meer).

Es brauchte einen beliebten Ferienort (der Mittelschicht zugänglich).

Es brauchte.

Den Rest hat der Zufall für Anna erledigt.

Da sind also der Himmel, die Sonne, das Meer.

Sandaletten und Bikinis.

Surfer und Touristen.

Flipflops und Bermudas.

Singles und Familien.

Teenies und Rentner.

Und so erhebt sich am Ende der Esplanade vor dem Strand die Bühne, auf der es gleich die einfachste Aufgabe zu bewältigen gilt, die man sich vorstellen kann: ein Auto anfassen und warten.

Hand auf Blech.

Das Reich der Tiere und das der Minerale vereint.

Die freiwillige Unterwerfung des Menschen unter das Objekt.

Ein Auto anfassen, Léo, als wäre das Objekt mehr wert als ein menschliches Leben.

Der grosse Moment.

Die Planen rund um die Bühne
werden
eine nach der anderen

abgehängt.

Und da steht der Alaskan.

Mineralisch, schwer, imposant.

Im Zentrum der Aufmerksamkeit und der Weltwirtschaft.

Er regiert hier, er steht für die 414,5 Milliarden Euro Umsatz im Automobilsektor. Nicht zu vergessen, was alles damit zusammenhängt: Mechaniker, Werkstätten, Parkplätze, Steuern, Abgaben, Ersatzteile, Gebrauchtwagenhändler, Erdöl- und fossile Brennstoffindustrie, Gewinnung, Weiterverarbeitung, Transport, Frachter, Raffinerien, Strassen, Autobahnen, Brücken, Tunnel, Viadukte, Rallyes, Rennen, Messen, Motorshows, Fernsehsendungen, Mautstellen, Strassenschilder, GPS, Autokarten, Nummernschilder, Babysitze, Sicherheitswesten, Warndreiecke, Zubehör, Zubehör, Zubehör, Strassenunterhaltung, Werbung, Marketing, Polizei, Gendarmerie, Verkehrssicherheit, Präventionskampagnen, Ampeln, Radarkontrollen, Tankstellen, Aktienkurse, Unfälle, Rettungswagen, Notärzte, Feuerwehr, Abschleppfahrzeuge, Behinderungen, Invalidenrenten, Luftverschmutzung, Klimaerwärmung, Gipfeltreffen, Zerstörung und Wiederherstellung natürlicher Lebensräume, tote Tiere

(ein Wildschwein auf der Strasse),

1 200 000 000 Autos auf der Welt.

Die Setrequisiteure nehmen auch die letzte Plane ab.

Der Alaskan steht allein auf der Bühne.

Nackt.

Stürmischer Beifall der Schaulustigen, die um neun

Uhr morgens bereits zahlreich erschienen sind (etwa fünfhundert Personen).

Ein Fernsehmoderator, ein ehemaliger Publikumsliebling aus den zweitausender Jahren, gibt den Zirkusdirektor. Aus seinem braungebrannten Gesicht hat man so sehr die Falten gezogen wie ihn selbst aus dem Vergessen. Er ist schlank geblieben, sein Kampf ist nicht vergebens, er präsentiert seine drahtige Figur und seinen glatten Oberkörper in einer cremefarbenen Stoffhose und einem offenen weissen Leinenhemd. Die Stimme ist die von früher, affektiert, zu hoch, wie ein überdrehender Motor. Aber die Zuschauer kennen ihren Klang, assoziieren mit ihr wie durch einen pawlowschen Reflex die Sendung, an der sie sich jeden Freitagabend ergötzten, wenn es auf dem Höhepunkt von Scheindebatten und leeren Tiraden erwartete wie erhoffte Beleidigungen und Demütigungen hagelte.

»Da sind sie also«, murmelt die Bienenkönigin.

*

Die zwanzig Kandidaten kommen nacheinander aus einem Zelt und schreiten über einen Steg zur Bühne. Das Fernsehen ist da, natürlich, das offizielle, das das *Game* durchgehend überträgt, aber auch Lokal- und Privatsender sind gekommen, und ihre Aufnahmen verdoppeln und überlagern sich zu einem Bild im Bild der Wirklichkeit. Die Presse ist da, um über das Ereignis zu berichten, Fotografen, Journalisten. Mit grossem Tamtam fängt alles an, eine Atmosphäre von Kirmes und Dorffest. Es wird gepfiffen, geschrien, angefeuert, applaudiert. Zwanzig Kandidaten, da sind Fanklubs inklusive, Familien, Bekannte, Freunde. Einige darunter läuten den warmen Sommertag schon mit einem ersten Bier oder einem Pastis ein.

Die Konkurrenten treten aus dem Schatten, werden geblendet von den Reflexionen der Sonne im Sand und dem Glitzern des nahen Meers. Sie alle tragen ein blasslila T-Shirt mit der Aufschrift *Das Game,* ihrem Vornamen und einer Nummer auf dem Rücken, wie bei Fussballern. Publikum und Presse sind hier, um sich zu amüsieren, aber in Wahrheit weiss niemand, wie lange dieses Spiel gehen wird, niemand hat bisher erlebt, wie jemand über Stunden und ohne Unterbrechung ein Auto anfasst. Welche Grenzen setzen einem Geist und Körper bei einer so simplen Aufgabe?

Anna hat die anderen Teilnehmenden erst an diesem Morgen kennengelernt. Vor weniger als einer Stunde sind sie zum ersten Mal aufeinandergetroffen. Ein hervorgepresstes »Guten Morgen« bei einem schlechten Kaffee, Nicken, hier und da ein Witz, eine Gehässigkeit oder ein aufmunterndes Wort, je nach Naturell, ob freundlich, zynisch oder selbstlos. Aber über alldem: eine gedeckelte und doch spürbare Angst.

Nach einer ausgeklügelten Choreographie verteilen sich die Kandidaten in einer vorher festgelegten Reihenfolge auf der Bühne, der Moderator animiert das Publikum, sie anzufeuern. Sie stehen vor den Zuschauern, überragen sie um gut einen Meter, die Hände hinter dem Rücken verschränkt. Hinter ihnen zeigt ein Grossbildschirm die Vornamen und Nummern der aktiven Teilnehmenden. Hunderte am Alaskan angebrachte Sensoren werden durchgehend ihre Verbindung zum Fahrzeug überwachen:

Grün – in Kontakt. Rot – disqualifiziert.

Anna sucht Halt im Blick ihres Sohns, aber die dichtgedrängte Menge ist ständig in Bewegung. Die Sonne blendet sie. Ein Gefühl von Einsamkeit packt sie, fast nackte Panik.

»Maman! Maman!«

Inmitten des Gebrülls hört Anna Léos Stimme. Man mag ihr eingetrichtert haben, wie ein Gladiator geradeaus zu starren; sie kann nicht anders, ihr Körper macht eine Bewegung, einen Schritt nach vorn, einen Schritt ins Leere, als plötzlich Musik aus den Lautsprechern schallt, das Geschrei übertönt, jede mütterliche Regung zunichtemacht. Anna erkennt die Melodie, auch wenn sie weder Titel noch Komponist nennen könnte, es ist die Hymne der Aufopferung, der Masslosigkeit, gegrüsst seist du von denen, die sterben werden: *Also sprach Zarathustra,* Richard Strauss.

Mit Angst gemischte Schauer der Aufregung überlaufen sie. Das kommt unerwartet. Sie muss das Prickeln unterdrücken, um nicht zu zittern. Der Moderator spornt das Publikum an, den Countdown herunterzuzählen, beginnend bei

(Eine Kamera auf Schienen verharrt für jeweils einen Moment auf jedem Gesicht. Eine Idee des 1969 geborenen Moderators, Kind des Fernsehens, Naturtalent in Sachen audiovisuelle Medien.)

»Zwanzig!«

Édith (Duvivier, *54, bildende Künstlerin, geschieden, keine Kinder*)

»Neunzehn!«

Valère (Diaz, *42, freier Mitarbeiter in der Unterhaltungsbranche, verpartnert, keine Kinder*)

»Achtzehn!«

Clara (Morandini, *24, Model, ledig, keine Kinder*)

»Siebzehn!«

Lola (Zerfi, *22, Influencerin, ledig, keine Kinder*)

»Sechzehn!«

Justine (Pralong, *35, Hausfrau, verheiratet, drei Kinder*)

»Fünfzehn!«

Bertrand (Colon, *66, Fabrikarbeiter im Ruhestand, verwitwet, zwei Kinder*)

»Vierzehn!«

Patrick (Sorbier, *55, ohne festen Wohnsitz, arbeitslos, ledig, keine Kinder*)

»Dreizehn!«

Roland (Fève, *50, Paralympics-Sieger im Handbiken, verheiratet, zwei Kinder*)

»Zwölf!«

Laurence (Portier, *60, Bäckerin, ledig, keine Kinder*)

»Elf!«

Pierre (Delgado, *45, Unternehmer, geschieden, ein Kind*)

»Zehn!«

Marie (Sentier, *27, Webprogrammiererin, verpartnert, ein Kind*)

»Neun!«

Noah (Bitton, *37, Versicherungsagent, verheiratet, vier Kinder*)

»Acht!«

Coralie (Berger, *24, promovierte Geisteswissenschaftlerin, arbeitslos, ledig, keine Kinder*)

»Sieben!«

Joël (Meier, *42, Landwirt, geschieden, keine Kinder*)

»Sechs!«

Thiem (Nguyen, *61, Gastronom, verheiratet, vier Kinder*)

»Fünf!«

Daniel (Schmidt, *65, Soldat im Ruhestand, ledig, keine Kinder*)

»Vier!«

Murielle (Pareto, *27, Verpackerin, gehörlos, ledig, keine Kinder*)

»Drei!«

Sarah (Cherkaoui, *30, kaufmännische Angestellte, ledig, keine Kinder*)

»Zwei!«

Oumar (Diallo, *34, Fitnesscoach, ledig, keine Kinder*)

»Eins!«

Anna (Loubère, *38, Raumpflegerin, verwitwet, ein Kind*)

»Null!«

Die zwanzig Kandidaten drehen auf dem Absatz um und stürzen sich auf den Alaskan. Sie haben zwanzig Sekunden, um sich eine Stelle auszusuchen, die sie dann nicht mehr loslassen dürfen. Anna schiebt sich zwischen

Oumar (2) und Édith (20), um die Hand auf die Karosserie legen zu können. Kaum hat Anna sie berührt, wird sie von Édith mit der Schulter weggeschubst und von ihrem Platz verdrängt. Anna verliert das Gleichgewicht und fällt auf den Hintern. Gelächter, bissiger Jubel dafür, dass Kandidatin Nummer 20 gleich eine ihrer Rivalinnen ausgeschaltet hat. Wir werden den Moment am Ende des ersten Tages noch einmal in Zeitlupe bei der Zusammenfassung sehen. Direkt vor der Liveübertragung von einundzwanzig Uhr bis Mitternacht.

»Fünf Sekunden!«, kräht der Moderator.

Anna kommt wieder auf die Füsse und kann noch im letzten Augenblick die rechte Hand auf die hintere Seitenwand des Pick-ups legen.

Sie steht zwischen Thiem (6) und Murielle (4), die ihr beide still und freundlich ein wenig Platz machen. Anna bedankt sich, es gibt nicht nur noch Idioten. Sie überragt die beiden um gut einen halben Kopf. Ein glücklicher Umstand, so kann sie das Meer jenseits der Bühne sehen, ein paar hundert Meter von ihnen entfernt, davor der Strand.

Auf dem Bildschirm über der Bühne leuchten die Namen der zwanzig Kandidaten grün auf. Manche fassen den Alaskan mit beiden Händen an. Tatsächlich würde das letzte Glied des kleinen Fingers reichen, um im Rennen zu bleiben. Nur müssen manche sich abstützen und nach dem fiebrigen Startschuss wieder zu Atem kommen. Ganz zu schweigen von denen, die wenig geschlafen haben, das erste Ziehen im unteren Rücken spüren, während der Moderator hinter ihnen grölt, noch einmal die Spielregeln herunterbetet, sich bei der langen Liste von Sponsoren bedankt.

Gleich in den ersten Minuten, in der feuchten Hitze unter dem von der Sonne aufgeheizten Festzelt, dem allgemeinen Durcheinander und dem von der Stimme des Moderators übertönten Getöse, wird Anna schmerzhaft klar, wie grausam diese Prüfung ist. Sie könnte hier und jetzt abbrechen, müsste es sogar. Aber da sind:

Die bittere Geldnot.

Ihr gemeinsames Luftschloss.

Ihre überschaubaren Träume.

Ein Grillwagen.

Die Gun.

Kalifornien.

Hilft ein Versprechen dabei, durch die Hölle zu gehen?

Möge die Tortur beginnen.

20. Stahl

Der Moderator hat sich von der Bühne zurückgezogen, er kommt am Abend wieder. Vor dem Podium nur noch ein paar neugierige Passanten, Flaute im *Game* zwischen zwölf und siebzehn Uhr; von diesen nutzlosen, leeren Stunden wird es noch einige geben, zur Vergeudung verdammte Minuten, verschwendete Lebenszeit. Man wirft einen Blick auf die Zirkustiere, dann steckt man seinen Sonnenschirm in den Sand und wirft sich in die kühlen Fluten, die Glücklichen.

»Hey, Anna! Was machst du denn hier?«

Anna trieft vor Schweiss, die Stimme reisst sie aus ihrer Starre, aus dem Augenwinkel hält sie nach ihr Ausschau.

»Du machst beim *Game* mit?«

Ohne das Blech loszulassen, verdreht Anna den Hals, um sich besser umsehen zu können. Sie braucht ein paar Sekunden, bevor sie Tanguy erkennt, der sich die Sonnenbrille auf die Stirn schiebt. Der helle Umriss um seine Augen bildet einen starken Kontrast zu seiner sonnengebräunten Haut. Er kann es nicht glauben, sie da an diesem Auto kleben zu sehen.

»Mir tut der Nacken weh, ich kann jetzt nicht reden«, sagt Anna.

»Du bist also die Lokalheldin der Show?«

»So sagt man. Und du siehst wie ein Panda aus ohne deine Brille. Na los, verschwinde.«

Allerdings: Dass der Wettbewerb nur fünfzehn Kilometer von ihrem Zuhause entfernt stattfindet, dass sie sich im letzten Moment noch anmelden konnte, all das, dieses Zusammentreffen der Umstände, gibt Anna zu denken. Zufall? Oder ein Schicksal, das sich noch vollziehen wird? Wenn wir wüssten, was sich um uns herum entspinnt, welche Kräfte ohne unser Wissen am Wirken sind, wir wären entsetzt. Oder verzückt, wer weiss? Aber da ist kein Raum für die grossen Fragen, es ist zu spät für Sinnsuche und Nabelschau; jetzt geht es darum durchzuhalten.

Tanguy zögert, er weiss nicht, wie er das Schweigen deuten, ob er lachen oder traurig sein soll.

»Bitte«, beharrt Anna und dreht noch einmal den Kopf.

Tanguy versteht, erkennt, wie grotesk die Situation ist. Selbst er, den der Touristentrubel mit den Urlaubern in Socken und Sandalen normalerweise kaltlässt; Tanguy, den man aufgrund seines Surferlooks schnell für phlegmatisch und oberflächlich halten kann.

»Gut … Wenn ich irgendetwas tun kann … Brauchst du was?«

»Ich brauche 'ne ganze Menge, aber da kannst du nichts machen. Das wäre gegen die Regeln.«

»Es gibt Regeln?«

»Na klar. Stell dir vor, selbst der dämlichste Wettbewerb der Welt hat Regeln.«

»Ich hab … Dann komme ich noch mal vorbei, um dich anzufeuern.«

»Danke, Tanguy. Kümmere dich gut um die Gun.«

»Natürlich. Mein Augapfel. Bis später, Anna.«

Tanguy geht ein Stück, bleibt stehen, zögert, dreht sich um.

»Sag mal, Anna …«

»Was denn noch?«

»Wärst du einverstanden … ein Cap aus … meinem Shop zu tragen?«

Sie starrt ihn ungläubig an.

»Ich weiss, Scheisse, guck mich nicht so an.«

Schliesslich nickt Anna, geht wieder auf Position, legt jetzt beide Hände auf den Wagen.

»Ich bringe es dir vorbei«, sagt Tanguy. »Aloha.«

»Genau. Aloha.«

Sie lässt die Schultern hängen, gibt sich keine Mühe, die Sache zu überspielen, sie hat Durst. Sie dreht sich nicht um, sie muss auf ihre Schmach nicht noch einen draufsetzen. Thiem, die Nummer 6, kauert zu ihren Füssen und lächelt sie an.

»Ich bin keine Nummer, ich bin ein freier Mensch!«, witzelt er.

Anna sieht zu ihm hinunter, lächelt höflich zurück.

»Kennen Sie nicht?«, hakt ihr Mitstreiter nach.

»Wie bitte?«

»Der Satz ist aus einer Serie.«

»Tut mir leid.«

»*Nummer 6,* Patrick McGoohan, der Typ, den sie im Village gefangen halten … Sagt Ihnen das nichts?«

»Dafür muss ich zu jung sein«, scherzt Anna.

Das Lachen von Nummer 6 klingt wie ein Quieken. Sein Blick verliert sich im Ungefähren, wenn nicht auf Annas Schenkeln in ihren hautengen Jeansshorts. Sie dreht sich zur Seite, aber der Kerl will unbedingt plaudern.

»Ich war vierzehn, als ich mit meinen Eltern und hundert anderen Flüchtlingen das Südchinesische Meer überquert habe. Fast drei Wochen auf offener See. Die Hälfte ist gestorben. Die Leichen haben wir über Bord geworfen, wegen der Krankheiten. Auf engstem Raum zusammengepfercht, Durst, Hunger, den Tod vor Augen … Von den Boatpeople, den Flüchtlingen aus Vietnam, haben Sie wenigstens von denen schon mal gehört?«

»Warum erzählen Sie mir das?«

»Damit Sie Ihre Zeit nicht verschwenden. Damit Sie vor allem nicht unnötig leiden.«

»Ich verstehe nicht.«

»Keiner hier. Nach allem, was ich durchgemacht habe, hat keiner von Ihnen gegen mich eine Chance.«

»Halt die Fresse, Schlitzauge!«

Das war Daniel, die Nummer 5. Mit kratziger Raucherstimme. An ihn wird man sich auch gewöhnen müssen, und an seine Hand aus Plastik. Anna fragt sich, wie es sich anfühlt, das Auto mit einer Prothese anzufassen, ob es schwieriger oder leichter ist als mit einer echten Hand.

Sie betrachtet ihre Kontrahenten. Thiem kneift die Augen, so eng es geht, zusammen. Wohl seine Art, den ehemaligen Legionär mit Verachtung zu strafen. Wenigstens ist damit die Unterhaltung beendet. Anders als am vorderen Teil des Alaskan, wo fleissig getuschelt wird und die Kandidaten Allianzen schmieden. Eine Art vorübergehende gemeinsame Front zeichnet sich ab: Die am vorderen Teil scheinen fest entschlossen, die am hinteren auszuschalten, später sieht man weiter. Und du, Anna, so mittendrin? Beobachten? Die Anführer ausmachen? Verbündete finden? Eine Taktik aushecken? *Politik* betreiben? Geheuchelter Zusammenhalt, während die Spielregeln das genaue Gegenteil vorgeben: Jeder ist sich selbst der Nächste. Ist so nicht die Welt, Anna?

Sie lässt den Kopf zwischen die Arme sinken, schliesst die Augen, atmet langsam aus.

Zieht sich in sich selbst zurück.

Soll die Welt sie doch am Arsch lecken.

Aber nicht so schnell, nicht ganz, nicht, wie sie will. Sie ist an der Reihe:

(Nummer 1, Toilettenpause!)

Fünf Minuten, mit der Stoppuhr in der Hand.

Bis sie versteht, dass sie gemeint ist, hat sie schon dreissig Sekunden verloren.

Sie lässt das Blech los.

Ausgeschaltetes System. Der Alarm bleibt stumm.

Ihre Handflächen brennen.

*

Die Sonne neigt sich langsam dem Horizont zu, verlängert das Licht dieses endlosen Tags. Für die Normalsterblichen bricht die Stunde der ausgedehnten Apéros an, für die zwanzig Kandidaten geht es an die Bilanz der ersten zwölf Stunden Starre: steife Glieder und Muskelkater (Arme, Beine, Rücken), allgemeine Müdigkeit, trockener Mund, Hunger und Durst, aber vor allem Durst, der Durst schlägt alles, quält und zermürbt. Es gab ein zweites Mal reihum die Möglichkeit, die Toiletten neben der Bühne aufzusuchen, aber kein Tropfen Wasser, nichts. Die Toiletten vollkommen trocken, für die Hände nur Desinfektionsmittel. Alle haben den Vertrag mit den Vorgaben und Spielregeln unterschrieben. Alle haben sich einverstanden erklärt.

Auf der Bühne entgeht nichts dem inquisitorischen Blick der Dome-Kameras, ihre ferngesteuerten Miniobjektive drehen sich auf Schienen, bewegen sich seitlich, filmen hyperrealistische Einstellungen in 4:3. Die Kamerawagen reagieren schnell und präzise, bis zu zehn Meter die Sekunde, es gilt, ja keine verzerrte Miene zu verpassen, keine Gesichtsentgleisung, keinen gebeutelten Körper.

Als also der Aufnahmeleiter schreit *(Versorgungspause!)*, sehen die Kandidaten sich an und setzen ein zaghaftes Lächeln auf; oder sie seufzen erleichtert; oder sie brüllen: »Endlich!« oder »Wird aber auch Zeit!«; oder sie regen sich gar nicht, wie Murielle (4), weil gehörlos; oder wie Anna, weil stolz.

Oder aber sie lassen, wie Clara Morandini (18), aus einem idiotischen Reflex heraus den Alaskan los, weil zu aufgewühlt.

Sofort legt sie die Hand zurück, aber es nützt nichts.

Die Sirene geht los, ein rauer, langgezogener Ton, der einen in Angst und Schrecken versetzt. Die Ankündigung einer Katastrophe. Claras Name blinkt rot auf. Daraufhin belebt es sich, das Publikum eilt herbei. Und Clara, das Model, versteht nicht ganz, was passiert, belämmert starrt sie ihre Hand an, die Hand, die nichts mehr hält, eine Hand ohne Sinn.

Clara Morandini bricht in Tränen aus. Sie sieht umwerfend aus in ihrem Kummer. Eine unverstellte, katzenartige Schönheit mit langen Beinen, einem anmutigen Körper. Nicht unbedingt die erste Kandidatin, von der die Organisatoren sich verabschieden wollten.

Aber es gibt eine Sache, die im *Game* nichts zählt, denn im Grunde erlaubt das *Game* keine Tricks. Im *Game* zählt nur, wer berührt.

Aussehen fällt da nicht ins Gewicht.

Schönheit hat mit alldem rein gar nichts zu tun.

*

Als es heisst: »Versorgungspause!«, bewegt Léo sich Richtung Bühne. Man drängelt ihn weg, er ist der Kleinste. Léo gehört zu den »Schutzengeln«, sein Name und Annas Nummer sind auf sein T-Shirt gedruckt. Dreimal am Tag darf er seiner Mutter Verpflegung auf die Bühne bringen und ihr helfen.

Noch backstage fasst ihn Clara Morandinis Vater von hinten an der Schulter. »Hey, Kleiner! Bring das mal deiner Maman«, sagt er und hält ihm eine Tüte hin. »Für mich ist hier schon Schluss.«

»Aber sie … sie hat doch bestimmt Hunger?«

»Meine Clara wird vor allem weinen, ich kenne sie. Aber keine Sorge, Junge, wir gehen chic essen. Ich habe ihr gleich gesagt, dass diese Show nichts für sie ist.«

Léo hat seine eigene Proviantttüte, aber er bedankt sich höflich und nimmt die von Monsieur an. So ist er der Letzte auf der Bühne, er beeilt sich, zu seiner Mutter zu kommen. Die gerade eingeschalteten Scheinwerfer blenden ihn, die Temperaturen in dem aufgeheizten Zelt klettern weiter in die Höhe, alles für die Kameras, auch wenn man sich nach der Kühle des Abends sehnt.

Mit den herbeieilenden Schutzengeln wird es ziemlich voll um den Pick-up. Ja, er hat einen Umfang von 14,50 Meter, aber der Platz ist trotzdem kostbar. Dass man sich berührt, ist unvermeidlich, auch wenn die Kandidaten verstanden haben, dass es für alle das Beste ist, sich seitlich aufzustellen. Nur der querschnittsgelähmte Roland, die Nummer 13, sitzt in seinem Stuhl. Übrigens hat er an einer Stelle fallenlassen, und da mussten seine Nachbarn lachen: »Jetzt habe ich mal mehr Glück als ihr, was?« Aber Roland ist auch vorne, in der Gruppe, die sich sowieso entschieden hat zusammenzuhalten.

»Wie geht's dir, Maman?«

Als Antwort drückt Anna Léo einarmig an sich, fast mit Gewalt. Es hätte wenig gefehlt, dass sie das Blech loslässt, um ihn mit *beiden* Armen zu umschlingen, aber Léo hat seine Hand auf ihre gelegt, den Impuls ausgebremst, der sie binnen einem Wimpernschlag disqualifizieren würde.

Eine der Kameras verharrt über ihnen. Anna hört das leise mechanische Geräusch, während sie auf ihren Schienen heranrollt. Wie aus einem Überlebensinstinkt heraus rücken die Kandidaten mit ihrem jeweiligen Schutzengel zusammen, gehen, so gut es geht, vor Blicken und Objektiven in Deckung.

»Wir müssen uns beeilen, Maman«, sagt Léo und befreit sich aus der Umklammerung.

»Fünfzehn Minuten, das ist mehr als genug.«

»Trotzdem: Du musst trinken und essen, komm.«

Anna nimmt die Flasche, die ihr Léo reicht, umschliesst sie mit den Lippen und setzt nicht mehr ab.

»Was ist das für ein Cap?«

Wasser rinnt ihr aus den Mundwinkeln den Hals hinab, sie wischt sich mit dem Handrücken über die Lippen. »Aus Tanguys Laden.«

»Das sehe ich. Du machst Werbung für den Trottel?«

»Er ist kein Trottel.«

Léo öffnet eine der Tüten.

»Du hast veganes Zeug gekauft?«

»Der Vater der ausgeschiedenen Kandidatin hat mir das gegeben.«

»Und was hast du sonst?«

»Na, Thunfisch-Mayo, meine Spezialität …« Léo lächelt.

»Vielleicht ist es ganz gut, wenn ich nicht zu viel zulege, oder?«

»Klar, hau rein, ich bin nicht beleidigt. Ich esse das andere später.«

»Wie läuft's zu Hause?«

»Ist doch egal. Iss! Darfst du dich hinsetzen?«

»Ich weiss nicht, bis jetzt hat das noch keiner gemacht.«

»Du bist seit heute früh auf den Füssen, das ist doch Wahnsinn. Solange du mit der Hand nicht loslässt, müsste das gehen.«

»Glaubst du?«

»Das verstösst nicht gegen die Regeln.«

Anna klemmt sich ihr Sandwich mit Avocado, Sesamöl und Zitronengras zwischen die Zähne und fährt mit der Hand über die Karosserie. Auf dem Bildschirm rührt sich nichts, ihr Name bleibt grün. Die Kandidaten, die sie beobachtet haben, tun es ihr sofort gleich; Applaus aus dem Publikum.

»Bravo, Anna!«, ruft jemand.

»Siehst du? Du hast sogar deinen eigenen Fanklub! Ich hab dir noch was mitgebracht«, sagt Léo und zieht eine aufblasbare Matratze aus seinem Rucksack. »Haben die Finchers mir gegeben.«

»War das ihre Idee?«

»Nein, meine.«

»Sieben Minuten!«, bellt der Aufnahmeleiter.

Léo breitet die Matratze auf Höhe des Hinterrads am Boden aus. Pustet ins Ventil. Die Matratze schwillt um fünf Zentimeter an, das reicht, um es sich bequem zu machen.

»Nicht aufhören, iss weiter.«

Dann zückt er eine Kreppbandrolle.

»Das wird dein Schlafplatz, Maman. Hier bewegst du dich nicht mehr weg, okay?«

Auf der einen Seite schlürft Thiem (6) eine Nudelsuppe, die seine Frau gekocht hat. Die beiden unterhalten sich auf Vietnamesisch, sicherlich auch eine Lagebesprechung. Auf der anderen tauscht sich Murielle Pareto (4) in Gebärdensprache mit ihrem Bruder aus. Hinter ihr beisst Oumar Diallo (2) herzhaft in einen Hamburger und trinkt dazu einen Proteinshake, den ihm ein durchtrainierter Freund mit Tweety-Tattoo auf der Schulter mitgebracht hat.

Léo führt sein Gesicht an das seiner Mutter und flüstert: »Auf der anderen Seite vom Alaskan machen zwei dasselbe mit einem Schlafsack. Sie wollen den Reifen anfassen und sich über Nacht hinlegen. Das habe ich heute Morgen in der Schleuse mitgehört.«

»In der Schleuse?«

»Wo wir warten, bevor wir auf die Bühne kommen. Ich habe gedacht, wir können ihre Taktik noch verbessern, wenn wir eine Luftmatratze nehmen und deine Hand in der Nacht am Reifen festkleben.«

»Meine Hand festkleben …!«

»So lässt du nicht los, wenn du schläfst. Ich habe auch noch ein aufblasbares Kopfkissen und eine Decke für dich. Schmeckt das vegane Zeug?«

»Geht.«

»Iss noch schnell die Avocado.«

(Noch zwei Minuten!)

»Werdet ihr nachher interviewt?«, fragt Léo noch.

»Das ist der Plan. Drei Stunden Livesendung …«

»So vergeht wenigstens die Zeit. Und danach schlafen, okay?«

»Sag mal, bist du oder bin ich die Maman?«, fragt Anna lächelnd.

»Du natürlich, immer!«

Anna isst auf, Léo sammelt den Müll ein, räumt Verpackungen und Papier zusammen.

(Eine Minute!)

»Gut, ich muss los. Vergiss nicht, was ich gesagt habe, okay?«

»Ich vergesse nichts«, versichert ihm Anna.

»Ich weiss übrigens jetzt, was ›Alaskan‹ bedeutet.«

»Alaskan? Der Name meines neuen besten Freunds?«

»So nennt man Schlittenhunde, Huskys, die mit anderen Rassen gekreuzt wurden.«

»Hast du das von Wikipedia?«

»Wie Buck, der Hund in *Ruf der Wildnis.*«

(Alle Schutzengel von der Bühne! Dreissig Sekunden!)

Und wenn wirklich alles zusammenhängt?, denkt Anna.

Léo folgt den anderen Schutzengeln, dreht sich ein letztes Mal zu seiner Mutter um,

kreuzt ihren verlorenen Blick.

Und es bricht ihm das Herz.

*

Léo macht sich auf den Weg nach Hause, vor morgen früh kann er nichts mehr für seine Mutter tun. Die fünfzehn Kilometer vom Badeort zum Bungalow fährt er mit dem Rad. Der von Kiefernzapfen übersäte und mit Sand bestäubte Radweg schlängelt sich durch den

Wald am Fuss der Dünen. Der Asphalt ist von Wurzeln aufgebläht. Dort, wo die Nadelbäume umgesetzt wurden, verläuft die Strecke unter freiem Himmel, einem blassblauen Gewölbe, das sich stufenweise rosa färbt. Ein Graureiher gleitet gen Ozean, dann kreist er um sich selbst.

Bei all den Sorgen der letzten Zeit ist Léo nicht mehr bei Sonnenuntergang surfen gewesen. Und wenn es eine Sache gibt, die er über alles liebt, dann ist es, in der Abenddämmerung im Line-up auf die Wellen zu warten. Salz in den Augen, rittlings auf dem Brett, überwältigt von der Überfülle.

Zu Hause angekommen, geht er unter die Dusche, richtet sich vor dem Fernseher ein, schaltet auf den zweiten Kanal und verstaut die Sandwiches, die er für seine Mutter geschmiert hat, im Kühlschrank. Eine nicht enden wollende Werbepause nutzt er, um sich noch eine kalte Cola zu holen. Letzter Spot, dann endlich der Vorspann des *Game.* Der Alaskan wird eingeblendet, seine Vorzüge, sein Preis, die Herausforderung, für die er steht. Anschliessend knappe Porträts der Kandidaten mit Vornamen, Alter, einer kurzen Vorstellung. Die Sendung beginnt mit einer Zusammenfassung des ersten Tags: gegeneinandergeschnittene Backstage-Interviews der Teilnehmer vor dem Wettkampf, eine Minute für jeden, und Léo ist zunächst stolz, zu sehen, wie seine Mutter sich mit festem Blick der Kamera stellt. Sie trägt ihr altes orangefarbenes Billabong-T-Shirt, ihre kurzen Haare bringen ihre feinen Gesichtszüge zur Geltung. Sie ist sonnengebräunt und wunderschön. Sie spricht von ihm, Léo, ihrem Sohn, der ihr Schutzengel sein wird. Und Léo denkt noch einmal an ihren Vormittag mit dem Drehteam, die unglaubliche Langeweile, ständig warten, bis irgendetwas eingestellt ist, das Licht, der Ton, eine Kamera. Er selbst gefällt sich weniger mit den langen Haaren – der Stimme im Stimmbruch, den Affenarmen –, wie er am Strand steht und vom Surfen erzählt, verrät, dass, falls sie gewinnen sollten, seine Mutter einen neuen Foodtruck kauft und sie zusammen nach Kalifornien fliegen … Léo legt sein Sandwich weg, er hat plötzlich keinen Hunger mehr. Das Gefühl, dass man ihm etwas Privates, etwas Intimes entrissen hat. Die Sendung geht weiter, jetzt live, der Moderator klappert reihum die Kandidaten ab und stellt mit aufgesetztem Feingefühl Fragen. Und als Léo seine Mutter neben ihrem Reifen sitzen sieht, mit diesem dämlichen Cap und dem Make-up, das man ihr gerade so noch einmal aufgefrischt hat, damit sie fernsehtauglicher, weniger mitgenommen aussieht, da erträgt er es nicht mehr.

Er schaltet ab.

Eigentlich brauchte es nur diesen einfachen, auf der Hand liegenden Akt.

Abschalten.

Nicht mehr mitmachen.

Léo verlässt den Bungalow.

Tränen am Wimpernkranz, nicht viele. Nur was er vor Wut und Enttäuschung nicht zurückhalten kann.

Er beschliesst, eine Runde zu drehen. Die Sommernacht in sich aufzunehmen, den Duft des Harzes einzuatmen, die Beklemmung abzuschütteln. Er schliesst nicht ab, streift in Flipflops zwischen den Bungalows umher. Etwas weiter weg, auf der anderen Seite der Grenze hinter den dauerhaft bewohnten Bungalows, ballen sich die Zelte, die Wohnmobile, die Zeltbungalows, die seine Mutter geschrubbt hat, die Touristen, die Sommerfrische. Aber diese Grenze will er nicht überqueren; er will nicht sehen, wie sie sich die Zähne putzen, ihr Geschirr abwaschen, vor den Sanitäranlagen anstehen. Er hat genug von der Enge, er will ein grosses Haus, einfach mehr als eine alleinerziehende Mutter und aufgewärmtes Essen. Und sein Wunsch wird ihm teilweise erfüllt, als er die Finchers hört, wie sie sich zu schiefem Gesang auf der Gitarre begleiten. Er nähert sich, winkt. Ohne in der Musik innezuhalten, geben sie ihm ein Zeichen, die Treppe hoch zu ihnen auf die Terrasse zu kommen. Er setzt sich, lehnt den Rücken ans Geländer und hört ihnen zu. Jacob versucht, den Rhythmus zu halten, Margaret wippt zur Melodie vor und zurück, geschlossene Lider, glückseliges Lächeln. Ihre Gesangskünste sind Folter, aber ihr Enthusiasmus wiegt einiges auf. Léo begreift instinktiv, dass die beiden aus einer anderen Welt stammen, aus welcher genau, weiss er nicht, aber aus einer Welt vor seiner Zeit, vor der heranrollenden Katastrophe.

Nach dem Lied schlägt Margaret die Augen auf und fragt ihn, ob er gegessen habe, Léo schüttelt den Kopf.

»Ich hab Gazpacho gemacht, und keine Sorge, falls du das nicht kennst, das musst du probieren!«

Léo setzt sich zu Jacob, der ihn fragt, wie es Anna geht.

»Gut«, sagt Léo.

»Deine Mutter hat einen ganz schönen Dickschädel, was?«

Der alte Mann zündet sich eine seiner Beedies an, und der Junge versteht nicht, wie man so etwas rauchen kann, ohne dass einem schlecht wird.

»Weisst du was, niemand wird euch hier vertreiben, Léo, niemand ...«

»Da hat Jacob recht«, bekräftigt Margaret, als sie mit einer Schüssel und zwei Scheiben Schwarzbrot zurückkommt. »Wenn es nicht anders geht, rufen wir die Presse und ketten uns beide an euren Bungalow.«

»Das ist das Privileg des Alters«, fügt Jacob augenzwinkernd hinzu. »Mit uns haben sie Mitleid.«

»Zwei Alte gegen eine Bank, die haben keine Chance!«, schliesst Margaret.

Léo nimmt die Schale und lacht mit ihnen.

In seinem tiefsten Inneren weiss er, dass es ausser den beiden niemanden gibt.

Der sich um sie sorgt, der ihnen hilft.

21. Blech

Was in Wahrheit nicht mehr ganz stimmt.

Annas und Léos plötzliche Berühmtheit kitzelt ein paar grosszügige Gesten hervor: Der Leiter des örtlichen Supermarkts hat beschlossen, sie zu unterstützen.

Und so ist Léo um exakt acht Uhr der Erste, der die Bühne erklimmt, und das mit einer fürs Publikum gut sichtbaren Einkaufstasche von Intermarché.

»Konntest du auf Toilette gehen?«, fragt Léo.

»Heute früh, ja. Was ist das für eine Tüte?«

»Ein Sponsor.«

»Ernsthaft?«

»Alles, was du aus dem Laden willst. Du musst es nur sagen.«

Backstage hat Léo erfahren, dass in der Nacht vier weitere Kandidaten ausgeschieden sind. Die Nummern 7 (Joël Meier), 10 (Marie Sentier), 12 (Laurence Portier) und 16 (Justine Pralong). Die verbleibenden Teilnehmer machen es sich bequemer, gehen etwas mehr auf Abstand; ein Trost angesichts dessen, was sich langsam wie eine Prüfung anfühlt.

Mit einem feuchten Handtuch in der rechten Hand wischt Anna sich über Gesicht und Hals. Léo spült es mit warmem Wasser aus der Thermoskanne aus und reicht seiner Mutter ein Stück Seife. Nach und nach befreit sie sich von dem säuerlichen Geruch unter den Achseln.

Rechte Hand, linke Achsel – linke Hand auf der Karosserie.

Linke Hand, rechte Achsel – jede Bewegung zerlegen, kontrollieren, sich nicht der Versuchung hingeben, loszulassen und das eigene Leben zu leben.

»Bring nächstes Mal Feuchttücher mit. Das ist einfacher. Sag mal, der Supermarkttyp, ist das so ein grosser Kerl mit Schultern wie ein Rugbyspieler?«

»Ja.«

»Sag ihm danke. Und vergiss die Feuchttücher nicht.«

Léo reicht ihr ein von den Organisatoren bereitgestelltes sauberes T-Shirt. Es ist ein Akt, das eine aus- und das andere anzuziehen, aber Anna erträgt ihren eigenen Schweiss nicht mehr und kann nicht warten.

Zwischen den morgendlichen Schaulustigen fangen ein paar Kerle, die gerade noch von einem Besäufnis kommen, an zu pfeifen. Sie sehen sie im BH und können nicht anders. Um ihre Unterwäsche zu wechseln, muss Anna bis mittags warten, wenn ihr die nächste Pinkelpause zugestanden wird. Sie hat Angst, ihre Tage zu bekommen, sie betet, dass ihr Körper ihr diese zusätzliche Schmach erspart. Immer ist alles noch schwieriger, wenn man eine Frau ist.

Léo dreht sich zu den Männern, will ihnen eine Ansage machen.

»Lass, das bringt nichts«, beschwichtigt ihn Anna.

»Und das von dir, Maman?«

»Ihr Kleiner hat recht«, kommentiert Bertrand (15) von der anderen Seite des Alaskan, halb hinter der Fahrerkabine versteckt. »Wenn man es immer nur gut sein lässt, kommen am Ende nur noch die Idioten zu Wort.«

»Hey, Arschlöcher!«, ruft der ehemalige Gewerkschaftler den Besoffenen zu. »Entschuldigt euch bei der jungen Dame!«

»Schon klar, alter Mann«, erwidert einer von ihnen. »Grabsch mal weiter deine Karre an, und halt die Klappe!«

Ein paar durchtrainierte Sicherheitsleute schalten sich am Absperrgitter ein, um die aufgeregte Meute zu beruhigen.

»Danke trotzdem«, sagt Anna.

»Keine Ursache. Wenigstens habe ich nicht meine Klappe gehalten, wissen Sie?«

Mit seiner klobigen Hand streicht er sich über den Schnurrbart, der ihn wie ein Walross aussehen lässt. Graue Haarbüschel ragen aus seinem T-Shirt-Kragen.

Anna fällt auf, dass er alleine ist.

»Und wo ist Ihr Schutzengel?«

»Einer von der Produktion bringt mir was zu essen«, erklärt Bertrand und befreit ein Sandwich aus seiner Plastikverpackung.

Anna meint, während der Vorstellung der Kandidaten gehört zu haben, dass er zwei Kinder hat, aber keins von ihnen ist hier.

»Zwei Jungs, jap. Aber jeder lebt sein Leben. Machen Sie sich keine Sorgen um mich, fünfunddreissig Jahre im Werk von ArcelorMittal, ich bin hart im Nehmen.«

Anna sagt nichts mehr, was ihre Art ist, sich zu verabschieden und wieder aufs Wesentliche zu konzentrieren: ihr Überleben beim *Game.*

»Das wird nicht einfach, Léo.«

»Nur noch sechs Frauen. Nur noch fünfzehn Kandidaten insgesamt.«

»*Immer* noch fünfzehn, meinst du wohl.«

Léo fällt auf, wie müde, wie erschöpft sie aussieht. Frische Falten scheinen sich ihr ins Gesicht zu graben.

»Hast du gehört, wie sie aufgegeben haben?«

»Klar, der Alarm geht auch in der Nacht los. Aber ich habe nicht geguckt, wer es war.«

»Wie ist die Matratze?«

»Super. Das Problem ist, dass ich nur fünfzehn, zwanzig Minuten am Stück schlafe. Aber das Kreppband, Léo, das ist genial.«

Léo lächelt und greift nach der Thermoskanne mit dem Kaffee. Er hat ihr auch ein paar Honigbrote geschmiert. Wie schon in den anderen Versorgungspausen schirmen sich die Kandidaten mit ihren Schutzengeln ab wie in einem Kokon.

»Schmeckt's?«

Die Wonne, mit der Anna in ihre Brote beisst, ist Antwort genug.

»Übrigens«, fährt Léo fort, »anscheinend ist die Show ein Hit.«

Anna hört auf zu kauen und sagt mit vollem Mund: »Guck's nicht. Bitte. Guck es dir nicht an.«

Ihr Sohn senkt den Blick. Er traut sich nicht, ihr zu sagen, was er empfunden hat, als er sie im Fernsehen gesehen hat, diese Kamera, die ihm die Mutter stiehlt. Dieses Gefühl, das er noch nie zuvor gefühlt hatte und immer noch nicht benennen könnte (es handelt sich um Mitleid, Léo).

Er begnügt sich mit einem Nicken.

(Noch drei Minuten!)

Anna setzt sich wieder ihr blaues Cap mit der rosa Schrift auf: *Tanguy Surf Shop.*

*

Um 9 Uhr 05 sucht Mélanie die Bienenkönigin auf, um ihr die Einschaltquoten für die ersten vierundzwanzig Stunden des *Game* zu überbringen. Die Bienenkönigin nimmt unter ihrer Pergola im Schatten der Weinblätter einen kleinen Imbiss ein – Eier, Bacon, Toast, Frischkäse. Als sie Mélanie mit den Dokumenten auf dem Arm auf sich zukommen sieht, erinnert sie das an ihren Wahlkampf. Auch wenn sie mit fast fünfundfünfzig Prozent der Stimmen gewählt wurde und wohl in politischer wie professioneller Hinsicht nichts viel Besseres mehr erwarten kann, verspürt sie doch diesen Schauer der Ungewissheit, Salz des Lebens.

Mélanie verbeugt sich leicht, begrüsst die Bienenkönigin mit einem verheissungsvollen Lächeln. Sie löst den Dokumentenstapel von ihrem Clipboard und lässt ihn in gewissem Abstand zu Teekanne und Butterdose über den Tisch gleiten.

Die Bienenkönigin schlägt die erste Seite auf, sie hat später noch alle Zeit, die Ergebnisse Region für Region zu analysieren. Als sie »13 Millionen zur Hauptsendezeit« liest und dass der Gesamtdurchschnitt bei 9,7 Millionen liegt, beschliesst sie, sich die erste Zigarette des Tages zu gönnen.

»Es ist ein Erfolg, Madame.«

»Das ist noch untertrieben, Mélanie.«

»Wie Sie sich vorstellen können, ist der Beirat begeistert. Ich soll Sie zur Effizienz Ihrer Mediengruppe beglückwünschen. Die Börsenkurse unserer Partner schiessen in die Höhe. Endemol denkt schon über eine Indoorstaffel für Weihnachten nach. Es gibt einen riesigen Ansturm auf die Onlinewettbüros, und die Quoten für die Kandidaten sind enorm. Renault plant eine landesweite Werbekampagne, sobald der Gewinner feststeht.«

»Oder die Gewinnerin. Eine Frau wäre besser.«

Endlich steckt sich die Bienenkönigin ihre Zigarette an; unscheinbare Geste, doch mit der für die Königin typischen Feierlichkeit aufgeladen – geschlossene Lider beim ersten Zug –, bei dem Anblick bekäme jeder Lust, eine zu rauchen. Wie viele Zigaretten hat Mélanie sie schon so anzünden sehen? Bestimmt tausend. Und die Bienenkönigin ist immer noch hier, bei ihrem letzten Gesundheitscheck gab es an ihren Lungen rein gar nichts zu beanstanden, ihr Blutdruck lag bei 130/70.

»Seit wann sind Sie auf den Beinen, Mélanie?«

»Seit um sechs, Madame.«

»Waren Sie schon im Pool, seit Sie hier sind?«

»Noch nicht.«

»Gönnen Sie sich eine Pause, die Liegen sind ausgesprochen bequem, das Wasser hat fünfundzwanzig Grad. Geneviève bringt Ihnen eine Erfrischung und ein kleines Mittagessen ...«

Mélanie wird die Gelegenheit auch nutzen, um den Mann anzurufen, den sie seit vier Monaten trifft. Nach dessen Körper sie sich in diesen leeren, feuchten Stunden voll unerfüllter Lust sehnt, Verlangen, das nach Verlangen giert.

Erwartung ist überall.

»Alles in Ordnung, Mélanie?«

»Ja, natürlich. Ich danke Ihnen, Madame.«

Die Bienenkönigin wird die Gelegenheit nutzen, um einen Abstecher zum Pool zu machen. Um während eines informellen Plauschs hinter ihren getönten Gläsern den Körper ihrer Assistentin in Augenschein zu nehmen; sie kann es nicht erwarten, ihn im Bikini zu sehen: die Struktur seiner Haut, die Wölbung des unteren Rückens, die Rundung der Brüste.

All das, was sie niemals berühren wird, wie die Bienenkönigin seufzend feststellt.

*

Von hier sehen die rechteckigen Schirme der Kitesurfer aus wie Konfetti im Himmel. Doch durch ein unerklärliches Phänomen wird die Brise, während sie vom Meer heranweht, erst schwächer, dann legt sie sich genau an der Schwelle zum Zelt, ab da ist alles ein Brutkasten.

Annas T-Shirt hat sich unter den Armen und am Oberkörper verdunkelt. Der Schweiss fliesst, die Flecken werden grösser, ihr Körper schwillt an. Ihr Cap hat sie abgeworfen. Wie die anderen auch hat sie ihre Schuhe ausgezogen und ihre Kleidung auf das Minimum reduziert, das die Regeln vorschreiben (bedeckter Oberkörper, Shorts mindestens bis zur Mitte des Oberschenkels). Die Kandidaten würden sich die Haut vom Leib reissen, wenn sie könnten. Die Männer scheinen besonders zu leiden.

Inzwischen sind es siebenundzwanzig Stunden. Niemand weiss, wie lange die Verbliebenen noch durchhalten. Sie wechseln immer häufiger die Position. Setzen sich, stehen auf, strecken sich. Schütteln sich. Nichts hilft, die Zeit schneller vergehen zu lassen, sie ist keine abstrakte, keine relative Grösse mehr. Sie ist zäh, grausam, glutheiss. Sie löscht einen aus. Reduziert einen hier auf seine Essenz: ein Wesen, das auf sein Ende wartet.

Trotz des durch die Scheinwerfer noch zusätzlich befeuerten Backofens geht es auf der Bühne betriebsam zu. Das Produktionsteam bereitet die Liveschalte im Rahmen der 13-Uhr-Nachrichten vor. Moderiert von Marie-Ève Langhieri, der Sprecherin mit den bernsteinfarbenen Augen, schön und sexy berichtet sie mit ihrer sanften Stimme über Sport oder Krieg, als wäre alles das Gleiche. Ihre langen Wimpern, ihr geschminkter Mund. Ihr geschmeidiger Körper. So, wie sie einen ansieht, wie sie mit einem spricht, kann nichts wirklich schlimm, nichts hässlich sein.

Die Techniker sind geschäftig bei der Sache, ziehen Kabel, überprüfen die Beleuchtung. Die Schutzengel warten backstage. Wie sonst auch hat man sie in ihre

T-Shirts mit der Nummer und dem Vornamen ihres Kandidaten gesteckt. Léo wird in die Maske gebeten.

»Mach mal die Augen zu«, fordert die Maskenbildnerin ihn auf. »Nur eine Kleinigkeit, nur damit das Licht weniger reflektiert. Bei deinem dunklen Teint brauchst du nicht viel.«

Sie trägt ihm eine leichte Grundierung auf, Léo verzieht das Gesicht.

»Soll ich dir auch ein bisschen die Haare schneiden?«, fragt sie.

»Geht schon, danke.«

»Sicher? Dann würdest du weniger schwitzen.«

Léo zuckt mit den Schultern.

»Sollen wir ein bisschen Gel reinmachen, damit sie dir nicht im Gesicht hängen?«

»Ähm … Nein, danke.«

»Du hast so ein hübsches Gesicht, es ist schade, das nicht zu zeigen …«

Léo fragt sich eher, ob sie unter der Grundierung sehen kann, wie rot er wird.

»Bitte nicht.«

»Wie du willst. Und falls du es dir anders überlegst, sag Bescheid. Selbst wenn deine Maman ausscheidet, komm einfach zu mir, wirklich. Ich mache dir einen Gratisschnitt! Na los, ab!«

Sie wird nicht ausscheiden.

Léo verlässt die Garderobe und stösst zu den anderen Schutzengeln im Vorraum zum Zelt. Genau zehn Minuten vor dem Go hat man sie in einer Ecke der Schleuse geparkt, so dass sie möglichst wenig das Hin und Her des Produktionsteams stören. Wenn man ihn fragte, könnte Léo über die, die man seine »Kollegen« nennt, nichts sagen (*»Kommt, setzt euch zu euren Kollegen, folgt euren Kollegen, geht zu euren Kollegen …«).* Er ist das einzige Kind zwischen ihnen, ihre Gesichter lassen ihn gleichgültig. Da ist keine Kollegialität, keine Verbundenheit. Gespräche werden vermieden. Er bemerkt nur die verstohlenen Blicke, wie alle einander heimlich beobachten, um vielleicht etwas aufzuschnappen oder zu klauen (eine Idee, einen Handgriff, eine Haltung). Niemand hier ist wirklich böse. Es ist eine einfache Pyramide mit einem einzigen Gewinner an der Spitze, das Format des *Game* prägt das Verhalten.

Auftritt des Moderators: blütenweisses Hemd, leichte Dauerwelle, verbindliches Lächeln. In-Ear-Kopfhörer, Ansteckmikrofon über dem dritten Knopf. Wie selbstverständlich zerzaust er Léos Haare, während er seinen Blick über die Schutzengel schweifen lässt. »Läuft doch alles bestens, oder?« Es hätte eine echte Frage sein können, aber sein übergangslos schnarrendes Lachen lässt nichts anderes zu als Zustimmung. Léo spürt die feuchte Hand des Moderators auf dem Kopf, von seinem herben Parfum wird ihm übel. Er würde gern einen Schritt zur Seite machen, hat aber zu viel Respekt vor dem grossen Mann.

Erst als der Alarm ertönt, löst sich die Hand von seinem Kopf. Der Moderator stürzt zum Bühneneingang, die Schutzengel ihm hinterher, einsetzender Herdentrieb, die Angst, es könnte der eigene Kandidat sein, der losgelassen hat.

»Scheisse, Oumar«, stellt dessen Schutzengel fest.

»Was für ein Trottel!«, ruft der Moderator aus.

Oumar Diallo (2) betrachtet zunächst ungläubig seine Hand, dann die anderen Kandidaten, die sind genauso überrascht wie er selbst: die Versorgungspause, die Liveübertragung in den Nachrichten, seine paar Minuten Ruhm, alles, was den mentalen Druck etwas leichter machen, die körperlichen Kräfte wieder auffrischen würde. Nein, genau *davor* loszulassen macht keinen Sinn, ein fassungsloses, missbilligendes Raunen geht durchs Publikum. Ein gnadenloses Urteil. So dumm kann man nicht sein, denken sie.

»Das war nicht ich, das war meine Hand!«, brüllt Nummer 2.

Aber der riesige Bildschirm ist unerbittlich: Sein Name blinkt rot.

Oumar Diallo legt die Hand zurück auf das Auto, als wäre nichts passiert.

»Sie müssen gehen, Monsieur«, sagt der Aufnahmeleiter und fasst ihn am Ellenbogen.

»Ich sag doch, alles gut. Ich hab nur eine Sekunde nicht aufgepasst, okay?«

»So sind die Regeln, tut mir leid.«

»Lass mich los, Arschloch!«, schreit Oumar. »Die Karre gehört mir!«

Aber der Aufnahmeleiter lässt nicht locker, und der aufgepumpte Arm des Bodybuilders katapultiert ihn zwei Meter weiter. Der Geschubste stolpert über ein Kabel.

Aufregung im Publikum, Gelächter, Empörung. Die Schamlosesten spornen ihn an, nicht klein beizugeben, den Laden aufzumischen. Was den anderen Kandidaten auf der Bühne weniger gefällt.

»Seien Sie vernünftig«, beschwört ihn Valère Diaz (19). »So ist das Spiel, und …«

»Halt die Fresse, Schwuchtel«, entgegnet Oumar.

»Verdammt, verpiss dich!«, brüllt ihm Schmidt (5), der ehemalige Legionär, zu.

»Dich Weissbrot mach ich fertig, wenn die Sache hier zu Ende ist«, feuert Oumar zurück.

»Messieurs, ich bitte Sie, beherrschen Sie sich, so redet man nicht! Sie sind eine Schande fürs *Game!*« (Lola Zerfi, 17).

Der Aufnahmeleiter rappelt sich wieder auf, reibt sich das schmerzende Knie und wartet auf weitere Anweisungen. Der Moderator guckt auf seine Uhr. Noch vier Minuten. Laufen lassen oder einschreiten? Die Antwort wird ihm aufs Ohr übertragen, sie kommt von der Regie, die in direktem Kontakt mit der Führungsetage des *Game* steht.

Vier Kraftprotze vom Sicherheitsdienst greifen sich Oumar, der sich an den Seitenspiegel des Alaskan klammert. Man versetzt ihm einen Schlag ins Kreuz, er lässt los. Auch sein Schutzengel wird von einem zweiten Team unschädlich gemacht, als er seinem Freund zu Hilfe eilen will.

Die Menge vor dem Zelt ist grösser geworden, der auf der Esplanade geparkte Einsatzwagen der Polizei hat Verstärkung angefordert, falls die Lage eskaliert. Oumar Diallo schreit noch: »Er gehört mir!« – mit den Händen auf dem Rücken wird er backstage geführt –, dann ertönt die Titelmelodie der Show, und auf dem Grossbildschirm erscheint das Livebild von der Bühne. Mehrere Kameras schwenken über die Menge, verharren auf Gesichtern, die sich auf der Leinwand erkennen und aufgeregt hüpfend in die Linse winken.

(Versorgungspause!)

Mit den Schutzengeln im Schlepptau betritt der Moderator die Bühne. Das *Game* läuft weiter, die Ordnung ist wiederhergestellt. Getragen vom Getöse der Zuschauer, fügt Léo sich in den Strom ein, der Vorspann des *Game* mischt sich mit dem Beifall – ein Freitagnachmittag im Juli, endlich Wochenende, Urlauber, Überstundenabbau und Arbeitslosigkeit, Widerspruch zwischen der Überfülle und der Leere.

»Seid ihr gut drauf?«, fragt der Moderator das Publikum, während seine Stimme aus den Lautsprechern schallt.

»Jaaa!«, antwortet das Publikum unisono.

»Seid ihr richtig gut drauf?«

»Jaaaaaaaa!«

»Seid ihr megagut drauf?«

»Jaaaaaaaaaaaaaaa!«

»Einer unserer Kandidaten hat kurz vor seinem grossen Moment losgelassen, aber *that's the* …«

»Gaaaaame!«

»Ganz genau! Bleiben noch vierzehn. Vierzehn Teilnehmer, bereit, alles zu geben … Édith … Édith, heben Sie mal die Hand, aber bitte die, die nicht am Auto ist, okay?«

(Gelächter der Kandidaten, Gelächter des Publikums.)

»Valère … Lola … Bertrand … Roland … Pierre … Noah … Coralie … Sarah … Patrick … Daniel … Murielle (Helft ihr mal, danke) … Thiem … Anna! Acht Männer, sechs Frauen. Na los, Mädels, zeigt uns, dass Geschlechterrollen nur ein Klischee sind, was, Lola?«

(Lola hebt den Arm, ihre gemachten XXL-Brüste drücken sich unter dem T-Shirt ab, ein paar Männer pfeifen.)

»Wir fangen auch gleich mit Ihnen an, Lola. Aber zuerst gebe ich ab an Marie-Ève für unsere Liveschalte in die 13-Uhr-Nachrichten … Marie-Ève, können Sie mich hören?«

Sie kann.

Der Moderator übergibt ihr das Wort.

Und wenn sie dann an der Reihe sind, wird das ganze Land Anna und Léo am Bildschirm sehen. Bei den zwei Fragen, die der Moderator ihnen für Marie-Ève stellen wird – »Und, Anna, die Idee, über Nacht Ihre Hand festzukleben, kam von Ihrem Sohn? Léo, findest du, deine Maman ist eine Heldin?« –, werden sie nicht anders können, als die Zähne zusammenzubeissen; Léo wird spüren, wie viel Überwindung es seine Mutter kostet, ihr Leid zu überspielen. Er wird es genauso machen, wird mit einem verkrampften Lächeln versuchen, seinen Gesichtsausdruck aufzulockern, wird naiv antworten, dass seine Mutter seine Mutter sei, er sie so oder so bewundere, und ohne es zu wollen, wird Léo die Beliebtheitswerte ihres Duos steigern, so ein höfliches Kind, grossgezogen von einer alleinerziehenden Mutter, während der Moderator ihm ein letztes Mal die Haare verstrubbelt, ihn fragt, wie es ihm gehe, und Léo sagt, alles sei bestens, weil genau das alle hören wollen.

»Alles ist bestens.«

Tja, vielleicht hätte er sich am Ende doch das Gel in die Haare machen sollen.

*

Gegen fünfzehn Uhr ist es wieder passiert: Schlag auf Schlag haben zwei Kandidaten losgelassen, als würde das Ausscheiden des einen das des anderen absegnen. Diesmal zwei Männer, so viel zu den Geschlechterklischees. Pierre Delgado (11) und Valère Diaz (19). Kandidat Nummer 19 hat sich sanft auf die Seite gelegt, bevor er ohnmächtig wurde. Der bereitstehende Arzt hat ihn flüchtig abgehört und auf einer Trage abtransportieren lassen. Kurz darauf hat Kandidat Nummer 11 verkündet: »Das reicht, ich steige aus«, und ist gegangen; trotz zittriger Beine durfte ihn auf keinen Fall jemand stützen. Zwei Arten, das *Game* ohne Tamtam zu verlassen: einmal durch Verlust der Sinne, einmal in vollem Bewusstsein.

Abgesehen von der schrillenden Sirene ist es um beide Vorfälle still geblieben. Um die Uhrzeit wenig Zuschauer vor dem Zelt. Selbst das Team auf der Bühne arbeitet in Minimalbesetzung. Zwei klammheimliche Abgänge, wenn man so will. Schuld ist das Thermometer, das unter dem Zelt mittlerweile auf dreiundvierzig Grad geklettert ist – Stillstand der von den Schimären der Hitze unkenntlich gemachten Träume.

Anna spürt, wie sie langsam alles deprimiert, eine Mischung aus Müdigkeit und der Erkenntnis, wie lächerlich das Ganze ist, wie sinnlos. »Zwölf, wir sind zwölf …«, wie ein Mantra wiederholt sie diesen Satz in ihrem Kopf, bis sie an nichts mehr denkt. Es ist ihre Art, in diesem Stadium der Abstumpfung dem Körper etwas aufzuerlegen, wovon der Geist nicht mehr sicher ist, ob er es noch will. Das überbrückt den heiklen Moment, in dem sie kurz davor ist einzuknicken. Aber das deckt nicht die Zeit ab, die inzwischen in immer kleineren Einheiten gemessen werden will. Zuerst gab es den Vormittag, den Nachmittag, den Abend und die Nacht. Jetzt wollen die Stunden gezählt werden. Anna ist ja einverstanden, mit sich zu handeln, da macht sie noch mit, aber schon reicht das nicht mehr: Schon spürt sie den Druck, die Stunden in Minuten zu bemessen. Nur, wenn sie sich auf die Minuten einlässt, dann hat sie keinen Spielraum mehr, um sich gegen die Sekunden zu wehren und irgendwann auch nicht gegen eine so kurze, nicht mehr messbare Zeitspanne, dass ihre Hand am Ende rebelliert und einfach aufgibt.

Nein, was sie in diesem Moment vor ihrer eigenen Kapitulation bewahrt, ist Charlottes stumme Präsenz am Bühnenrand. Charlotte, die sie hinter ihrer Sonnenbrille anstarrt, Sonnenschirm in der einen Hand, eine eingerollte Matte in der anderen, Strandtasche über der Schulter. Anna senkt den Kopf, dann sagt sie sich, Scheisse, steh dazu, und beschliesst, dem Blick ihrer ehemaligen Kollegin standzuhalten, auch wenn sie deren Augen nicht erkennen kann.

»Ich habe dich im Fernsehen gesehen«, sagt Charlotte.

Von der Bühne aus wirkt sie kleiner, oder hat sie abgenommen? Ihr Sarong umflattert ihren Körper, ihre Haare sind länger und haben jetzt wieder ihr natürliches Kastanienbraun. Auf ihrer Schulter prangt ein grosses Tattoo, das Anna noch nicht kennt, ein Delphin vielleicht, von hier oben kann sie es nur erahnen.

»Du siehst gut aus«, sagt Anna.

»Ich habe zehn Kilo abgenommen, ja.«

»Steht dir.«

»Und ich habe einen neuen Kerl.«

»Freut mich.«

»Da hat sich das Abnehmen gelohnt. Du kennst ihn übrigens ...«

Der neue Kerl ist Cédric, der Barkeeper mit dem Spinnennetztattoo auf dem Hals. Er kommt mit zwei Hotdogs, lacht hämisch, als er Anna sieht. Gott schafft sie, Gott vereint sie.

»Hast du ihr erzählt, dass wir sie im Fernsehen gesehen haben?«, fragt er Charlotte.

»Hab ich. Aber was sie noch nicht weiss, ist, dass ich nach der ganzen Scheissaktion das Sorgerecht für meinen Sohn verloren habe«, erwidert sie, ohne Anna aus den Augen zu lassen.

»Scheisse, das tut mir leid ...«

»Dein Mitleid kannst du dir in den Arsch schieben. Du hast das Zeug angebaut, dein Sohn hat es meinem verkauft, und ich muss die Suppe auslöffeln.«

Anna öffnet den Mund und will etwas sagen, schweigt.

»Ich hoffe, du wirst dafür bezahlen, Anna. Ich wünsche dir, dass du diesen Wettbewerb niemals gewinnst, dass du am besten elendig krepierst.«

Charlotte dreht sich um und geht. Mit seinem Mund und der Wurst, die aus dem halben Baguette ragt, mimt Cédric stumm eine obszöne Geste, dann zwinkert er ihr zu.

»Ich dachte, du wärst hier die Lokalheldin«, sagt daraufhin Patrick (14).

Anna dreht überrascht den Kopf, es ist das erste Mal, dass Nummer 14 sie anspricht. Die Dynamik des *Game* verändert sich, mit jedem Ausscheiden und jedem frei werdenden Platz am Alaskan bilden sich neue Verbindungen. Soweit sich Anna erinnert, ist Patrick der Obdachlose der Show. Der Letzte der Letzten, der, der absolut nichts hat, nicht einmal mehr Zähne; ein gefährlicher Gegner.

»Du bist doch die Kandidatin aus der Region, oder?«, hakt Nummer 14 nach.

»Ja, aber das bedeutet nicht, dass ich hier unbedingt beliebt bin.«

*

Mit der Nacht kehrt wieder Ruhe ein.

Anna hat ihre Position vom Vorabend eingenommen: auf ihrer Luftmatratze ausgestreckt, die linke Hand in die Felge des Alaskan gefädelt. In einem guten Meter Abstand schlafen Thiem (6) und Murielle (4) tief und fest. Daneben, aufgereiht wie Zinnsoldaten, liegen

Sarah (3) und Coralie (8) reglos in Fötusstellung, ihre ausgestreckten Arme am Seitenschweller des Pick-ups. Dahinter verliert Anna auf beiden Seiten des Wagens ihre Gegner aus den Augen, sobald sie sich hingelegt haben. Bis auf den Obdachlosen (14) und den Legionär (5) scheinen sich alle während der Nacht für die Strategie mit Matratze und Klebeband entschieden zu haben.

Es ist bald Mitternacht. Seit neununddreissig Stunden hängt Anna an diesem Auto. Noch ist es nicht nötig gewesen, ihr Kreppband mit den Zähnen abzureissen und ihre Hand festzukleben, sie kann nicht schlafen. Besser gesagt, sie will nicht schlafen, noch nicht. Sie will die Stille geniessen, auch wenn von den Terrassen der Bars das Gelächter der letzten Feierwütigen herüberklingt. Sie will der Brandung des Ozeans lauschen, Kraft aus ihr schöpfen.

Anna wartet darauf, dass alle verstummen.

Nach der letzten Versorgungspause hat ein Gewitter das Publikum zerstreut. Die letzten Badenden sind vom grau gewordenen Strand geflüchtet. Die Temperaturen haben sich abgekühlt, eine frische Brise macht das Martyrium fast erträglich.

Anna setzt sich, sie zittert, fragt sich, ob sie vielleicht Fieber hat. Nachdem sie die rechte Hand auf den grossen Michelin-Stollenreifen gelegt hat, zieht sie vorsichtig die Finger der linken aus der Felge.

Abgesehen von den Kandidaten ist die Bühne verlassen. Unterhalb von ihnen stehen drei Wachleute mit den Ellenbogen auf die Absperrungen gestützt und unterhalten sich. Anna wird klar, dass sie eine Gefangene ist. Eine freiwillig Gefangene, eine, die nicht fliehen will. Sie, die immer für ihre Unabhängigkeit gekämpft hat, die ihrem Kind darin ein Vorbild war, ist zu ihrem eigenen Widerspruch geworden. Zugeständnisse lassen einen unachtsam werden; irgendwann weiss man nicht mehr, wo die Grenze ist.

Vorsichtig wechselt Anna die Position, sucht nach Erleichterung, nach Linderung für ihren Rücken, kleine Kompromisse mit ihrem zur Bürde werdenden Körper.

May your glass be ever full.
May the roof over your head be always strong.
And may you be in heaven
*half an hour before the devil knows you're dead.**

Anna lächelt, und auch wenn es ein Lächeln voller Schwermut ist, ist es doch eine Weile her, dass sie ihre Gesichtszüge entspannt hat. Dieser irische Trinkspruch steigt aus ihrer Erinnerung auf, spendet Trost, so weh er auch tut. Er beschreibt das ganze Glück, das sie und Luis sich immer gewünscht hatten, ihre Art, den Tagen entgegenzusehen, wenn sie den berüchtigten Teufel am Schwanz packten und sich übergrossen Wellen stellten. Seitdem zwingt Anna sich zu vergessen, um sich den Schmerz zu ersparen, und zahlt den Preis dafür. Radiert Erinnerungen aus, die Beweis für das Leben sind. Na-

* Möge dein Glas immer voll sein. / Möge das Dach über deinem Kopf allem trotzen. / Und mögest du in den Himmel aufsteigen, / eine halbe Stunde bevor der Teufel weiss, dass du tot bist.

türlich nicht vollständig, es geht nur darum, sie einzutrüben, damit die Wunde nicht mehr so brennt.

Etwas anderes fällt ihr wieder ein, ein Artikel, den sie kurz nach Léos Geburt gelesen hatte; darin wurde erklärt, dass, wenn ein Kind nicht berührt wird, es sich nicht normal entwickeln könne, dass ein völliger Mangel an Körperkontakt zu Entwicklungsverzögerungen und psychischen Störungen führe; ein Baby brauche die Tuchfühlung, um sich seines eigenen Körpers bewusst zu werden und sich entfalten zu können. O ja, und wie sie ihren Léo berührt hat. Diesen knubbeligen Körper, den sie in der Brandung am Strand gebadet hat. Diesen Jungen, den sie sich jetzt aus Schamgefühl kaum zu streicheln traut. Und wenn man sie am Ende alle zusammenrechnen könnte, all die Wesen und Dinge, die man in seinem Leben berührt hat? Wen oder was hat man am meisten angefasst? Geliebte Menschen? Sich selbst? Die Tastatur seines Computers? Sein Smartphone? Das Steuer seines Wagens?

Anna hebt den Blick, starrt in die kleine Kamera, die über ihr blinkt.

Am anderen Ende des Glasfaserkabels muss die Bienenkönigin lächeln. Sie ist allein in ihrem grossen Wohnzimmer, die Fenstertüren stehen offen, dahinter der stille Garten, duftende Rosen und Orangenblüten. Sie ist allein, niemand kann sie hören, als sie sagt: »Mach dich nur schnell davon, Anna Loubère, bevor der Teufel dich zu fassen kriegt.«

22. Aluminium

Coralie Berger (8) wird während der Versorgungspause weggeführt. Sie müssen sie zu zweit stützen, ihr Körper wachsweich, ihr Gesicht blutleer. Ihre Zwillingsschwester weint mit ihr. Da ist dieser herzzerreissende letzte Blick der jungen Akademikerin auf den Alaskan, bevor sie die Bühne verlässt. Welche Hoffnungen hatte sie mit ihm verbunden, seit eine geisteswissenschaftliche Promotion keine sichere Bank mehr für einen Job ist?

»Noch zehn, Maman …«

»Elf mit mir. Das ist kein Grund zur Freude, Léo. Freu dich nicht über das Scheitern der anderen.«

»Aber so ist das Spiel, oder?«

(Sei realistisch, Anna, und sei nicht so ein Moralapostel.)

(Noch zwölf Minuten!)

Achtundvierzig Stunden (erst?!), und schon haben sich Rituale eingestellt. Léo hilft seiner Mutter bei der Katzenwäsche; weil sie jetzt schon so lange alles einarmig macht, fühlt sie sich langsam wackelig, kämpft gegen den Schwindel. Anna trinkt den Kaffee aus der Thermoskanne in kleinen Schlucken, zwingt sich, ihr Sandwich bedächtig zu essen, um den Magen nicht zu überfordern. Die kleine Schachtel mit den drei Chouquettes hebt sie sich für den süssen Abschluss auf.

»Los, Léo! Du bist der Beeeeste! Du bist suuuuuper!«

Léo dreht sich nicht um, verlegen, und zwar sehr.

Anna lächelt den drei Mädchen zu, die zur Bühne gekommen sind, um sie anzufeuern.

»Wer sind die drei?«, fragt sie mit vollem Mund.

»Schulfreundinnen.«

»Aus deiner Klasse?«

Léo nickt.

(Léééé-ooo! Léééé-ooo! Léééé-ooo!)

»Soll ich dir Obst bringen?«, fragt Léo, um das Thema zu wechseln.

(Noch neun Minuten!)

»Zum Obst mache ich mich hier schon genug«, erwidert Anna.

Die Viertelstunde vergeht so schnell, man müsste alles auf einmal tun können, essen, reden, sich entspannen, seine Kräfte sammeln, Mut fassen. Alle tun, was sie können, finden in der Zeitnot ihren eigenen Rhythmus.

Am Anfang haben die Kandidaten sich noch gegenseitig beobachtet. Jetzt bleiben sie mit ihren Blicken bei sich und ihrem Schutzengel. Die Enge lässt die Scham weichen. Der querschnittsgelähmte Roland (13) versteckt sich nicht mehr, wenn er mit dem Handtuch unter seine Hose fährt. Thiem (6) schaufelt seine Mahlzeiten mit den Fingern in sich hinein, klebt mit dem Mund direkt am Teller. Seit sich ihre Pollenallergie verschlimmert hat, macht Murielle (4) sich nicht mehr die Mühe, ihre Taschentücher in eine Plastiktüte zu stecken, sondern lässt sie bis zum Morgen neben sich liegen. Patrick (14), der Obdachlose, furzt ungeniert …

(Noch vier Minuten!)

Léo massiert seiner Mutter die Schultern, während sie ihr Gebäck hinunterschlingt. Sie leckt sich die Finger, trinkt Wasser. Sie ist schon vor der Versorgung auf Toilette gewesen, die nächste Pinkelpause ist in zweieinhalb Stunden. Dehydrieren oder disqualifiziert werden, am besten keins davon.

Anna senkt den Kopf, damit Léo ihr den Trapezmuskel lockern kann.

»Bring mir Entzündungshemmer mit«, sagt sie. »Die sind in der Medikamentenbox. Und Fleisch. Roastbeef.«

»Das Roastbeef blutig?«

»Auf jeden Fall. Ich werde hier zur Wilden. Wie der Hund Buck in deinem Buch von Jack London.«

Annas Lächeln verzerrt sich zu einer Grimasse, als Léo einen empfindlichen Punkt zwischen den Schulterblättern erwischt.

(Zwei Minuten!)

»Ich weiss nicht, wer sich dieses Spiel ausgedacht hat, Léo, aber eins ist wirklich schrecklich: Von Anfang an, ab dem Moment, in dem du das Auto anfasst, denkst du, es gehört dir. Bescheuert, oder? Da sind noch neunzehn andere um dich herum, aber der Wagen gehört dir und niemandem sonst.«

Sie müsste sich an Mylène Labarque erinnern können. An den Tag, als die in dem Verwaltungsgebäude mit am runden Tisch sass. Wir haben uns Mylène bis auf die wenigen Eckdaten nicht genug angesehen:

Mylène Labarque (31), freischaffende Entwicklerin von Spielshows. Mit ihrem spitzen Gesicht, dem zarten Körper, den feinen Knochen und der durchscheinenden Haut sieht sie aus wie eine Maus. Ein paar trotz ihres jungen Alters schon ergraute Haarsträhnen, die sie als Zeichen ihres feministischen Engagements so lässt. Mylène macht keinen Wind, lebt allein, redet mit kaum hörbarer Stimme. Jetzt gerade, während das ganze Land vom *Game* spricht, kümmert sich Mylène um den Permakulturgarten, der zu ihrem kleinen Anwesen in dem blumengeschmückten Dorf östlich der Hauptstadt gehört. Immerhin ist sie eine der gefragtesten Spielshowentwicklerinnen Europas. Ihre Konzepte sind simpel und folgen einer klaren Linie. Die meisten entspringen ihren Erinnerungen aus der Kindheit, der Erziehung durch ihre Grosseltern; Letztere haben ihr eine Bodenständigkeit mitgegeben, die sie jetzt in den Dienst des Profits stellt. Was zu ihrem Erfolg beim breiten Publikum beiträgt, bei denen, die sie während ihrer Brainstorming-Runden in neutralem Ton »die Leute« nennt.

Die Leute würden sich eher wünschen, den Leuten würde besser gefallen, die Leute mögen nicht, versetzen Sie sich mal in die Leute hinein …

Und so wurde das *Game* aus einer Erinnerung geboren: Mylène ist sechs oder sieben Jahre alt und hat beim Bäcker ein Baguette erst angefasst, dann zurückgelegt. Ihr Grossvater hat schon zwei auf dem Arm, aber sagt trotzdem: »Gib mir das mal.«

»Aber du hast doch schon welche, Opi.«

»Was man anfasst, muss man auch nehmen.«

Da hast du sie, Anna.

Da hast du deine Antwort.

*

Nach der morgendlichen Versorgungspause verlässt Léo das Zelt durch den Hinterausgang. Auch er hat seine Gewohnheiten entwickelt. Wie viele Tage noch? Und wenn es erst eine Woche wird, dann noch eine? Er schiebt den Gedanken weg, erträgt die Vorstellung nicht, was seine Mutter durchmachen müsste.

Die Sicherheitsleute kennen ihn, er hat sein Badge, niemand beachtet ihn gross. Er stiehlt sich davon. Nicht wie einige der anderen Schutzengel, die noch in der Garderobe bleiben, sich bei einem Kaffee austauschen und in einer fragilen Allianz einen auf Kumpel machen – die Begleitpersonen der Nummern 20 (Édith, »die Künstlerin«), 9 (Noah, »der Versicherungsagent«) und 3 (Sarah, »die kaufmännische Angestellte«). Er weiss nicht, wie die anderen ihre Zeit verbringen, diese zähen Stunden zwischen den Versorgungspausen, ob sie ins Hotel zurückkehren, an den Strand gehen oder durch die Strassen flanieren. Ob sich das alles für sie wie Ferien anfühlt oder ob sie darunter leiden, wenn sie ihre Liebsten so gebeutelt sehen.

Er jedenfalls erträgt kaum, wie sich der Zustand seiner Mutter verschlechtert. Tränensäcke unter den Augen, fahler Teint, fettige Haare, schweissnasse Haut. Ihr glasiger, leerer Blick, Symptom der mentalen Belastung.

Ihr ganzer Körper scheint in sich zusammenzufallen: lachhafte Hygiene, verkaufte Intimität. Seine Gefühle sind verworren, er kann es nicht anders ausdrücken, als dass es ihm das Herz schwermacht. Natürlich lässt er sich nichts anmerken, versucht, nicht zum Spiegel für sie zu werden. Stattdessen glaubt er lieber, was sie ununterbrochen beteuert, sonst wäre es unerträglich: redet sich mit ihr zusammen ein, dass es ihr gutgeht, dir geht's gut, Maman, du wirst gewinnen.

Nein, er könnte es nicht genau mit Worten benennen, und doch ist da diese Beklemmung, der ständige Knoten in seinem Bauch ist der Beweis. Er, Léo, hat den Brief geschrieben. Er hat seine Mutter überredet mitzumachen, ihr blieb gar keine Wahl. Sein grösster Fehler war die Sache mit dem Cannabis in der Schule. Er wollte so sehr alles richtig machen, den Grossen markieren, und am Ende hat er es vermasselt. Er ist wütend auf sich selbst, er ist schuld. Wegen ihm ist seine Mutter eingeknickt, hat ihre Prinzipien über Bord geworfen, vor allem das, immer den Kopf oben zu tragen.

Und das schmerzt ihn am meisten. Sie gezwungen zu haben, sich kleinzumachen, sich zu erniedrigen. Die verstörende Erkenntnis, dass er nicht mehr weiss, ob seine Mutter das Auto festhält oder es andersrum ist.

Also zum Durchhalten die Wellen.

Tun, was seine Mutter, Geisel des *Game* und dieses Autos, nicht mehr will.

Léo nimmt den Uferweg nach Norden, schliesst sein Fahrrad in der Nähe des Surfklubs ab und geht mit dem Fishboard unterm Arm zu Fuss weiter. An den Hauptstrand, direkt vor der Bühne des *Game,* traut er sich immer noch nicht.

Für einen Kilometer geht er den Strand entlang, senkt jedes Mal verschämt den Blick, wenn ihm FKKler begegnen. Er umrundet eine Reihe von Wasserlöchern, in deren sanfter Senke der Sand vom Meer abgetragen wird, dann hält er an. Ihm bleiben eine, anderthalb Stunden bis zur Flut, schätzt er.

Léo holt seinen Anzug aus dem Rucksack, überprüft die Uhrzeit auf seinem Smartphone (drei Stunden bis zur nächsten Versorgungspause), befestigt die Leash an seinem linken Knöchel und …

»Sagst du deinem Kumpel gar nicht hallo?«, blafft Kevin.

Léo spürt, wie seine Hoden sich zusammenziehen.

»Wir haben dich in den Nachrichten gesehen, Arschgesicht.«

Während sie ihn einkreisen, fällt Léo auf, dass Kevin und seine Schergen, die üblichen Verdächtigen, alle einen Neoprenanzug mit dem Logo des lokalen Surfklubs tragen.

»Aber wir nehmen dich lieber in echt, ohne dein schwules lila T-Shirt.«

»Scheisse, verpisst euch.«

»Das Problem ist, das hier ist *unsere* Welle.«

»Schwachsinn. Hier ist genug Platz für alle.«

Sie schubsen ihn, sein Gesicht schlägt auf dem harten Sand auf. Léo versucht, auf die Füsse zu kommen, Schläge prasseln auf ihn nieder.

Schwer und feucht.

Rücken, Bauch, Rippen, Gesicht.

Und der Respekt, verdammt, der hart erarbeitete Respekt?

Träum weiter, Kumpel.

Was bist du naiv.

Mit deinem Mund voller Sand.

Ein Hund, der sein eigenes Hundeleben frisst, Léo.

*

In dem Container, in dem die Boards und Anzüge des Klubs lagern, steht die Luft. Der Geruch nach Harz, Gummi und Wachs ist von der Sonne aufgeheizt, sie brennt sich durch die Metallwände und verwandelt den stickigen Raum in eine Sauna.

Léo sitzt mit seinen blauen Flecken und seinem Durst am Boden, angewinkelte Knie, die Stirn auf den verschränkten Armen. Bis er das dumpfe Geräusch des Schlosses hört, hat er bestimmt zwei Liter Wasser verloren. Er hebt den Kopf. Die Tür quietscht in den Angeln. Das grelle Licht durchschneidet die Dunkelheit. Léo ist geblendet, blinzelt. Der Schweiss, der ihm von der Stirn läuft, brennt ihm in den Augen. Niemand fordert ihn auf rauszukommen, niemand erscheint in der Türöffnung, aber Léo weiss, jetzt oder nie. Ihm ist klar, was Kevin in seinem kranken Hirn ausgeheckt hat.

Er klaubt seinen Anzug vom Boden, schleppt seine nackten Füsse zum Ausgang, wo er sich die Hand über die Augen legt, um die Sonne abzuhalten. Die fünf

Jungs sitzen auf Plastikstühlen, trinken Dosenbier, geben einen Joint herum und beobachten ihn.

»Du hast noch zehn Minuten. Wenn du dich ranhältst, schaffst du es, aber du musst deinen Arsch bewegen.«

Léo weiss, es ist vorbei, das klappt nie.

»Wo ist mein Board?«, fragt er.

Kevin zeigt vage in eine Richtung. »Hau ab, Blödmann.«

Léo geht und sammelt sein einsam am Strand liegendes Fishboard ein. Beide Finnen sind abgebrochen, sein Smartphone ist verschwunden, sein Rucksack voller Sand. Er kämpft mit den Tränen. Der ganze Körper tut ihm weh; er befindet sich mitten in einem dieser Knoten des Lebens, wo sich alles vermischt und ineinander verschlingt, eine Verdichtung von Zeit und Raum, so geballt, dass man fast zerfliesst wie gegossenes Blei; aber er hält stand, so verletzlich er auch sein mag.

Er denkt an seine Mutter, die sich bestimmt Sorgen macht, weil er nicht da ist. Normalerweise winkt er ihr vom Zelteingang zu, wenn er noch mit den anderen wartet, aber jetzt kann sie ihn nirgends entdecken. Anna hat Hunger und Durst. Édith (20) ist am Vormittag ausgeschieden, Anna fragt sich, ob Léo Bescheid weiss. Zuerst hat Édith angefangen sich zu übergeben, dabei Bertrand (15) vollgespritzt, der »Scheisse, verdammt, Scheisse!« gerufen hat. Er hat zwar gesehen, wie Kollegen an einer Maschine Gliedmassen verloren und später Blut gepisst haben; dieser raufgewürgte Frass ekelt ihn trotzdem. Fast hätte die von einem epileptischen Anfall geschüttelte Édith ihn aus dem Gleichgewicht gebracht und mit aus dem Spiel gerissen. Bertrand hat sie mit dem Fuss auf Abstand gehalten. Wieder ist der Notarzt gekommen, und wetten, nicht zum letzten Mal – apropos, was soll das eigentlich mit den Wetten? Wird auf uns gesetzt? Sind wir Tiere? Wie hoch sind unsere Quoten?

(Versorgungspause!)

Aber Léo kommt nicht, Anna reisst sich zusammen, bremst ihr Gedankenwirrwarr. Der Moderator hat seine Kandidatenrunde mit Bertrand (15) angefangen, natürlich, ein kurzes Interview, das steigert die Einschaltquoten. Anna sucht mit dem Blick nach ihrem Kind. Der brennende Durst ist an der Grenze zum Erträglichen. Sie ruft die Produktionsassistentin heran. Die junge Frau kommt lächelnd auf sie zu.

»Wissen Sie, wo mein Sohn ist?«, fragt Anna mit pappigem Mund.

»Léo? Keine Ahnung. Der kommt bestimmt gleich. Soll ich mal gucken, wo er bleibt?«

Mühsam presst Anna ein »Bitte« hervor, die Zunge will sich nicht mehr vom Gaumen lösen. Wenn sie nicht gleich etwas trinkt, hält sie nie durch. Und plötzlich die Frage: Was bereitet dir mehr Sorge, Anna? Dass du Léo nicht siehst oder dass du nichts trinken kannst?

Der Moderator stellt sich neben sie und hält ihr das Mikro unter die Nase. »Und, Anna? Wie geht's nach zweiundfünfzig Stunden?«

»Zwei…und…fünfzig …?«, wiederholt Anna fassungslos. Es ist idiotisch, ihr fehlt die Spucke, jede Silbe zählt.

»Sie lassen nicht los, was?«

Anna schüttelt den Kopf, mehrmals, aber das könnte auch ein unkontrolliertes Zucken sein, das vom Ende kündet.

Die Produktionsassistentin taucht hinter dem Moderator auf, flüstert ihm etwas ins Ohr, und er wiederholt: »Ich erfahre gerade, dass Ihr Schutzengel nicht gekommen ist, Anna. Und Sie haben nur noch …«

(Neun Minuten!)

»Wissen Sie, wo Léo steckt?«

Anna weiss es nicht. Drei widersprüchliche und schier unüberwindliche Impulse überlagern sich: sich auf die Suche nach ihrem Sohn machen / nicht das Auto loslassen / sofort etwas trinken.

»Was machen Sie jetzt, Anna?«

Ihnen sagen, dass Sie sich verpissen sollen.

Der Moderator lässt nicht locker, die Situation ist ein gefundenes Fressen. »Wir warten, Léo!«, ruft er ins Mikro. Er klatscht pantomimisch in die Hände und animiert das Publikum: »Lé-o! Lé-o! Lé-o!«

Die Zuschauer stimmen mit ein. Eine der Kameras schwenkt auf ihrer Schiene um hundertachtzig Grad über die Menge, die Leute winken lächelnd in die Linse, skandieren immer weiter: »Lé-o! Lé-o! Lé-o!« Der Name bietet sich an, zwei Silben, ein Ruf. Das Groupie-Trio kreischt besonders laut.

(Sieben Minuten!)

Anna versucht Zeit zu gewinnen, es ist zu laut, sie würde gern nachdenken können. Noch einmal wendet sie sich an die Produktionsassistentin, die hinter dem

Moderator steht und immer nett zu ihr gewesen ist, Anna fleht sie an: »Ich habe Durst ...«

»Was sagen die Regeln, Émilie?«, schaltet sich der Moderator ein. »Dürfen Sie ihr etwas zu trinken geben?«

(É-mi-lie, zu trin-ken! É-mi-lie, zu trin-ken!)

Die junge Frau tritt an Anna heran, erklärt: »Nur eine Person darf Sie versorgen, es tut mir leid ...«

»Wirklich?«, fragt der Moderator erstaunt. »Kommen Sie, Émilie, ein bisschen Wasser ...«

(É-mi-lie, Was-ser! É-mi-lie, Was-ser!)

»Wenn Sie loslassen«, beteuert Émilie über den Lärm hinweg, »dann gebe ich Ihnen alles, was Sie wollen. Solange Sie das Auto anfassen, kann ich nichts für Sie tun. Sie müssen loslassen, okay?«

Schon gut, hab's kapiert, du blöde Kuh!

Anna rutscht langsam auf den Hintern, kauert sich zusammen, ihre Hand gleitet über die Karosserie, aber lässt nicht los, eine feuchte, kaum sichtbare Spur auf weissem Grund.

(Lé-o! É-mi-lie! Lé-o! É-mi-lie!)

(Fünf Minuten!)

Léo fährt im Zickzack um die Passanten über die Esplanade. Er hört, wie die Zuschauer seinen Namen rufen, beschleunigt. Keine Zeit mehr, um den Umweg zu machen und von hinten auf die Bühne zu kommen. Er bremst im letzten Moment ab, lässt sein Fahrrad fallen, das Fishboard rutscht vom Gepäckträger, schrammt über den Asphalt, das Harz wird aufgeschürft, Léo rennt Richtung Publikum. Keine Sirene, Annas Name blinkt auf dem Grossbildschirm nicht rot auf, das Adrenalin betäubt Prellungen und Erschöpfung. Léo schubst, bahnt sich mit nacktem Oberkörper einen Weg durch die Menge, schlängelt sich zwischen den von Schweiss und Sonnencreme glänzenden Körpern, den triefenden Drüsen hindurch. »Ich bin Léo, lasst mich durch! Ich bin Léo!« Endlich wird ihm der Weg frei gemacht, er hat sein Schutzengel-T-Shirt nicht an, aber einige erkennen ihn: »Lasst den Jungen durch! Macht Platz!« Ein Strohhalm, ein Funken Solidarität. »Wasser, ich brauche Wasser!«, schreit Léo. Von überall kommen Flaschen, mal mehr, mal weniger voll, er greift sich zwei, presst sie an sich, das Plastik knarzt, und Léo arbeitet sich weiter vor bis zu den Absperrgittern. Seine Groupies klammern sich kreischend an ihn, küssen ihn ab. »Scheisse, lasst mich los!« Er befreit sich, ohne die Flaschen fallen zu lassen, stösst die Mädchen mit den Schultern weg.

»Maman! Maman!«

Anna hebt ruckartig den Kopf, erkennt die dünne Stimme inmitten der tosenden Menge.

»Ich bin hier, Maman!«

Sie dreht sich um, krallt ihre Hand noch fester in die Felge, um nicht loszulassen.

»Nicht bewegen, Maman!«

Léo wirft ihr die erste Flasche zu, die rollt vor ihren Füssen entlang und landet zu weit weg. Mit der freien Hand fängt Anna die zweite mitten im Flug, stürmischer Beifall.

(Versorgung zu Ende!)

Standbild.

Léo wie versteinert. Das Publikum wie versteinert.

Bühne in der Schwebe.

Völlige Stille.

Da ist nicht mehr genug Sauerstoff.

In Wirklichkeit ist der Lärm ohrenbetäubend, Léo schreit, sie soll es nicht machen, alles brüllt durcheinander. Aber für Anna ist dieser Moment, in dem das Universum sich zu einem Stecknadelkopf verdichtet, genau so: still und im Stillstand.

Der Moment vor der Explosion.

Was danach kommt, ist nur ausgedehnte Zeit.

Mit den Zähnen schraubt Anna die Flasche auf.

»Wenn Sie jetzt trinken, sind Sie disqualifiziert«, erklärt Émilie in neutralem Ton.

Anna führt die Flasche an die Lippen.

»Sind Sie sicher, Anna?«

Anna starrt Émilie in die Augen, dreht die Flasche um und leert sie vor ihren Füssen.

*

Danach sind alle weg. Das Streichholz ist abgefackelt. Die Millionen Fernsehzuschauer sind zu ihrem Alltag zurückgekehrt, das Publikum vor Ort zu seiner Freizeit.

Freie Zeit. Leere. Loch.

Als Léo noch nicht da war, hatte Anna ihre Nachbarin um Wasser gebeten, aber Murielle (4) wollte ihr nichts geben. Was »Leck mich« in Gebärdensprache heisst, weiss jeder.

Anna ist mit ihrem Durst allein.

Liegt auf dem Bauch. Vor Blicken verborgen. Ihre Beine unter dem Pick-up. Die Arme ausgestreckt. Beide Hände in den Reifen gekrallt.

Der Nachmittag ist halb rum, ihre einzige Gewissheit bleibt die Reglosigkeit.

Als sie mit der Toilettenpause an der Reihe ist, lehnt sie grimmig ab. Der Vorteil an der Dehydrierung ist, dass man nicht pinkeln muss. Der vom *Game* abgestellte Arzt kontrolliert ihren Puls und ihre Pupillen, fragt sie, ob es ihr gutgehe. Ihre Konkurrenten geben ihr nicht mehr viel Zeit. Das sorgt bei ihnen für Aufschwung, das Unglück der einen befeuert die Entschlossenheit der anderen. Die Schakale warten.

Nur dass nichts passiert. Anna hält stand. Sie sollten sich lieber um sich selber sorgen. Ihre Kräfte nicht überschätzen.

Anna krallt sich fest.

Das bisschen Kraft, das ihr bleibt, ist ihr Rest an Stolz und Léos Versprechen, dass er wiederkommt.

Dieses vergebliche Warten bringt Thiem (6) auf die Palme. Er hätte nicht gedacht, dass er es dieser Frau so übelnehmen könnte, dass sie nicht aufgibt. Er kauert neben ihr und lauert auf das Ausscheiden ihres statischen Körpers, ihr Verharren wird zu seiner Folter. Ihre blosse Anwesenheit ist unerträglich: Wenn ihr Körper verschwände, wäre alles leichter.

Also fängt Thiem an, leise mit Anna zu sprechen, er redet von Quellen, von kristallklaren, sanften Wasserfällen, malt ihr das glatte Klirren von Eiswürfeln in einem Glas aus, das prickelnde Gluckern von Mineralwasser mit Zitronengeschmack. Erzählen kann Thiem, er erzählt von einem Garten Eden mit saftigen Früchten – Birnen, Mangos und Papayas –, man müsste nur die Hand ausstrecken, um sie zu pflücken. Wie im Fiebertraum murmelt er von einer Welt aus Wasser, wo alles trinkbar wäre, ein kühler Regen die Körper erfrischte, man nur den Mund öffnen und die Zunge herausstrecken müsste, um den Durst zu stillen …

Natürlich weiss Thiem nichts über Anna, er weiss nicht, dass ihre Willenskraft ein Fels ist. Ein Fels aus Traurigkeit, Zerrissenheit, verlorener Liebe. Er ahnt nicht, dass sie sich von ihm einlullen lässt, Trost schöpft aus den Worten, die sie eigentlich zermürben sollen. Dass sie in der Gleichgültigkeit, der Abwesenheit, dem Mangel eine gewisse Erlösung findet. Eine fast mystische Erfahrung – bis Thiem plötzlich anfängt zu stammeln. Thiem, wie er schluchzend versucht, die Stille zu füllen, und doch keine Worte mehr findet; Thiem weint, fleht um Erbarmen; Thiem entschuldigt sich bei sich selbst dafür, dass er es nicht schafft, nicht mehr kann; Thiem bettelt um Mitgefühl: In dem Moment, als er das Auto loslässt und die Hände an sein Gesicht führt, ist er noch immer der Junge im Boot auf dem Weg ins Exil.

In Tränen aufgelöst und voller Scham. Voller Scham und am Ende.

Im Exil seiner selbst.

Der hartnäckige, raue Ton der Sirene kündet von Fall und Schande.

*

Bleiben noch neun.

Diese Hürde ist geschafft, mehr als die Hälfte der Konkurrenten ausgeschieden, auf zur zweiten Seite des Martyriums. Wohl wissend, dass das Schlimmste noch kommt, dass die Anstrengung in Trägheit ausgezahlt wird. Das Ausmass der Folter misst sich in einer Zeit *t*, gesteigert durch alles, was ihr vorangeht, also das Nichts, das Warten, die Starre, den Stillstand. Wie berechnet man die Energie eines in Trägheit verharrenden Körpers? Eines Körpers, der einfach nur da ist?

Das Rad dreht sich, der Kreislauf der Zeit kündigt die abendliche Versorgungspause an. Nur dass es nie immer gleich ist. Nur dass die Atome die Ordnung des Universums aufwirbeln.

Léo stürzt auf die Bühne, die Kameras folgen, noch mehr Publikum hat sich vor seiner Mutter angesammelt, es ist ein Wettrennen zwischen ihm und dem Moderator, der fängt ihn auf seinem Weg ab: »Wo warst du, Léo? Dass deine Maman durchgehalten hat, ist eine Wahnsinnsleistung, oder?«

»Bitte, Monsieur, lassen Sie mich durch …«

»Was hast du ihr mitgebracht?«

»Na … Sachen …«

»Wunderbar, Léo! Phantastisch! Wir kommen gleich auf Anna Loubère zurück! Unsere Kandidatin Nummer 1, die immer noch hier ist! Dann mal los, Léo!«

Anna hat aufgesprungene Lippen, den starren Blick einer Verdurstenden; ihr Atem stinkt, ihr Körper verströmt einen beissenden Geruch, den Geruch einer alten Frau, die sich nicht mehr im Griff hat. Sie findet gerade noch die Kraft, sich aufzurichten. Sanft zieht Léo sie hoch, hilft ihr beim Aufsetzen, sein Arm unter ihren Achseln, dabei erinnert er sie immer wieder, den Alaskan nicht loszulassen. Roland Fève (13) hebt den Daumen in ihre Richtung. Daniel Schmidt (5) zwinkert ihr aufmunternd zu. Ein wissendes Nicken von Bertrand Colon (15). Léo hat Gänsehaut, ihr Respekt für seine Mutter trifft auf seinen Stolz. Auch wenn all das weniger mit Solidarität zu tun hat als mit dem Korpsgeist, den die Umstände gebieten.

»Ich hab dir Wasser und Obst mitgebracht, ich hab alles, was du brauchst, dich päppeln wir wieder auf, Maman.«

Léo hilft seiner Mutter, die Flasche an die Lippen zu führen, bläut ihr ein, kleine Schlucke zu nehmen. Als sie es schafft, die Flasche selbst zu halten, schält er schnell zwei Orangen. Sobald der Durst gestillt ist, kommt der Hunger, unbändig und übermächtig. Anna schluckt alles zu schnell runter, unterdrückt einen Würgereiz. Sie reisst ihrem Sohn das Sandwich aus den Händen, zwingt sich, unter Léos wiederholter Mahnung langsamer zu kauen.

(Noch zehn Minuten!)

»Ich habe Ibuprofen«, sagt Léo.

Anna schluckt zwei Tabletten zusammen mit einem Bissen vom Sandwich hinunter. »Warum warst du nicht da?«, fragt sie, sobald sie wieder sprechen kann. »Was sind das für blaue Flecken in deinem Gesicht?«

»Ich bin vom Fahrrad gefallen.«

»Mit dem Make-up sieht man das vielleicht nicht in der Kamera, aber ich weiss, dass das nicht stimmt.«

»Ich schwöre.«

»Blödsinn. Ich hab dich mit deinem Board wegfahren sehen. Man sieht alles von hier, selbst die Wichser wie Kevin, die direkt vorm Strand surfen, um sich zu produzieren.«

»Hör auf, Maman.«

»Was?«

»Ich mag das nicht, wenn du so sprichst, kein Grund, vulgär zu werden.«

»Du hast recht. Ich will mich nicht mit dir streiten. Aber sie haben dir weh getan, und das halte ich nicht aus.«

»Ich muss auch lernen, alleine klarzukommen, oder?«

»Und dein Board?«

»Die Finnen sind abgebrochen.«

»Verstehe … Das reparieren wir, sobald ich hier fertig bin …«

»Keine Sorge, ich kümmere mich schon.«

(Sechs Minuten!)

»Ich hab noch ein Sandwich für dich, willst du?«

»Gib mir die Orangen. Und ich muss mich waschen, das muss alles gleichzeitig gehen.«

Léo zieht ein Feuchttuch aus der Packung und reicht es seiner Mutter. »Wie geht es dir, Maman?«

»Nein: Wie geht es dir?«

»Nur ein bisschen Prügel. Ich bin hier. Mir geht's gut.«

»Ich will, dass du nach Hause gehst und dich ausruhst. Und wenn irgendwas ist, egal was, dann rufst du Tanguy an.«

»Den aus dem Laden?«

»Was Besseres habe ich nicht zu bieten, tut mir leid …«

(Drei Minuten!)

Léo holt eine Melone aus dem Beutel, teilt sie in zwei Hälften, sammelt die Kerne raus, schneidet ein paar Spalten ab, entfernt die Rinde.

Liebe, das sind kleine Gesten.

23. Gummi

Die Bienenkönigin hält eine imaginäre Versammlung ab.

An dem kleinen kreisrunden Tisch neben dem Pool sitzen nur sie und die Einsamkeit der Macht. Ab einem gewissen Grad von Einfluss und Ansehen werden die einen zu Mitarbeitern, die anderen zum Alibi, das Umfeld zur Last. Da sind die Müdigkeit, das Wissen um den Verfall, ein tiefsitzender Überdruss, die es zu überspielen gilt. Ihr eigenes Alter, das sich Tag für Tag bemerkbar macht, und, auf einer abstrakteren Ebene, das einer Nation, deren Arbeitslosenquote von zehn Prozent ihr die Tränen in die Augen treibt. Ihre politischen Gegner ahnen nicht, wie sehr sie an ihrem Amt und ihrer Aufgabe hängt, wie sehr sie sich verantwortlich fühlt. Die eine Hälfte ihres Volks verlässt sich auf sie, die andere lehnt sie ab. Aus ihrer Sicht ist die einfache Mehrheit in der Demokratie ein Kreuz; man müsste sie durch die rückhaltlose Zustimmung aller Wähler ersetzen, mit Haut und Haaren. Man müsste gewollt, begehrt sein.

Es ist ein kühler, blauer Morgen. Vögel über Vögel, von denen sie keinen einzigen benennen könnte, tschilpen in den Bäumen. Was sie antreibt, mit Leib und

Seele – was sie aufreibt und in Atem hält –, das sind die Menschen. All diese unterschiedlichen, anonymen Bürger und Individuen, ihr Vertrauen, ihre Undankbarkeit. Sie wissen nicht, wie dünn die Luft da oben auf dem Gipfel der Macht ist; wie viele Träume, Ziele, Utopien aufgegeben werden müssen, damit das Ganze zusammenhält und nicht auseinanderbricht.

Ihr bleiben noch zwei Jahre, um ihr Mandat zu Ende zu führen, bevor es um eine eventuelle Wiederwahl geht. Sie will nicht, dass ihr Name als derjenige in die Geschichte eingeht, mit dem der Absturz kam. Das wäre eine himmelschreiende Ungerechtigkeit, eine ewige Scharte in den Annalen.

Ihr bleibt die in der malerischen Morgendämmerung schwimmende Mélanie. Ihre geschmeidigen Bahnen im Pool, das Plätschern der kleinen Wellen am Beckenrand aus Travertin. Wie ihr Körper sich auf die Leiter zieht und aus dem Wasser steigt. Wie sich im Ausschnitt des Badeanzugs eine helle Linie abzeichnet, vor der Sonne verborgene Intimität. Allein bei dem Gedanken daran, wie sich diese Blässe offenbaren, hingeben würde, stockt ihr das Herz, der Atem, Macht des Verlangens: all die Lust, die das Leben uns geschenkt hat, bevor es sie uns mit völliger Gleichgültigkeit wieder nimmt.

Mélanie greift ein Handtuch vom Liegestuhl, faltet es auseinander, tritt zu ihr, während sie sich die Haare trocknet und den Kopf zur Seite neigt, um ihr Ohr vom Wasser zu befreien. Diesen Luxus gestehen die beiden Frauen sich jeweils zu, das Privileg eines privaten Pools, den Anblick eines enthüllten Körpers.

Die Assistentin lächelt, das Weiss ihres Badeanzugs ein Augenzwinkern Richtung Ewigkeit.

»Ich weiss, Mélanie. Heute ist Ihr freier Tag, und ich behellige Sie hier.«

»Eine kurze Dusche, dann bin ich wieder da. Ich ziehe mir nur etwas an.«

»Bleiben Sie, wie Sie sind, Mélanie. Bleiben Sie genau so. Das ist nur eine Stippvisite, ein informeller Plausch … Setzen Sie sich. Möchten Sie einen Kaffee?«

Die Bienenkönigin winkt die Haushälterin heran, die fünf Minuten später einen Espresso und einen frisch gepressten Orangensaft bringt.

»Was ist der Tenor hinter den Kulissen?«, beginnt die Bienenkönigin mit einer jetzt weniger sanften Stimme.

»Nun ja … Der Beirat ist aus dem Häuschen, der Erfolg übertrifft bei weitem die Erwartungen: offiziell die zweithöchsten Einschaltquoten des Jahres, gleich hinter dem WM-Halbfinale.«

»Und der König der Löwen?«

»Der freut sich mit Xavier Floriot über den Höhenflug ihrer Allianz an der Börse. Er wird Sie heute noch anrufen. Ihre Hauptaktionäre haben sich geeinigt und unterstützen das neue Budget. Ihre Lobbyverbände in Brüssel arbeiten auf Hochtouren. Volkswagen, Fiat Chrysler, Toyota und sogar Tesla wollen die Lizenz fürs *Game,* um es als Franchise in ihre jeweiligen Länder zu holen …«

»Also die ganze Welt«, sagt die Bienenkönigin.

»Zeitungen, Radio, Social Media … Alle sprechen vom *Game.*«

Der König der Löwen ist dabei, zu gewinnen, eine Schlappe für den ökologischen Wandel, denkt die Bienenkönigin. Sie kann immer noch ihren Vorgänger und sein Engagement für den Ausbau der fossilen Energien vorschieben, eine mögliche Kursänderung im Zuge neuer Strategien …

Der Kaffee ist getrunken, das Glas Orangensaft geleert. Mélanie macht keine Anstalten, das Schweigen zu brechen.

»Bertrand Colon, Noah Bitton und Sarah Cherkaoui haben aufgegeben?«, fragt die Bienenkönigin.

»Die Nummern 15, 9 und 3, ja.«

»Glauben Sie, die anderen schaffen noch drei Tage?«

»Die Schätzung der Experten ist verlässlich. Mindestens zwei Kandidaten müssten bis zum 14. durchhalten.«

»Bis zum 13., Mélanie. Darauf habe ich bestanden. Eine Überschneidung mit meinen Verpflichtungen zum Nationalfeiertag kommt nicht in Frage.«

»Selbstverständlich. Ich werde daran erinnern, ja.«

Die Assistentin rückt einen Träger ihres Badeanzugs zurecht und wartet.

»Das wäre alles, Mélanie. Geniessen Sie Ihren Tag.«

»Danke, Madame.«

»Er wartet auf Sie, nicht wahr?«

»Ähm … ja, Madame.«

»Lieben Sie jeden einzelnen Mann, Mélanie. Lieben Sie ihn von ganzem Herzen, aber lieben Sie immer nur einen nach dem anderen. Machen Sie es nicht wie ich und sehen sie nur als abstrakte Grösse.«

Mélanie lächelt. »Ich habe nur einen Körper, Madame. Und der reicht mir schon kaum.«

*

Vierter Tag. Sechsundsiebzig Stunden.

Anna ist eine Wachsfigur, obwohl ihr ganzer Körper nach Bewegung schreit. Unter der Medianlinie der Erwartung pulsiert die Energie; sie braut sich unterhalb des Nackens zusammen, strahlt von da in die Sehnen aus, setzt sich fort in Arterien und Muskeln. Anna ist ein geballtes Nervenbündel, kämpft unablässig, um nicht der Kraft nachzugeben, die endlich freigesetzt werden will. Der Mensch ist nicht dafür gemacht, reglos zu verharren. Er jagt das Mammut, sammelt, zieht umher. Für den gefangenen Körper ist der Alaskan ein Versprechen von Freiheit: Der gut sichtbare Schlüssel im Zündschloss befeuert die Träume von Flucht.

Auf Léos Körper haben die Spuren der Schläge vom Vortag eine violette Farbe angenommen. Ihm ist das egal. Er hält seine Mutter am Leben. Auch er ist inzwischen wie besessen. Die Sonne brennt aufs Zelt, trocknet die Münder aus, verstopft die Poren und flutet die Haut. Eine neue Welle an Urlaubern ist zum Publikum vor der Bühne hinzugekommen. Der nächste Auftritt von Marie-Ève auf dem Grossbildschirm, live in den 13-Uhr-Nachrichten, zieht die Menge an. Stimmengewirr, Worte vermengen und vermischen sich, man versteht sich gegenseitig kaum noch oder gar nicht mehr – aber wer hört schon noch zu?

In den Strassen, auf den Plätzen rund um die Esplanade – Pasteur, Hugo, Jaurès, de Gaulle, Carnot – und an der Promenade wehen die Flaggen. Die Trikolore, Logos der Sponsoren: SNCF, Crédit Agricole, Eiffage, Veolia, Orange … Innerhalb weniger Stunden sind Bühnen für Musik und Shows aufgebaut. In vier Tagen ist der 14. Juli. Man kann darin den krönenden Abschluss sehen, ein forciertes Nebeneinander, eine behelfsmässige Versöhnung: Der Sieger wird für uns alle gewinnen, für alle, die zuschauen.

Léo sitzt auf dem abgewetzten Sofa. Er sieht sich das Ganze auf dem kleinen Sony-Fernseher in der Wiederholung nach den Abendnachrichten an: die grobe Zusammenfassung, dann die Ereignisse im Detail, kommentiert von dem breit lächelnden Moderator der Sendung. In der Ruhe des Bungalows, in die die Abwesenheit seiner Mutter ein grosses Loch des Schweigens gräbt, in der sein Alltag ihm weit entfernt scheint, auch wenn nicht mal eine Woche vergangen ist, dort sieht Léo sich flüchtig auf der Mattscheibe. Flüchtig, da die Aufmerksamkeit, die man für gewöhnlich den Kandidaten und ihren Schutzengeln schenkt, sich jetzt auf eine Demo von Umweltschützern richtet, eine Protestaktion gegen das *Game.* Etwa hundert Jugendliche haben Transparente entrollt, mit Aufschriften wie: *Stoppt das Game!, Alaskan = das Ende der Pole* oder *Wir verbrennen diesen Planeten auf Pump.* Ein gigantischer Heliumballon in Form der Erde schwebt an einem Seil etwa zehn Meter über den Demonstranten. Jungs und Mädchen brüllen abwechselnd ihre Forderungen in ein

Megaphon. Wollen die von der Hitze bräsigen Touristen aufrütteln. Einige von ihnen sind kaum älter als Léo, *(Lé-o, lass es sein! Lé-o, lass es sein!)*, ungestüme Jugend, die – verstärkt von zwei Lautsprechern auf einem Wagen – Slogans skandiert. Im Gedröhn einer obsoleten Welt aus Öl und Beton werden Porträts von Greta Thunberg und ihren Zöpfen geschwenkt. Die grüne Bewegung wird im Hallraum der misstrauisch beäugten Heimat lauter, die Welle breitet sich über die Tektonik der Kontinente hinweg aus, der Feind ist unbestimmt, schuld an allem der Liberalismus, und der soll den Preis dafür zahlen. Man prangert die Kandidaten an, fordert sie auf, das *Game* hinzuschmeissen.

Beim Anblick des Aufmarschs, der die Menge teilt, tut sich Lola Zerfi (17) hervor, sie brüllt: »Umweltschutz ohne Klassenkampf ist Gartenarbeit!« Auch wenn der Polizeikordon die Demonstranten auf Abstand hält, schaffen die es doch, sie mit ein paar Orangen und Bananen zu bewerfen. Lolas Unterstützer buhen die Umweltaktivisten aus, Lola verteilt Luftküsse an ihre Fans. Lola, die schon bei *Temptation Island* dabei war und diesmal fest entschlossen ist, es bis zum Ende zu schaffen, ein neues Reality-TV-Sternchen zu werden, Lola mit ihrem Kreuzanhänger zwischen den Silikonbrüsten, die sie gut sichtbar in die Kameras streckt. Hier und da werden Handgreiflichkeiten zwischen Demonstranten und Zuschauern von den Sicherheitskräften gebändigt. »Prügelt euch nicht! Wir brauchen Liebe! Liebe!«, ruft Lola immer wieder. »Liebe!« Sie ist vom Beifall ihres Publikums wie elektrisiert. Es stimmt schon, sie hat ihren

Mangavorbau, zarte Schultern, einen Körper, der die Phantasie anregt, in dem Natur und Transhumanismus zusammenfliessen; auch wenn sie sich kaum noch auf den Beinen halten kann und mit ihrer bleichen Haut eher an eine tuberkulosekranke Kameliendame erinnert. Sie hebt den Arm, gibt den Blick frei auf den blonden Flaum, der im Verborgenen ihrer Achsel gewachsen ist, wattig, zart, und wirkt dabei wunderschön, zerbrechlich. Lola lächelt, roter Mund, aufgehellte Zähne, Blick ins Ungefähre, sie streckt den Arm zum Himmel, tosender Beifall!

Dann Kamera auf Patrick Sorbier (14), der plötzlich von Krämpfen geschüttelt wird. Aber es sind nicht die Zuckungen eines kollabierenden Körpers, es sind Tränen der Enttäuschung, die Kapitulation vor dem, was grösser, stärker ist als man selbst. Der Alarm schrillt, aber niemand buht, niemand pfeift: Man applaudiert dem Mann ohne festen Wohnsitz, ohne Arbeit, ohne Kinder, ohne nichts, einem Mann in Fetzen, der von zwei Assistenten wegbegleitet wird; man sieht es nicht, aber überall bleiben kleine Reste von ihm kleben, Haare, Schuppen, Fingerabdrücke: auf einem Seitenspiegel, einer Stossstange, einem Scheibenwischer. Patrick Sorbier wird seine eigenen Grenzen nicht mehr überwinden, aber seine Lippen formen: »Danke, danke, danke …«

Danke an wen?

Und dann schwenken die Kameras auf ihren gutgeölten Schienen lautlos zu Léo und seiner Mutter.

Léo und seinem Intermarché-Beutel. Anna, wie sie mit Mühe das x-te Sandwich kaut. Ausgezehrt, erschöpft, aber immer noch hier. Er weiss, was sie denkt: »Noch fünf.«

Ein kurzes Bild, ein paar Sekunden, Léo sieht sich selbst auf dem kleinen Fernseher, wie er den Kopf hebt und in die Kamera blickt.

Léo fühlt sich furchtbar.

(Lé-o, lass es sein! Lé-o, komm zu uns!)

Léo schaltet den Fernseher aus.

(Lé-o, lass es sein! Lé-o, komm zu uns!)

Es ist nur.

(Lé-o, lass es sein! Lé-o, komm zu uns!)

Heute ist er vierzehn geworden.

(Lé-o, lass es sein! Lé-o, komm zu uns!)

Er wollte seine Mutter noch daran erinnern, aber wozu.

Sie ist woanders, in einer Vorhölle aus Show und Zynismus.

Und selbst wenn sie gewinnen – inzwischen weiss er: Was ihnen genommen wurde, bekommen sie niemals zurück.

Was sie inzwischen wert sind, entspricht dem Preis eines Renault Alaskan mit Vollausstattung.

Noch nie ist ein Ticket nach Kalifornien so teuer gewesen.

Freude und Unbekümmertheit.

Nicht genommen, sondern gestohlen.

Vierter Tag. Sechsundachtzig Stunden.

Und da.

Klingelt das Telefon. Das Smartphone seiner Mutter, das sie nicht mehr benutzt.

Léo zögert, steht auf. Seine Beine zittern, als könnten sie unter einem unsichtbaren Gewicht nachgeben: Er denkt an seine Mutter, ans Ausscheiden, an seine Mutter auf einer Bahre im Krankenwagen.

Das Klingeln schrillt durch die Nacht. Rücksichtslos übertönt es die Grillen, die ferne Brandung des Atlantiks, den rauschenden Wind in den Nadelbäumen. Es betäubt sogar die Gerüche, hält die zäher fliessende Zeit an.

Léo geht ran, atmet aus und ein. »Hallo?«

»Hallo, Léo. Ich bin's, Tanguy.«

»Ist was passiert?«

»Alles gut, keine Sorge. Anna ist immer noch im Rennen.«

Léo stösst einen erleichterten Seufzer aus. Es ist ihm fast peinlich, noch die zweite Frage zu stellen, aber er kann nicht anders: »Haben Sie die Gun verkauft?«

Er hört den Mann lachen.

»Du lässt nicht locker, was? Ich habe dir doch gesagt, das Brett soll nur die Kunden anlocken. Nein, ich habe gehört, du hast Probleme mit deinem Fishboard? Komm bei mir in der Werkstatt vorbei, ich habe noch ein paar Finnen da, die schenke ich dir.«

»Woher wissen Sie das?«

»Ich hab diesen Scheiss-Surfklub gegründet. Und selbst wenn ich nicht mehr vor Ort bin, weiss ich so ziemlich alles, was da vorgeht. Nur dass ich nicht verantwortlich für den Mist bin, den Kevin verzapft … Léo, bist du noch dran?«

»Ja.«

»Er ist ein Idiot, aber er hat Talent … Ausserdem ist da noch was. Ich habe eine Nachricht von Anna für dich.«

»Von meiner Mutter?«

»Ja, ich drehe immer meine kleine nächtliche Runde, da haben wir vom Bühnenrand aus gequatscht. Ich schlafe wenig, und sie aktuell auch.«

»Davon hat sie mir nichts erzählt.«

»Das ist nicht weiter wichtig, Léo. Hör mir gut zu: in ihrer Kommode die untere Schublade. Zwischen ihren Klamotten liegt ein Umschlag für dich.«

Léo weiss nicht mehr, was er sagen soll, die Stimme dieses Mannes ist wie ein Fremdkörper, ein Fehler im System dieses Juliabends.

»Alles Gute zum Geburtstag, Léo.«

Tanguy kappt die Verbindung. Das Freizeichen verhallt in der von den wieder einsetzenden Geräuschen durchbrochenen Stille: Wind, Brandung, Grillen.

Leben.

Ein Leben, das Léo Rätsel aufgibt.

Aber Wissen ist nicht immer die Lösung. Auch die Wahrheit nicht. Sie hindern niemanden daran, zu fallen, sich weh zu tun. Aber es gibt Dinge, die ist eine Mutter ihrem Sohn schuldig. Dinge, die ihm niemand ersparen kann, eine schmerzhafte Gewissheit etwa, klares, eiskaltes Wasser, in dem er schwimmen muss.

Versteckt unter T-Shirts und Pullovern, findet er in der Kommode einen Umschlag, auf dem *Für Léo* steht. Sein Mund wird plötzlich trocken. Seine Zunge wie betäubt, angeschwollen durch die Angst. Ein Umschlag, dessen Ränder von roten und blauen Parallelogrammen gesäumt sind, *by air mail, correo aéreo.* Seine Finger zittern, das Licht unter dem Lampenschirm ist zu schummrig, das Zimmer seiner Mutter zu klein.

Es braucht einen anderen Ort, um diesen Brief zu öffnen und zu lesen.

Léo nimmt die Stirnlampe, die neben der Eingangstür hängt.

Die Nacht ist so klar, mit ein wenig Geduld könnte er eine Sternschnuppe sehen oder die hartnäckige Spur eines Satelliten.

Er umrundet den Bungalow und schliesst den Schuppen auf, in dem sein Fishboard traurig dahinsiecht und die Gun eine klaffende Lücke hinterlässt.

Er zieht die Tür hinter sich zu, setzt sich auf den harten Sand. Schaltet die Stirnlampe ein. Mit dem Zeigefinger reisst er den Umschlag auf. Die Papierstärke zart und doch widerstandsfähig. Man muss sich die Tausenden von Briefen vorstellen, die alle mit einem einzigen Flugzeug transportiert werden; was da an Gewicht zusammenkommt, da braucht es leichtes Papier, Papier, das losfliegen kann. Kein Brief, kein Wort darf verlorengehen:

Mein Léo,
ich schreibe dir aus einer Zeit, die nicht wichtig ist, und von einem Ort, den es nicht gibt. Du bist vier Jahre alt, das ist alles, was zählt. Du bist vier Jahre alt, und du lebst. Ich dachte, in zehn Jahren kannst du diesen Brief vielleicht lesen und ihn verstehen. Ich weiss, deine

Mutter wird dafür Sorge tragen, und wenn sie in diesem Leben zwei Dinge retten müsste, dann wärst das erst du und dann dieser Brief. Nein, ich habe keinen Zweifel daran, dass du ihn heute in den Händen hältst. Deine Mutter weiss, was ich dir schreibe. Die Worte, die du gleich lesen wirst, hat sie vorher aus meinem Mund gehört.

Ich bin dreiunddreissig Jahre alt. Ich fühle mich fit, obwohl ich seit fast acht Monaten gegen einen Hirntumor kämpfe. Die Ergebnisse des letzten CT-Scans sehen nicht gut aus. Und es stimmt, ich verliere inzwischen immer wieder das Gleichgewicht, manchmal spüre ich meine Füsse nicht mehr, ich habe Bewusstseinslücken. Auch meine Hände kribbeln, als wären sie kurzzeitig gelähmt, und dann reagieren meine Finger nicht mehr. Wenn man mich sieht, würde man nicht denken, dass ich krank bin. Ich bin einer von diesen sonnengebräunten Typen, die surfen, sich um ihren Garten kümmern und die vor allem ihre Frau und ihren Sohn lieben. Ich muss dir von der Liebe erzählen, Léo, die du in mir geweckt hast, von all der Liebe, die in mir geschlummert hat, ohne dass ich davon wusste. Eine ganz neue, nie geahnte, vollkommene Liebe. Deine Geburt war für mich eine Offenbarung. Ohne deinen warmen Körper in meinen Armen, deinen Geruch, den ich eingesogen habe, wann immer ich nur konnte, ob tags, ob nachts, immer, ohne all die Stunden, in denen ich dir beim Schlafen zugesehen habe, hätte meinem Leben das Wesentliche gefehlt. Ja, genau, kommen wir zum Leben. Noch bin ich im Vollbesitz meiner Kräfte, meine

Muskeln sind stark. An guten Tagen reagieren meine Reflexe auf den kleinsten Impuls. Aber das wird nicht mehr lange so sein, es ist unabwendbar, die Krankheit schreitet voran, und es gibt keine Heilung. Ich weigere mich, mit Schläuchen an den Armen und an irgendwelchen Maschinen in einem Krankenzimmer zu enden, nur um mich ein kleines bisschen länger am Leben zu erhalten. Das entspricht nicht meiner Natur. Also habe ich eine Entscheidung getroffen, und trotz all meiner Liebe für euch, für dich und deine Mutter, betrifft diese Entscheidung nur mich. Man mag sie für egoistisch, für ungerecht halten, aber sie gehört ganz allein mir, so wie das Leben selbst jedem Einzelnen von uns gehört.

Ich habe beschlossen, in den Wellen zu sterben. Ich werde nach der grössten, schwierigsten, nach einer Ausschau halten, die meine Kräfte übersteigt. Ich werde versuchen, sie mit so viel Anmut zu reiten, als wäre das Leben ewig. Ich werde ohne Sicherung surfen, ganz frei. Alle hier kennen mein Board, ich hab es unter der kundigen Anleitung meines Freundes Gary selbst gebaut. Es hat schon Bretter gegeben, die von der Strömung 8000 Kilometer von einem Kontinent zum anderen getragen wurden. Aber meins wird nicht so weit weg von der Küste sein, und ich weiss, wenn man es finden wird, wird man es dir bringen.

Mein Sohn, mein Léo, ich habe keine Ahnung, ob du Surfer wirst, ob du den Ruf des Meers, des Ozeans spüren wirst. Ich weiss nicht, wie ich es anders ausdrücken soll, aber es gibt da diese ersten Seiten in Moby Dick, *die beschreiben so gut die Anziehung des Wassers und der Weite auf den Menschen. Ich hoffe, dass du das in dir trägst. Es ist das Fundament für ein freies und unabhängiges Leben. Du wirst dich daran nicht erinnern können, aber deine Mutter und ich sind mit dir kleine Wellen gesurft, du auf allen vieren vorne auf der Gun. Und du hast gelacht, du hast so laut gelacht, da bin ich guter Hoffnung, dass du zu einem dieser Männer mit gestähltem Körper heranwachsen wirst, die im Line-up die Augen zusammenkneifen und wissen, wie man den Horizont liest.*

So, ich bin am Ende angekommen. Der Himmel ist grau, die Wellen sind hoch, ein Wind von Nordnordwest fegt über die Küste und sorgt für einen ordentlichen Swell. Ich werde mich jetzt in etwas stürzen, das grösser ist als ich, höher als ich, aber du sollst wissen, dass ich glücklich gehe, meinen letzten Atemzug wird ein Lächeln begleiten. Ich habe deine Mutter geküsst, habe dich geküsst. Ich bin gegangen. Und ob du ein grosser Surfer wirst oder nicht, ob du ein Mann des Meeres wirst oder nicht, denk immer daran, das Wichtigste ist, aufzustehen und vor allem aufrecht zu bleiben. Ich liebe dich.

Dein Vater,

Luis

Bämm! Nimm das, Léo.

Lass deinen Tränen freien Lauf. Weine, so viel du kannst.

Und dann lächle.

*

Die Demonstranten haben den Globus wieder auf die Erde geholt. Die Gewichte am Seil hindern ihn am Wegfliegen. Fackeln brennen in der feuchten Nacht. Die Körper rollen sich in Schlafsäcke ein. Die Müdigkeit kommt, der Schlaf übermannt sie. All die ausgestreckten Leiber, von der Polizei in gebührendem Abstand zur Bühne bewacht, friedlich und vereint, das warme orangefarbene Licht in der Dunkelheit, dieses Flackern, das der Nacht etwas Heimeliges verleiht. All diese Menschen, die gekommen sind, um zu sein, zu fordern, sorgen für eine Art universelles Einverständnis, eine seltsame Verbundenheit angesichts der Bedrohung durch den Produktivismus. Profitgier ist gleich Klimaerwärmung. Jeder glaubt an das, was er kann. An den Ökosozialismus oder ans *Game.* Anna fühlt sich weniger allein. Auch wenn die Aktivisten, die keine hundert Meter vom Zelt entfernt schlafen, sie für einen Teil des Systems halten.

Anna weiss, dass Léo den Brief inzwischen gelesen haben muss. Sie fragt sich, wie er sich fühlt, was er denkt. Sie bereut es, dass sie keinen günstigeren Zeitpunkt abgewartet, dass sie ihm zugemutet hat, sich unter solchen Umständen mit dieser Enthüllung auseinanderzusetzen. Mit diesem Moment tiefer Einsamkeit, der auch ein Moment von grosser Schönheit ist. Aber sie hatte ein Versprechen einzuhalten. Ausserdem ist für manche Wahrheiten nie der richtige Zeitpunkt. Nein, sie vermischt nicht alles. Egal was man tut, alles steckt in allem.

Es vergeht kein Tag, an dem Luis ihr nicht fehlt. Auch für ihn lebt sie weiter; ein bisschen mehr, ein bisschen weiter, ein bisschen länger. Was sie traurig macht und beschämt den Blick senken lässt, ist, sich auf diese Show eingelassen zu haben. Wahrscheinlich hätte Luis sie dafür verlassen, er, stolz und so aufrecht, mit seinen Prinzipien wie Pfeiler im Meer. Er, der Mann der Wellen.

Aber du bist nicht mehr hier, Luis. Du hast mich längst verlassen.

Es ist schwer, den Kurs zu halten, niemals seine Überzeugungen zu verraten, nie die Versprechen zu brechen, die man sich und anderen gibt. Alles ist käuflich, sie ist der lebende Beweis, aber jetzt loszulassen wäre dumm, wäre ein Eingeständnis von Schwäche. Um sich vor sich selbst und ihrem Sohn zu rehabilitieren, brauchte es die Gelegenheit für eine grosse Geste.

Einen Abgang mit einem Knall.

Sie lehnt mit dem Rücken an der Seitenwand des Alaskan, sie würde sich jetzt gern einen Joint anstecken. Die quälenden Gedanken vertreiben, die sie alles so klar sehen lassen. Sie denkt an die Nacht zurück, mit der alles begann, die Zigarette, die sie rauchen wollte, das Wildschwein auf der Strasse, ihr Wagen in Flammen. Das Bedauern ist gross, zu ändern ist es nicht.

Neben ihr starrt Murielle (4) sie aus grossen offenen Augen an. Anna will sie gerade fragen, was sie wolle, da bemerkt sie den leeren Blick. Sie erschreckt nicht einmal; der absurde Zustand, in dem sich ihr Körper befindet, hat sich wie Watte zwischen die Realität und ihre Wahrnehmung gelegt. Es gibt keinen Raum mehr, sich über irgendetwas zu wundern. Der Fluss vom Herzen versorgt den ganzen Körper, fünf hindurchgepumpte Liter Blut pro Minute, 100 000 Kilometer durchblutete Gefässe, und das ist alles.

Anna rutscht auf dem Hintern zu Murielle, nimmt ihre Hand: kalt. Sie fühlt ihren Puls, das Pochen kaum spürbar.

Anna legt die leblose Hand wieder hin und robbt zurück auf ihren Platz. Sie weiss nicht, was sie tun soll, zumal Kandidatin Nummer 4 das Auto nicht losgelassen hat. Anna begnügt sich damit, die Frau zu beobachten, die ihr einen Schluck Wasser verwehrt hat, die vielleicht stirbt und durch deren Tod der Menschheit nichts fehlen würde. Ein stiller Verlust ohne jegliche Nachwirkung, so wie sie selbst es für jeden hier auch wäre.

»Wahrscheinlich metabolisches Koma.«

Anna dreht sich zu Daniel Schmidt (5), der lautlos an sie herangekrochen ist.

Sie ist fast erleichtert, dass er da ist, aber sie sagt nichts, sie ist müde, Anna ist so müde.

»Die, die anders sind, sind die Gefährlichsten«, erklärt der ehemalige Legionär mit gesenkter Stimme. »Der Querschnittsgelähmte, die Taubstumme … Wissen Sie, warum? Weil sie gelernt haben, geduldig zu sein.«

»Für Murielle ist es vorbei.«

»Nur das Schicksal hat sie daran hindern können, bis zum Ende durchzuhalten.«

»Da sind auch noch Sie und Ihre abgeschnittene Hand …«

»Ich? Nein, ich zähle nicht.«

Anna antwortet nicht. An dem Punkt, an dem sie inzwischen ist, könnte sich der Legionär vor aller Augen eine Kugel in den Kopf jagen, es würde sie kaum berühren. Die Erschöpfung löscht alles aus, die Erschöpfung ist der Pfeiler, der die Gleichgültigkeit trägt.

»Und dann, auf einem anderen Blatt, sind da natürlich noch Sie«, ergänzt Daniel.

»Sie vergessen Lola.«

»Ich glaube nicht an Eitelkeit. Ich denke, Sie führen die Liste an. Wenn nicht noch im letzten Moment die Karten neu gemischt werden, dann gewinnen Sie, Anna Loubère.«

»Was für Karten, wovon reden Sie?«

»Und wenn nicht Sie es werden, dann feiern die irgendwen anders von uns. Denen ist alles recht. Das ist Ihnen klar, oder? Die wollen, dass dieser Scheiss ein grosses Fest fürs ganze Land wird, dass wir alle als versöhnte Sieger hier rausgehen ...«

»Hören Sie auf. Bitte. Es ist so schon hart genug. Mir ist Ihre Gemütslage egal. Sie können hierbleiben, wenn wir nicht reden; wie Sie wollen.«

»Keine Sorge. Schlafen Sie; wenn Sie wieder aufwachen, bin ich weg.«

Daniel legt Anna die Hand auf die Schulter. Seine Plastikhand ekelt sie, sie schüttelt ihn ab.

Anna denkt, das hier hat sie nie gewollt.

Sie denkt, was wichtig ist, wirkt plötzlich lächerlich.

Sie denkt, die Zeit zernagt Gewissheiten.

Sie denkt, ihr geht die Kraft aus.

Sie denkt, sie schläft ein.

»Ich gebe der Produktion Bescheid. Wegen Murielle«, sagt er.

Und dann verschwindet der ehemalige Legionär.

Und obwohl die Sirene durch die Nacht schrillt, kommt der Schlaf.

Nur noch vier.

Noch vier.

Vier.

24. Plastik

Léo denkt darüber nicht nach, aber die Welt ist dabei, zu schmelzen. Sie verbrennt in dem angereicherten Uran, dem verfeuerten Erdöl, dem dehydrierten Gas, dem recycelten Glas und Polyethylenterephthalat. Die Tendenz geht zur Entropie, zu jener Energie, die, einmal freigesetzt, verlorengeht und somit Kälte und Stillstand hinterlässt.

Auch dieser Morgen gehört der glühenden, sich selbst verbrennenden Sonne. Ihr Ende ist fern, eine These, die es in ein paar Milliarden Jahren zu überprüfen gilt. Bis dahin pulsiert durch die Adern des Kindes das Leben. Dem Leben ist das egal, darin liegt seine Unverfrorenheit und seine Grösse. Die eigene Unverfrorenheit sollte man nie verlieren, auch wenn man alt, verbraucht, zermürbt ist. Da zu sein, einfach da und am Leben zu sein, ist schon Herausforderung genug.

Léo reisst das Unkraut heraus, giesst die Tomaten und Auberginen. Durch die Tränen vom Vorabend und die unruhige Nacht sind seine Augen noch verquollen, aber er muss nach vorne schauen: pflegen, anbauen, ernten. Eine ewige Aufgabe. Der Garten steht in vollem Saft, von seinem Können in Schach gehaltene Überfülle. Stolz betrachtet Léo die schnurgeraden Furchen, die Reihen mit Basilikum, Salbei, Rosmarin. Den Lavendel fürs Auge und um die Hände daran zu reiben. Ein von Anna weitergegebenes Erbe seines Vaters.

Eine Biene lässt sich auf einer Blüte nieder, Léo denkt, er sollte seiner Mutter Honig mitbringen, sie braucht Kraft.

Er beeilt sich, den Gartenschlauch zusammenzurollen und seine Utensilien wegzuräumen. Im Radio hiess es, Murielle Pareto (4) sei ausgeschieden. Ursache für das Koma sei ein Problem mit den Nieren.

Es ist so: Er ist erleichtert.

Seine Mutter ist noch im Rennen.

So wird man.

Eiskalt.

*

Kaum ist er in den Radweg eingebogen, kann Léo es fühlen.

Aufsteigende Unruhe.

Er spürt die fiebrige Spannung zwischen den Spaziergängern, wie die Leute in den Strassencafés sitzen. Ein Murmeln von Badegast zu Badegast am Strand. Selbst das Meer ist anders in Bewegung, dumpf, zerfahren, dabei ist das Wetter schön, und es geht eine leichte Brise. Das ist weder der Ferientrubel noch der bevorstehende Nationalfeiertag.

Nein.

Léo stellt sich in die Pedale, seine Waden straffen sich bei jedem Tritt. Er versucht, in der Ferne die Bühne zu erspähen, die Neuigkeit zu erahnen. Er sieht verkrampft lächelnde Gesichter, schnappt Gesprächsfetzen rund ums *Game* auf. Seine Neugier mischt sich mit Sorge. Da sind die frömmelnden Umweltaktivisten, ihr Erdball, der in der jetzt schon drückenden Hitze träge unter dem blauen Himmel schwebt, ihre Parolen in Endlosschleife, die immer deutlicher zu verstehen sind, je mehr sich Léo der Bühne nähert. Aber keine Vermutung trifft die Realität. Die Leute umkreisen das Zelt. Sie gehen hin, werfen einen Blick, kommen noch einmal zurück. Treten zur Seite, um den Nachrückenden Platz zu machen, verbreiten mit amüsiertem und zugleich ungläubigem Gesichtsausdruck das Gerücht.

Ein Tritt gegen den Bienenstock.

Was Léo sieht: eine am Alaskan festgeklebte Hand.

Eine einsame Hand, an die eigentlich ein Unterarmstumpf andocken sollte.

Eine künstliche Hand.

Eine Prothese.

Aber Daniel Schmidts (5) Körper ist verschwunden.

*

Die Bienenkönigin streift allein durch den Wald, der ihren Landsitz umgibt.

Was sie beschäftigt, erfordert Selbsteinkehr.

Irgendwo auf der Welt lebt, atmet ein Mann ohne seine Hand.

Etwas nüchterner beschäftigt sich gerade die Rechtsabteilung der Show mit dem Fall. Als Erstes wurde Mylène Labarque kontaktiert, die zeigt sich angesichts der absonderlichen Situation hilflos. »Wer als Letztes loslässt, gewinnt das Auto.« Sie dachte, sie hätte damit die Quintessenz, den Kern des Spiels getroffen, eines Spiels, bei dem eine einzige Regel reicht, damit das Publikum den Atem anhält. Und da kommt dieser Vollidiot von Legionär und verdirbt alles. Ein Schlauberger von der Kanzlei Barnier & Associés hat vorgeschlagen, die vom Kandidaten Nummer 5 unterzeichnete Erklärung samt Fragebogen zu seiner körperlichen wie mentalen Unversehrtheit als Betrug zu deklarieren. Womit seine Teilnahme automatisch ungültig würde. Aber so oder so: Für die junge Frau ist es ein Schlag.

Auf abstrakterer und philosophischer Ebene fragt sich die Bienenkönigin, wie weit ein Mensch gehen kann, um das wenige zu retten, was ihm bleibt, wenn dieses wenige fast nichts ist.

Die Bienenkönigin streift allein durch den Wald. Sie braucht die körperliche Anstrengung. Sie weiss nicht, ob sie entsetzt oder entzückt sein soll. Vielleicht nimmt alles doch eine andere Wendung? Vielleicht holt das *Game* die Verzweiflung noch auf die grosse Bühne, anstatt sie zu übertünchen? Es könnte der Tropfen sein, der Tropfen Öl im Feuer und so weiter. Oder auch das Öl auf den Wogen, das zu einer erleichternden, wenn auch kleinherzigen Erkenntnis führt.

Wenn jeder sich sagt: Es gibt immer noch jemanden, der verzweifelter ist als ich.

Das tröstet. Das beruhigt.
Man kann sich von unten aufbauen.

*

Effizient dämmt das Produktionsteam auf der Bühne die durch die zwei spektakulären Abgänge, Koma und Verschwinden, entstandene Aufregung ein. Der Moderator nimmt die Situation in die Hand, entschärft sie, kommentiert live den Einsatz des Notarztes, der in der Nacht Murielle Pareto abtransportiert hat. Affektiert appelliert er an Solidarität und Mitgefühl, während Demonstranten ihn ausbuhen und die Bereitschaftspolizei Gewehr bei Fuss steht. Er spricht von der Überwindung eigener Grenzen, von unerschütterlicher Willenskraft, es wird ein Crowdfunding für Murielles Familie eingerichtet, Teilnahme zum Preis einer SMS. Die Nummer ist unten im Bild eingeblendet.

Dann schwenken die Kameras auf die Silikonprothese, die an der weissen Karosserie des Alaskan klebt. Daniel Schmidt wird mit einem Porträt kurz vorgestellt, seine Vergangenheit als Soldat, seine labile Psyche, man fragt sich, ob er sich noch erklären werde. Der Moderator macht Witze über den Preis der Prothese, über ihre Einzigartigkeit. Erklärt, Daniel könne seine Hand jederzeit abholen. Ein Foto des ehemaligen Legionärs wird eingeblendet, er sei immer beim *Game* willkommen, um über seinen Abgang zu sprechen, man werde nicht über ihn urteilen. Die Fernsehzuschauer sind eingeladen, sich zu melden, wenn sie ihn sehen. Und schon taucht Daniel Schmidt im ganzen Land auf.

Ein paar unschöne Stimmen werden laut, das *Game* gehe zu weit, aber die bleiben zaghaft und werden schnell von den dominierenden Medien erstickt, die berichten, ohne zu hinterfragen.

Im Publikum wandelt sich das Erstaunen in Betriebsamkeit. Spannung kommt auf, nimmt zu, flirrt um sich selbst, wird immer grösser. Geballte Energie. Die Menschen, die sich um die Bühne drängen, sind wie freie Atome, sie erzeugen Wärme, Lärm, unkontrollierte, unüberlegte Bewegung. Man ist genervt, tritt sich auf die Füsse, regt sich auf. Es wird hitzig. Polizisten schreiten ein. Ein zweiter Einsatzwagen wird in Rufbereitschaft am Rand der Esplanade postiert. Rund um den Bühnenbereich eine weitere Sicherheitsabsperrung eingezogen. Von verschiedenen Fronten wird diskret überwacht und kontrolliert. Angesichts des Ausmasses, das das *Game* angenommen hat, und mit dem bevorstehenden 14. Juli könnte sich der Cocktail als explosiv erweisen, auch ein Terroranschlag ist nicht auszuschliessen.

Fast könnte man darüber vergessen, dass noch drei übrig sind.

Die durchhalten.

Roland Fève (13). Zweifacher Paralympics-Sieger und Weltmeister im Paracycling. Arme wie Baumstämme, ein mit Kraft vollgepumpter Oberkörper und leblose, verkümmerte Beine, eine Kaulquappe. Einer, der in die Hölle hinabgestiegen und wieder emporgeklommen ist, einer, der einen Kilometer auf den Händen laufen kann. Aber man muss ihn sehen. Unbeweglich, schweissüberströmt, und auch wenn er sich in den Pinkelpausen den Hintern mit Talkum einreibt, die Haut stirbt ihm ab, die wunden Stellen fangen an zu riechen. Am fünften Tag des Wettbewerbs scheint Roland Fève zu verschrumpeln, das Leid scheint ihn von innen aufzufressen: »Mir geht es nicht um das Auto. Wenn ich gewinne, will ich einen Verein aus der Behindertenhilfe mit einer Spende unterstützen. Ich bin wegen des Wettbewerbs hier, ich will mich wieder mit mir selbst messen.«

Lola Zerfi (17). Wächst über sich selbst hinaus, je länger sie aushält. Ihr Körper schmilzt zusammen, ihre ohnehin schon schmale Taille würde in das Kleid eines kleinen Mädchens passen. Da sind noch ihr üppiges Haar, ihr mit Kollagen aufgespritzter Neunaugenmund, ihre übergrossen Brüste, die sie aufrecht halten und wirken, als wären sie auch mit Helium vollgepumpt und nicht mit medizinischem Silikon. In einer selbstverliebten Anwandlung reisst sie ihr T-Shirt hoch und entblösst ihre beiden auf den Rücken tätowierten Flügel. Ekstatischer Beifall vom Publikum, ihre Fans pfeifen und feuern sie an. Die Menge schiebt sich Richtung Bühne, die Sicherheitsleute halten den Andrang, so gut sie können, in Schach. Als Lola sich umdreht, verdeckt ihr dünner Arm kaum die erigierten Brustwarzen. Sie senkt den Kopf, ihre platinblonden Locken verdecken ihr Gesicht, ihre Stimme im Mikro ein verhauchender heiserer Atem: »Ich bin wegen *euch* hier, nur wegen euch, und ich *liiiiiiiebe* euch!«

Anna Loubère (1). Fragt sich, wie sie hier gelandet ist. Ja, sie hat dunkle Ringe um die Augen, eingefallene Wangen, brüchige Haare, ihre kupferne Bräune wird immer mehr zum Stahlgrau. Aber trotzdem ist das noch sie, ihr drahtiger, straffer Körper, der helle, klarsichtige Blick, der sie die Welt so sehen lässt, wie sie ist: »Ich bin allein wegen dem Auto hier.«

Ihre Offenheit enttäuscht. Die Umweltaktivisten pfeifen sie aus. Annas Beliebtheit sinkt in den Umfragen, Lola und Roland ringen Kopf an Kopf um die Gunst des Publikums. Man erwartet von ihnen, dass sie der Seichtheit einen tiefgründigen Anstrich verleihen, dass sie ihre Teilnahme mit einem grösseren, nobleren Motiv aufwerten, einem Motiv, das grösser ist als wir alle.

Der Moderator dankt den Kandidaten.

In gewisser Weise sind sie die Finalisten.

Um sie herum der surrende Bienenstock.

Ein Dreierduell.

Ein Triell.

The show must go on.

III

REICH DER PFLANZEN

»Bring Geld mit für den Fall, dass du verlierst.« –
»Ich verliere niemals. Niemals wirklich.«
Alain Delon,
in *Der eiskalte Engel*

25. Photosynthese

»Léo?«

»Ja, Maman?«

»Wie lange bin ich jetzt hier?«

»Das weisst du nicht mehr?«

»Wie lange, bitte.«

»Sechs Tage. Heute ist der sechste Tag.«

Anna schliesst die Augen, bewegt stumm die Lippen. »120 Stunden.«

»124«, korrigiert Léo. »Es ist bald dreizehn Uhr.«

(Noch zehn Minuten!)

»Komm in meine Arme.«

»Wir haben keine Zeit.«

»Na, komm schon.«

Léo lässt sich von seiner Mutter umarmen. Ihr saurer Geruch ist widerlich, er muss sich überwinden, schämt sich für seinen Ekel.

»Dich will ich anfassen. Nicht dieses Auto, du sollst derjenige sein, den ich in meinem Leben am meisten angefasst habe.«

»Maman, ich ...«

»Warte, wir holen ein paar Minuten auf, wenigstens das. Man weiss nie, man müsste am Ende alles zusammenzählen können, weisst du? Eine Tabelle aufstellen, eine Art Bilanz …«

»Maman, hast du Fieber?«, fragt Léo, während er sich sanft befreit.

»Es ist alles gut.«

»Iss dein Sandwich auf, ich massiere dir die Hände.«

Anna versucht, den letzten Bissen hinunterzuwürgen. Sie hat das Gefühl, dass sie keine Kraft mehr im Kiefer hat, geschweige denn, um zu schlucken.

»Gib mir deine Hand, komm …«

Anna fügt sich.

Léo knetet ihr die feuchte Handfläche. »Vergiss nicht zu trinken, okay?«

Anna antwortet nicht, sie beobachtet ihren hochkonzentrierten Sohn.

(Noch sieben Minuten!)

»Die andere …«

Anna legt die rechte Hand auf das Blech des Alaskan, zieht die linke zurück und gibt sie Léo.

Immer diese drei Schritte.

Walzer für Arme.

Anna wüsste gern, wie er es fertigbringt, nicht mit ihr über den Brief zu sprechen, über den Schmerz, den er empfunden haben muss. Und so stellt Anna fest, dass auch Léo seine eigene Welt hat. Léo, den sie in- und auswendig kennt, jeden Winkel seines Körpers, jede Krankheit, jedes Aua, jeden Schritt beim Waschen; jeden Winkel seiner Seele, jede Angst, jede Freude, jede Sorge. Jede Frage, Hunderte von Fragen, die sie ihm beantwortet hat. Ihr Kind wird für sie zu einem Rätsel, das sie so hinnehmen muss.

(Noch vier Minuten!)

Aber am Ende, was soll's.

Oft reicht ein Blick.

Wie sie ihn jetzt austauschen.

Ihre Hand in den Händen ihres Sohns.

*

Sie hat eine kleine Nische gefunden, mit angewinkelten Beinen liegt sie da, macht es sich bequem, ein Wettbewerb, bei dem es ein Auto zu gewinnen gibt, eine tolle Sache, damit einem im Leben nicht langweilig wird, ausgestreckt auf einer Isomatte im Schatten eines Alaskan eine ruhige Kugel schieben, den Pick-up streicheln – ein guter Plan, könnte man meinen, wären da nicht die Gaffer, die einem jederzeit auf die Nerven fallen können.

»Hey, Anna!«

Anna dreht sich um: Vor der Bühne, im Gang zwischen der Absperrung des Sicherheitsdienstes und der der Polizei, steht eine Frau. Das Publikum darf inzwischen nur noch für ein paar Minuten an der Bühne vorbeilaufen. So versucht man, den Besucherstrom zu lenken und nach den letzten Raufereien den Bereich abzusichern. Das sorgt für Frust, Staus, lange Warteschlangen. Andererseits können die Zuschauer die mit dem *Game* geborenen neuen Berühmtheiten in Ruhe und aus der Nähe beobachten. Erlaubt sind ein aufmunterndes Wort, eine kurze Unterhaltung; nur Beleidigungen und jede Form von Hilfe bleiben tabu, sonst folgt Platzverweis.

Anna begnügt sich mit einem Blick, manchmal einem Lächeln, wenn ein Fan sie anspricht. Sie ist zum Zirkustier geworden, mit dem müden Ausdruck eines Bonoboweibchens oder den irren Augen einer Löwin im Käfig. Resignation oder Wahnsinn, je nachdem, ob sie sich gerade niedergeschlagen oder kampflustig fühlt.

»Anna?«

Es braucht einen Moment, bis sie Pauline erkennt, das war in einem anderen Leben. Und jetzt diese Erscheinung, dieser Geist aus der Vergangenheit, der ihre Gegenwart heimsucht.

»Hör auf, Pauline. Das bin nicht ich.«

»Dass ich nicht lache.«

Anna versucht ein Lächeln, es gerät zur Grimasse. Obwohl es ihr egal ist, bringt sie die Kraft auf zu fragen: »Du bist nicht weg?«

»Ich hab wie du beschlossen zu kämpfen. Auf mich wartet sowieso nirgendwo was.«

Paulines Haare sind jetzt länger, sie trägt Baumwollshorts, Glücksarmbänder an den Handgelenken, einen weissen Pullover mit schwarzer *Everlast*-Aufschrift. Die Sonnenbräune hat ihre Sommersprossen hervorgekitzelt. Für Anna sah sie nie schöner aus.

»Und deine Mädchen?«

»Denen geht es gut. Sie sind mit meiner Schwester am Strand. Ich wollte extra herkommen, weisst du? Wir sind hier über den 14. Juli. Und Léo? Ist er immer noch dein Schutzengel?«

Anna nickt, schliesst schnell die Augen. Wenn du wüsstest, wie ich mich schäme.

»Wie geht es dir?«, fragt Pauline.

Anna hebt die Lider. »Keine Ahnung. Bald ist es vorbei, so oder so.«

»Mit deinem neuen Auto kommst du mich besuchen. Dann feiern wir. Ein neues Haus, ein neues Leben, einverstanden?«

Anna nickt noch einmal, Pauline wirft ihr einen Luftkuss zu, und Anna wünschte, sie wäre nie gekommen.

Anna bleibt allein.

All diese Menschen um sie herum, und doch allein.

Wind kommt auf.

Anna fröstelt.

Sie dreht sich um und blickt aufs Meer.

*

Wo, wie Léo feststellt, der Wellengang stärker wird.

Ein Seitenwind drückt gegen das Board auf seinem Fahrrad. Léo stemmt sich mit dem Körper dagegen, um nicht das Gleichgewicht zu verlieren.

Am Strand wirbeln Böen den Sand auf, immer wieder trüben die Strudel die Sonne. Schirme fliegen weg, Sandwiches werden ungeniessbar, nach und nach treten die Badegäste den Rückzug an. Eine bunte Karawane aus Flipflops, Strandwagen, unter den Arm geklemmten Matten und Skimboards. Abmarsch der Handtücher,

Kühlboxen, Bälle und Sonnencremes. Gleichmässig goldene Bräune auf jungen, geschmeidigen Körpern, aber auch fiese, fleckige Sonnenbrände auf schlaffer Haut. Über Letzteres zerreissen sich Kevin und seine Kumpane das Maul, während sie auf der Rückenlehne ihrer Bank hocken, die nackten Füsse auf der vom Salz zerfressenen Betonsitzfläche, arme, untätige Idioten.

»Denkst du, das nimmt noch zu?«, fragt einer der Jungs.

»Meinst du die Rothaarige da mit dem Wal als Tochter?«, entgegnet Kevin.

Alle lachen.

»Alter, ich meine die Wellen.«

»So, wie das aussieht, hält das mindestens noch vierundzwanzig Stunden«, antwortet Kevin. »Hey, wisst ihr was, wir sollten diese dämliche Fernsehshow nutzen und am Hauptstrand surfen. Bei dem Wind und den Wellen wird alles leer sein, da können die uns nicht übersehen ...«

»Wann kommt die Flut?«, fragt ein anderer.

»Scheissegal, das werden so oder so zweieinhalb, drei Meter. Wir müssen die 13-Uhr-Nachrichten abpassen. Um die Zeit wird das schon gehen ...«

Die Jungs sind einverstanden.

Léo fährt hinter ihnen mit dem Rad vorbei. Sie bemerken ihn nicht, sie sind zwar Mistkerle, aber sie sind auch Surfer, und der Ozean hat ihre volle Aufmerksamkeit. Léo schnappt noch das Ende ihrer Unterhaltung auf, dann gleitet die wieder in Gehässigkeiten ab.

»Guck dir den Fettsack mit seinen Bälgern an! Was für ein Walross!«

Léo verlässt die Strandpromenade und hält Kurs auf Tanguys Laden. Bevor er in die Einfahrt zum Parkplatz biegt und den Hof durchquert, überprüft er, ob die Gun immer noch im Schaufenster hängt. Vor der Werkstatt stellt er sein Rad auf dem Ständer ab. Hier, vor dem Wind geschützt, kehrt wieder Ruhe ein, das Brausen in seinen Ohren verstummt.

Die Tür zur Werkstatt steht offen, drinnen schlägt ihm der starke Geruch nach Harz und Kleber entgegen. Staub schwebt in den Lichtstrahlen, die durch die Dachfenster fallen. Ein Longboard ist aufgebockt, etwa zwanzig Bretter warten auf einem Ständer darauf, repariert zu werden, sehen aus wie ein aufgefächerter Buchschnitt. An den Wänden Poster von Kelly Slater, Andy Irons und Bethany Hamilton, der Surferin, der ein Hai den Arm zerfetzt hat. Auch von älteren, denen, die das Surfen salonfähig gemacht haben, wie Duke Kahanamoku oder Tom Curren. Léo Loubère kennt sie alle, sei es von *YouTube,* aus Büchern oder den Erzählungen seiner Mutter.

Er sieht sich um, der Raum ist verlassen, obwohl auf der Werkbank die Lämpchen des elektrischen Hobels und der Schleifmaschine leuchten.

»Léo, ich bin hier.«

Er entdeckt Tanguy in einem winzigen Büro, das sich hinter ein paar Farbdosen und Epoxidharzplatten verbirgt. Seine Stimme dringt dumpf durch die dreckigen Scheiben, die ihn von der Werkstatt trennen.

»Mach die Tür zu, sonst kommt der Staub rein.«

Léo tut wie ihm geheissen. Tanguy gleitet auf seinem Rollhocker zurück an seinen Computerbildschirm. Darauf eine Seewetterkarte, die sich in Echtzeit verändert, Warm- und Kaltfronten in Rot und Blau, Pfeile, die die Windrichtung anzeigen. Tanguy hat seine Lesebrille aufgesetzt und studiert die Bilder. Sein T-Shirt geht ihm bis zum Nabel und gibt den Blick auf seinen Bauch frei. In einem Aschenbecher verglimmt eine Zigarette und verpestet die Luft. Tanguy greift nach ihr, nimmt einen letzten Zug, drückt sie aus.

»Anscheinend kommt da noch mehr«, sagt Léo.

»Du weisst schon Bescheid?«

»Alle reden darüber.«

»Mal eine Abwechslung zum *Game.*«

»Vielleicht drei Meter, hab ich gehört.«

»Mit einem Koeffizienten von 73 und einem Wind von Nordwesten kommt einiges an Brechern auf uns zu. Die Unbekannte ist nur die Wellenperiode …«

»Hast du vor, die Welle zu surfen?«

»Léo, guck mich an. Machst du Witze? Mit Glück komme ich noch aufs Bodyboard, wenn überhaupt. Mein Brett und mich trennt diese Wampe vom Wasser. Nein, ich repariere und verkaufe Boards, ich werde ein paar Fotos machen, aber das war's dann auch.«

Verlegen wendet Léo den Blick ab. »Apropos. Ich … ich habe mein Fishboard mitgebracht, wegen der Finnen …«

»Klar, selbstverständlich. Darum kümmern wir uns. Aber sag mir erst mal, wie es dir geht.«

»Wieso?«

»Ich weiss nicht. Man bekommt nicht alle Tage einen Brief von seinem Vater, der seit zehn Jahren tot ist, oder?«

»Du … du weisst davon?«

»Ich habe damals deine Mutter Luis vorgestellt. Das war ein Stich ins Herz, weisst du? Ich war unsterblich verliebt in deine Maman, so richtig verschossen. Und deinen Vater, den habe ich in Biarritz getroffen, und … warte!«

Tanguy dreht sich auf seinem Hocker, kramt in einer Schublade mit Hängeregister, murmelt, Scheisse, hier ist es nicht, und fängt an, in seinem Wust von losen Papieren zu wühlen.

»Das ist so ein Juwel, und dann finde ich das verdammte Ding nie!«

Schliesslich wird Tanguy in einer Klarsichthülle fündig, ein leicht ausgeblichenes, grossformatiges Foto, drei junge Menschen, zwei Jungs, ein Mädchen, im Neoprenanzug, nasse Haare, alle mit einem aufgestellten Surfbrett in der Hand.

»Anna Loubère, Tanguy Larios und Luis Urrutia. Der Klub hatte einen Trip ins Baskenland organisiert, damit wir uns da mit den Surfern messen konnten. Ich habe deinen Vater geschlagen, das war später mein Trost.«

Aufmerksam betrachtet Léo das Bild. Seine Augen röten sich, aber das liegt bestimmt am Zigarettenrauch.

»Das war 99. Danach sind Anna und Luis erst nach Mexiko, später in die USA. Deinem Vater waren die Wettbewerbe egal. Ich habe weitergemacht, bis ich mir den Meniskus zerscheppert habe. Aber deine Mutter hat sich schnell damit angefreundet, auch ohne Sponsoren und Jury und Punkte die schönsten Wellen der Welt zu surfen. Sie hatten ein bisschen was gespart, haben kleine Jobs angenommen. Es war ein Leben nach ihren Vorstellungen, in ihrem eigenen Rhythmus, die ganz grosse Freiheit … Was man eine Lebenseinstellung nennt, verstehst du? Und für die haben sie sich gemeinsam entschieden …«

»Und dann kam ich.«

»Und dann kamst du. Deine Mutter hat mir ab und zu geschrieben. Die grossen Wendepunkte habe ich mitverfolgt, während ich selber Landesmeister wurde und ein ausschweifendes Leben geführt habe. Immerhin hatte ich so viel Weitsicht, den Laden hier zu kaufen, bevor es mit den Wettbewerben vorbei war.«

»Und meine Mutter?«

»Was?«

»Denkst du, sie hat auch einen Fehler gemacht?«

»Nein, sie ist ihren Weg gegangen. Am Ende gehört auch Glück dazu. Und Luis, dein Vater, hatte das mit seiner Krankheit nicht. Plötzlich war alles schwieriger für deine Mutter, viel schwieriger. Da warst du, da war ihre Trauer, da bleibt der eigene Traum auf der Strecke.«

»Weisst du, Tanguy … Sie macht bei dieser Show nur wegen mir mit.«

»Die Sache ist ziemliche Scheisse, aber sie kann euer Leben verändern, euch einen Neuanfang ermöglichen.«

»Und wenn sie nicht gewinnt?«

»Dann hat sie es wenigstens versucht. Kopf hoch, Léo.«

Tanguy setzt seine Brille ab, sie baumelt an einer Kette um seinen Hals. Plötzlich wirkt er alt. Kaum vierzig und unter einem Berg von Nostalgie begraben.

»Maman und du, ihr seht euch nie. Woran liegt das?«

»Uns trennen nicht mal fünfzehn Kilometer, und doch ist das ein ganzes Leben. Manchmal ist das so, Léo.«

Er könnte hinzufügen, dass es ihnen weh tut, wenn sie sich sehen, wie sehr es sie daran erinnert, dass sie etwas anderes werden wollten, als sie sind. All das wirkt so lässig, das Surfen, der Shop, Hähnchen auf dem Markt verkaufen … Aber im Grunde ihres Herzens wissen beide, dass sie den Anschluss verpasst haben, dass sie die Versprechen nicht halten konnten, die sie sich selbst gegeben haben.

»Wusstest du, dass mein Vater sich entschieden hat zu sterben?«, fragt Léo.

»Ja, das hat mir Anna erzählt. Und wie steckst du das weg?«

»Ich sag mir, dass er immer noch da draussen ist, irgendwo im Meer. Dass der Ozean ihn behalten hat.«

»Das brauchte Mut, weisst du? Ein Fischer hat sein Board drei Tage später gefunden.«

»Das im Schaufenster.«

»Das im Schaufenster. Unter uns, die Geschäfte laufen schlecht. Ich weiss nicht mehr, wie ich das Ding noch am Laufen halten soll.«

»Und die Werbung auf dem Cap hat nichts gebracht?«

»Ein paar T-Shirts, ein paar verliehene Bretter, das war's. Vielleicht verliere ich sogar das noch …«

Léo kriegt in diesem Glaskasten keine Luft mehr. Tanguy versteht, das ist der Moment, das Thema zu wechseln. Bilanz zu ziehen ist ja schön und gut, aber am Ende bleibt es schwere Kost. Nur ein letzter Gedanke schiesst Tanguy plötzlich durch den Kopf: Es würde ihm auch gefallen, so einen Jungen wie Léo zu haben. Vielleicht sollte er etwas dafür tun, ein paar Pfunde verlieren, eine Frau finden, die ihn auch will.

»Gut, das ist ja nicht alles. Gib mir dein Board, das reparieren wir jetzt.«

*

Am Abend des 12. Juli sind sie immer noch zu dritt auf der Bühne, die Hände am Alaskan, während der von zwei Produktionsmitarbeitern poliert wird, damit er schön glänzt. Die Kandidaten sind ausgebrannt. Sie müssten Schere, Stein, Papier spielen, den Gewinner vom Schicksal bestimmen lassen, ihr Leid abkürzen, vor allem für die zwei Verlierer, die am Ende mit nichts dastehen werden ausser einem lachhaften Ruhm, bevor sie ins Vergessen abgleiten.

Das grosse Finale rückt näher, der Beirat tagt:

»Der Sieger müsste am besten morgen feststehen«, erklärt Jean de Laurençon (France Télévisions).

»Der Sieger *muss* morgen feststehen«, korrigiert Mélanie, die alle damit überrascht, dass sie das Wort ergreift. »Wenn ich Sie an die Abmachung erinnern darf: Das *Game* darf nicht mit den Festivitäten zum 14. Juli kollidieren.«

Camille Mangin (frisch gewählte Präfektin der Nouvelle-Aquitaine) ergänzt: »Ich kann ohnehin nicht länger als zweiundsiebzig Stunden zwei Einsatzwagen der Bereitschaftspolizei auf Abruf halten.«

»So oder so sind wir fast am Ziel«, bekräftigt Justine Crot (Endemol).

»In einer idealen Welt«, wirft Anthony Jourdain (JCDecaux-Gruppe) ärgerlich ein, »hätten wir beide Events verbunden.«

»Lassen Sie das lieber mit der idealen Welt, mein Guter. Wenn man den Umweltaktivisten glaubt, wäre das eine Welt ohne Autos«, scherzt Xavier Floriot (Renault).

Gelächter.

»Was sagt der Arzt vor Ort?«, fragt der König der Löwen per Videoschalte (hinter ihm geht eine Glasfront auf Shinjuku und zwischen den Wolkenkratzern ein Stück vom Fuji).

Mélanie ist auf die Frage vorbereitet und zitiert mit Blick in ihre Akte: »Die Kandidaten sind am Ende ihrer körperlichen Kräfte. Dass sie durchhalten, ist pure Willenskraft.«

»Willenskraft kann einiges bewirken«, sagt der König der Löwen. »Mit dem Koma von Nummer 4 sind wir knapp einem Desaster entgangen. Nicht dass uns das noch auf die Füsse fällt. Wie hält sie sich denn?«

Die Blicke wandern zu Mélanie, die antwortet: »Stabil. Sie müsste bald aufwachen.«

Camille Mangin ergreift das Wort: »Wir könnten eine Gefahr für die körperliche Unversehrtheit der Kandidaten vorschieben und so an ihrer Stelle entscheiden.«

»Sie meinen, einen Ausstieg provozieren?«, fragt der König der Löwen.

»Hervorragende Idee«, stimmt Jean de Laurençon zu.

»Die Sache zu beschleunigen ist eine gute Idee«, bekräftigt Anthony Jourdain.

»Finde ich auch«, schliesst Justine Crot.

»Was denken Sie?«, fragt Xavier Floriot.

Der König der Löwen überlegt, dann wendet er sich an die Erfinderin des *Game:* »Können Sie das, Mademoiselle?«

»Selbstverständlich«, antwortet Mylène Labarque. »Morgen früh haben Sie meine Vorschläge auf dem Tisch.«

Der König der Löwen lehnt sich in seinem Sessel zurück, verschränkt die Finger über dem Bauch. »Wunderbar. Lassen Sie ausscheiden, wen Sie wollen. Ich gebe Ihnen freie Hand. Danach vertraue ich darauf, dass sich ein natürliches Ende ergibt. Und an unsere Abmachung halte ich mich: Morgen steht der Sieger fest.«

»Moment, wenn Sie erlauben …«

Wieder richten sich die Blicke auf Mélanie, ihres Zeichens Spielverderberin, da Stimme und Ohren der Bienenkönigin. Seufzen, Räuspern, genervtes Gebaren.

»Bis auf Kandidatin Nummer 1. Die wollen wir im Finale.«

Mélanie hat sich getraut, im Namen der Bienenkönigin von »wir« zu sprechen.

Sie klappt ihre Akte zu.

Manchmal ist es auch gut, das letzte Wort zu haben.

*

Sie kennen sich nicht, haben alle gezögert. Doch dann hat Annas Kampfgeist ihnen Bewunderung abgerungen; und vielleicht würden ja ihre plötzliche Bekanntheit und ihr möglicher Sieg ein wenig auf ihr eigenes Leben abstrahlen. Ihr mehr oder weniger kleines und anonymes Leben, auch wenn man nicht über sie urteilen sollte.

»Also gut, sagen wir zwölftausend, dafür zahlen Sie mir alles auf einen Schlag, ich kümmere mich um die Renovierung innen und einen neuen Grill. Im Gegenzug machen Sie draussen am Wagen Werbung für mich.«

Richard, Gebrauchtwagen mit Herz, hat gesprochen.

Benommen sieht Anna ihn an. Dunkel erinnert sie sich an dieses Gesicht, an einen tristen Ort und einen regnerischen Tag.

»Ob Sie gewinnen oder nicht, Sie sind jetzt berühmt, Anna. Man wird Ihnen die Hähnchen aus den Händen reissen, das verspreche ich Ihnen.«

Richard bittet einen der Sicherheitsleute, Anna seine Karte zu geben.

»Rufen Sie mich an, okay?«

…

»Das hier ist unsere Älteste, Sarah, und ihr Bruder Lucas. Meine Frau Lorie … Gut, ich … Wir wollten Ihnen gratulieren.«

»Anna, das ist so toll, was Sie machen«, sagt Lorie. »In den Umfragen haben wir für Sie gestimmt, wissen Sie.«

Anna blendet die blonde Ehefrau aus, aber an Jérôme Mounir kann sie sich sehr gut erinnern. Er ist schön, und er ist ein Feigling.

»Ich habe mit unserer Regionaldirektion gesprochen, die mich bittet, Ihnen auszurichten, dass wir bereit wären, eine Erstattung zu erwägen. Nicht des Neupreises, aber so, dass Sie sich einen Gebrauchtwagen leisten könnten. Wir würden uns sehr freuen, Sie weiterhin zu unseren Kunden zu zählen. Wir drücken Ihnen die Daumen, Anna. So, Kinder, sagt auf Wiedersehen ...«

...

»Laurence Schaub«, kündigt sich die Schulleiterin vor der Bühne an.

Wenigstens ist sie allein gekommen, ohne Kinder, ohne Ehemann, so kann sich Anna auf ihr Gesicht konzentrieren. Die kleinste Kopfbewegung bereitet ihr stechende Schmerzen, Nadelspitzen, die sich ihr in Nacken und Schläfen bohren.

»Vor drei Jahren habe ich eins meiner Kinder verloren«, beginnt Madame Schaub. »Die Jüngste von unseren dreien. Kurz danach haben sie bei mir Brustkrebs diagnostiziert. Ich bin zwei Jahre durch die Hölle gegangen, wirklich durch die Hölle. Es vergeht kein Tag, an dem ich nicht an meine kleine Chloé denke.«

Anna rührt sich nicht, was hat das mit ihr zu tun?

»Das hat nichts mit Ihnen zu tun, Anna. Ich will nur, dass Sie wissen, ich bin nicht die Frau, für die Sie mich halten. Ich bin keine begüterte, herzlose Schnepfe. Ich habe die Beschwerde gegen Ihren Sohn zurückgezogen, es wird keine strafrechtlichen Konsequenzen geben. Und zum Beginn des neuen Schuljahrs nehme ich ihn gern wieder auf.«

Da geht Laurence Schaub in ihrem blauen Rock und ihrer pastellfarbenen Bluse. Mit der kleinen Umhängetasche. Ihrem langgestreckten Körper, ihrer eleganten Erscheinung.

Anna Loubère würde ihr gern danken, aber sie hat

…

keine Kraft mehr

…

für nichts.

*

Léo nutzt die letzte Versorgungspause des Tages, um seiner Mutter einen Pullover zu bringen. Die Luft hat sich abgekühlt, ein Temperatursturz um zehn Grad. In der Nacht soll es noch kälter werden. Trotzdem haben sich etwa zwanzig Punks mit ihren Hunden zu den Demonstranten gesellt, hauptsächlich, um sich volllaufen zu lassen und für Unruhe zu sorgen. Die restlichen Zuschauer erweisen sich als Frostbeulen und ziehen sich lieber in Bars und Restaurants zurück.

(Noch eine Minute!)

»Das ist der letzte Abend …«

»Wieso sagst du das? Das kannst du nicht wissen, Maman.«

»Morgen schlafe ich zu Hause, Léo.«

»Hast du beschlossen aufzugeben?«

(Dreissig Sekunden!)

»Ich nicht, Léo. Ich beschliesse gar nichts mehr. Jetzt geh.«

*

Léo tritt in die Pedale, der Wind schiebt ihn an. Über ihm der graue Abendhimmel. Die neuen Finnen an seinem Brett haben den Dingen wieder einen Sinn gegeben, den Fluss der Bewegung wiederhergestellt.

Man müsste den genauen Moment der eigenen inneren Umbrüche benennen können, den, wenn der Zeitstrahl übertreten wird. Es ist eine Transformation, man legt eine Haut ab und streift eine andere über. Und dazwischen ist man nackt wie nie zuvor.

Léo verstaut sein Brett und sein Fahrrad im Schuppen. Sieht noch einmal nach dem Garten, während die ersten Regentropfen auf die grünen Blätter und die reifen Tomaten prasseln.

Im Bungalow erledigt Léo den Abwasch, er saugt, bezieht sowohl sein Bett als auch das seiner Mutter neu. Alles muss perfekt sein. Unordnung würde nur das Chaos in seinem Kopf befeuern. Man muss sich auf etwas Greifbares stützen können, auf ein Fundament aufbauen.

Ein staubfreies Fundament. Ein sauberes Fundament.

Anna hat gesagt, morgen kommt sie nach Hause. Also gut. Ihre Rückkehr wird ein Fest sein. Egal was passiert, wie es ausgeht, es wird eine Rückkehr zum Wesentlichen sein. Er hat keine Ahnung, wie sie zurechtkommen sollen, wenn sie nicht gewinnt, wie ihr Leben dann weitergeht. Er denkt, vielleicht können sie sich aufs Allernötigste beschränken, wie der Seemann aus seinem Buch, der auf seinem Boot nicht mehr viel hat und trotzdem noch alles Unwichtige über Bord wirft.

Er denkt an die Wellen und das Meer.

Er denkt an die Armut als höchste Form der Freiheit.

Und ohne Angst schläft Léo ein.

26. Harz

Anna hat gleich beim Aufwachen gemerkt, dass sich etwas verändert hat. Sie kennt diesen Rhythmus der Wellen, wie der Seegang das Tosen der Brandung auf den Strand spuckt. Das saugende Geräusch auf dem Sand, wenn das Wasser zurückkriecht, die Wucht, die sich noch im Rückzug ankündigt, bevor die nächste Woge bricht.

Denn von hier sieht man das Meer – das Meer jenseits der Menschen, unverstellter Blick, so weit das Auge reicht –, Anna ist aufgestanden, hochgejagt von ihrem Instinkt und der heranrollenden Kraft. Gischt webt sich in ihre Haare, ganz allein steht sie dem Ozean gegenüber; Lola schläft windgeschützt in ihrem Schlafsack; Roland hat sich in seine Decke eingemummt und schnarcht in der Deckung des Fahrerhäuschens auf seinem Stuhl; das Produktionsteam hat sich auf die andere Seite der Zeltplanen zurückgezogen, liegt in der Wärme der Heizlüfter auf Campingpritschen; die Demonstranten schmiegen sich aneinander, um sich vor der Kälte zu schützen, eingepuppt in Schlafsäcke und alte Decken; die Einsatzkräfte und Polizisten werden mehr oder weniger von ihrer Muskelmasse und in ihren Wagen mit den vergitterten Fenstern gewärmt.

Mit einem Mal gehen die Strassenlaternen aus. Der Himmel ist von Wolken verhangen, sie werden gen Festland geweht, azurblaue Streifen durchfurchen den Horizont. Die flüchtigen Farben der Sonne spiegeln sich in den gesäumten braunen Wellen. Dem Meer näher, Anna.

Sein Atem wie ein Kuss.

Du bist die Erste, die es sieht, die Erste, die es erkennt.

Du kannst den Wind und die Wellen lesen.

Es kommt zu dir, weil du nicht zu ihm kommst.

Es wartet auf dich.

Es spricht zu dir.

Du begreifst, dass du dich auch all dem stellen musst.

Du hast keine Angst.

Nicht mehr.

Alles wird klar.

Die Hand am Alaskan als letzter Halt vor dem Fall.

*

Der Polizeihubschrauber kreist über dem Wasser, er kämpft mit seinem Auftrieb. Die Windböen haben es in sich. Um sieben Uhr hat das Produktionsteam seine Arbeit aufgenommen, als stünde heute nicht das grosse Finale an, als wäre alles, was kommt, ganz normal. Jeder Techniker, jeder Mitarbeiter kennt seine Rolle, Effizienz des Taylorismus.

Bienenstock.

Die Produktionsassistentin begleitet Anna zur Toilette, fünf Minuten für körperliche Grundbedürfnisse, wie man sie selbst zum Tode Verurteilten zugesteht. Sie auf der Schüssel, ihr Körper nur noch ein Ort des Durchgangs. Anna nutzt den Hin- und Rückweg vor allem, um sich zu bewegen, ihre Muskeln daran zu erinnern, dass sie für Wachstum und Kraft gemacht sind. Sie ist eine ehemalige Sportlerin, das Gedächtnis des Körpers ist hartnäckig, sie macht sich bereit für den Kampf.

Auch Roland und Lola absolvieren ihren Gang zum WC. In einiger Entfernung werden die Demonstranten langsam wach, manche holen Brot, andere bringen Thermoskannen mit heissem Wasser oder Kaffee. Die ersten Urlauber und einige Frühaufsteher – Senioren – nutzen den geringeren Andrang am Morgen, um durch die Sicherheitszone zu wandern und den Kandidaten einen Besuch abzustatten. Die meisten gehen nur schüchtern vorbei. Und wenn sie jemanden ansprechen, sind es bei den älteren Paaren die Frauen mit grauen Kurzhaarfrisuren, die das Wort ergreifen. Nicht so bei den Finchers mit ihren langen Mähnen und Bandanas: »Anna, verschwinde von hier!«, beschwört sie Jacob.

»Wir haben ein bisschen was gespart, Scheisse, wir finden schon eine Lösung!«, ruft Margaret aufgebracht.

»Jacob, Margaret? Stellt schon mal eine Flasche Champagner kalt, okay?«

Anna steht da und lächelt ihnen zu, die Hand an der Wagenwand wie ein Kapitän auf der Brücke, während ein Wachmann die Finchers vom Bühnenrand wegbegleitet. Sie fühlt sich stark an diesem Morgen. Neugeschöpfte Lebenskraft. Sie atmet tief ein, vergisst die Finchers und blickt auf den Ozean.

*

Um neun Uhr ist es so weit, die erste Versorgungspause des siebten Tages, nach 144 Stunden durchgehender Präsenz am Auto.

Léo kommt pünktlich, Honigbrote und Orangensaft. Feuchttücher, Zahnbürste und eine Fleecejacke, falls ihr kalt ist.

Ein Stück weiter sind Lola und ihre Mutter, Roland wird von seiner Frau unterstützt.

Regen kommt keiner mehr, der Wind hat die Wolken vertrieben. Ein Himmel, der vor Klarheit funkelt, die Hitze ist einer frischen Brise gewichen. Mit der aufkommenden Flut brechen die Wellen inzwischen weniger unruhig. Die ersten Surfer werfen sich in die Wogen, überwinden die Brandung und pflügen durch die Impact Zone. Nur die besten natürlich. Es ist ein Schauspiel, ihnen dabei zuzusehen, wie sie sich erheben und die Mauern aus Wasser hinabgleiten. Anna und Léo beobachten sie einen Moment, dann verfallen sie wieder in ihren Feuchttuch-Thermoskannenkaffee-Trott.

»Tanguy hat mir Sachen erzählt. Über dich und … und Papa.«

»Wir wollten uns verloben, weisst du? Tanguy und ich …«

»Tanguy und du? Davon hat er nichts gesagt!«

»Ich war mir so sicher … Bis ich mich in deinen Vater verliebt habe.«

»Das hat er mir erzählt.«

»Dann weisst du ja das Wichtigste.«

Beinahe will Anna die Hand vom Alaskan nehmen, um ihrem Sohn durch die Haare zu fahren, dann hält sie sich zurück.

»Ich mache jetzt meine Katzenwäsche, pass auf, dass du den Kaffee nicht verschüttest.«

Sie setzt zu ihrer Choreographie an, der Alkohol von den Feuchttüchern brennt unter ihren gereizten Achseln.

»Wir kriegen das alles immer noch gratis?«

»Ja, mach dir keine Sorgen.«

Anna wischt sich über den Hals, wechselt die Hand, nimmt ein neues Feuchttuch und kümmert sich um die andere Seite ihres Körpers; sich von der Welt abschneiden, sich in zwei Hälften schneiden, sich selbst unterteilen, um die halbseitige Lähmung besser zu beherrschen.

Léo sieht, wie seine Mutter zittert, ihre abgehackten Bewegungen. Mit ihren blutunterlaufenen Augen wirkt sie wie eine Wahnsinnige. Seit Beginn des *Game* hat sie bestimmt fünf Kilo abgenommen, ihre Muskeln schwinden.

Das Objektiv der kleinen Kamera über ihnen verfolgt sie stumm. Léo legt die Hand vor den Mund, wie er es im Fernsehen bei Sportlern und Politikern gesehen hat, bei all jenen, die in aller Öffentlichkeit etwas aushecken oder lügen.

»Maman?«

»Ja?«

»Lass es. Wir hören auf.«

»Spinnst du? Nach allem, was wir durchgemacht haben?«

»Ich weiss jetzt, was die wollen, für die ist das alles eine Party, ein grosser Spass, ein Witz, die scheffeln auf deinem Rücken Kohle.« *(Noch acht Minuten!)* »Du sollst ein Vorbild sein, ein Symbol, damit die Leute nicht an die Krise denken, an alles, was den Bach runtergeht. Das verstehe ich jetzt, Maman, ich bin nicht blöd, weisst du?«

»Hör auf, Léo.«

»Du hattest die ganze Zeit recht, Maman. Wir haben uns bis jetzt immer durchgeschlagen, wir brauchen dieses Auto nicht. Wir kommen auch so klar, ich pfeife auf Kalifornien, und ...«

»Léo, es reicht! Du nervst mich, verstanden?«

Lola (17), Roland (13) und ihre Schutzengel sehen schweigend zu ihnen herüber. Der Moderator stürzt mit Émilie im Schlepptau zu Anna und Léo. Rollkragen, Jeans, Lederschuhe. Dasselbe herbe, schwere Parfum. Allerdings auch spürbar aufkeimende Nervosität. Abseits der Kameras ist der Blick des Moderators hart, seine Stimme schneidend.

»Was ist los?«

»Nichts. Alles in Ordnung«, antwortet Anna.

Er sieht Léo an, der genauso blass geworden ist wie seine Mutter.

»Sicher, Léo?«

»Ja, Monsieur.«

»Wie fühlen Sie sich, Anna?«

»Gut. Es kann weitergehen.«

Wieder zu Léo: »Geht es deiner Mutter gut?«

»Ja, Monsieur.«

»Anna, gehen Sie nicht über Ihre Grenzen, okay? Ein Zusammenbruch reicht uns. Wir schicken Ihnen den Arzt.«

»Das ist sehr freundlich, aber ich bin fit, wirklich.«

»Der Arzt wird entscheiden, ob Sie weitermachen können.«

»Und was ist mit Ihnen, Monsieur? Geht es Ihnen gut?«

Der Moderator ist von Léos Frage überrascht. Er dreht sich zu seiner Assistentin, dann wieder zu ihm. »Das musst du nicht mich fragen, junger Mann, sondern deine Maman.«

Er will ihm durch die Haare fahren, aber der Junge weicht ihm aus – hier, mitten in all dem Stress und dem Chaos, verbindet Léo sein Parfum nur noch mit Unterwerfung.

(Fünf Minuten!)

»Na gut! Viel Glück euch beiden.«

»Wer als Letztes loslässt, gewinnt«, erinnert ihn Léo.

»Ganz genau. Ich drücke die Daumen«, erwidert der Moderator, bevor er geht.

Auch Léo steht auf.

»Wo gehst du hin? Hey, Léo!«, ruft Anna.

»Ich lasse dir die Sachen da.«

»Entschuldige, ich wollte das nicht. Aber das darf nicht alles umsonst gewesen sein, Léo … Bitte …«

Anna sieht ihren Sohn an, zwinkert ihm verzagt zu, versucht ein Lächeln.

Aber Léo geht.

Ich bin nicht mehr dein kleiner Junge, Maman.

27. Balsaholz

Die Sonne verleiht dem tiefen Himmel einen optimistischen Glanz. Unter den Pullovern und Sportjacken scheint sich neue Zuversicht zu regen. Die Kaltfront wird abziehen; sobald der Wind sich legt, sind wieder steigende Temperaturen angesagt. Die Ferien sind für die da, die sie geniessen können, die Mittelschicht. Alle anderen, noch immer in der Überzahl, können sich morgen mit der Parade auf den Champs-Élysées trösten. Höhepunkt am Abend ist die Illumination des Eiffelturms, der nach drei Jahren Renovierungsarbeiten endlich fertiggestellt ist. Die grossen Werbebanner an den Gerüsten *(Total, Sanofi, LVMH, Société Générale, Orange, BNP Paribas, AXA, L'Oréal, EDF, Vinci, Carrefour, Crédit Agricole, PSA, Engie, Renault, Auchan Holding, Christian Dior, Finatis, Saint-Gobain, CNP, Bouygues, Eiffage)* sind gelüftet. Die Schilder mit den eingravierten Namen werden an den vier Füssen des Turms eingeweiht, ein Feuerwerk wird den Festakt beschliessen.

Bis dahin: das *Game.*

Nicht mehr lange.

An der strategischen Schnittstelle von Politik, Markt und Medien erwartet man eine Popikone, einen Sieger, der sich im richtigen Moment hervortun wird. Auch wenn man dafür dem Schicksal einen Schubs geben muss.

»Wer von den dreien?«, fragt die Bienenkönigin.

Mélanie antwortet.

»In Ordnung.«

»Wie vereinbart werden sie das *Game* unter der Regie von Mylène Labarque beschleunigen, damit es rechtzeitig zu Ende geht.«

»Die sollen sich beeilen. Kümmern Sie sich um den Hubschrauber. Abflug in einer Stunde.«

*

Steh auf, Roland, und lauf.

Er hat es nicht kommen sehen: Erst hat man ihn hinter einer Plane abgeschirmt (»Um Ihre Privatsphäre zu wahren«, haben sie gesagt), dann hat der Arzt ihn abgehört und sein Verdikt gefällt.

»Wie, ich soll aufgeben?«, empört sich Roland.

»Sie haben Fieber …«

»Achtunddreissig Grad, das ist nichts!«

»Ihre wunden Stellen fangen an sich zu entzünden, Sie könnten sich eine Blutvergiftung zuziehen, und der Sand ist da nicht gerade hilfreich.«

»Hören Sie mit dem Schwachsinn auf. Mir geht es gut. Bei meinen Rennen habe ich schon Schlimmeres erlebt.«

Der Arzt wendet sich an den Moderator. »Der Kandidat Nummer 13 ist nicht mehr in der Lage weiterzumachen. Sie können sich über meine Empfehlung hinwegsetzen. In dem Fall übernehmen Sie die volle Verantwortung.«

»Hören Sie nicht auf ihn! Ich bitte Sie!«, ruft Roland Fève.

Von dem zusätzlichen Stress genervt, nimmt der Moderator den Arzt und die Produktionsassistentin zur Seite. »Sind Sie sich mit Ihrer Einschätzung sicher?«, fragt er.

»Noch ist sein Zustand unter Kontrolle, kann sich aber jederzeit verschlechtern, vor allem wenn sich die Situation weiter hinzieht. Die Wunden sind nicht schön anzusehen, es suppt, riecht, ich …«

»Schon gut, ich hab's kapiert«, unterbricht der Moderator mit angewiderter Miene.

Der Arzt führt ihn ein Stück weg von seiner Assistentin. »Das sind die Anweisungen, verstehen Sie? Die kommen von ganz oben und stehen nicht zur Diskussion.«

Der Moderator zu Émilie: »Holen Sie Nummer 13 raus.«

»Sind Sie sicher?«, fragt die zurück.

»Mein Gott, wenn ich sage, holen Sie ihn raus, dann holen Sie ihn raus! Und sagen Sie dem Redaktionsteam, ich brauche für die 13-Uhr-Nachrichten was zu seinem Werdegang.«

Die Produktionsassistentin fügt sich und informiert Roland Fève über sein Ausscheiden.

»Wichser!«, schreit der in Richtung des Moderators.

»Beruhigen Sie sich.«

»Das können Sie nicht machen!«

»Nehmen Sie ihn mit«, fordert Émilie den Sicherheitsdienst auf.

»Das ist eine weise Entscheidung. Ich bin erleichtert«, erklärt der Arzt.

»Genau, Doktor, sagen Sie Aaah«, entgegnet der Moderator in ironischem Ton. »Die sitzen gemütlich in ihren Büros, und ich bekomm's an vorderster Front ab.«

*

Das Schrillen des Alarms und der Tumult rund um Roland Fèves (13) Disqualifikation hat das Publikum wieder angezogen.

Die bevorstehende Liveschalte zu den Nachrichten heizt die aufgeregte Stimmung an. Der Wind rauscht in den Mikrofonen, der zu grosse Himmel erstickt die zu kleinen Träume.

Man hat in der Mitte des Zeltes Platz geschaffen, ein Technikteam baut an die Bühne eine Rampe zur Esplanade an: schweigend und schnell arbeitende Männer – auf ihren ärmellosen Sweatshirts steht nicht der Name einer Rockband, sondern *Endemol* –, die üblichen Kerle mit kräftigen Muskeln, dichtem Bart und Bermudashorts mit aufgenähten Seitentaschen, Bandana und schwarzer Brille. Einer von ihnen befüllt den Alaskan mit mehreren Kanistern Benzin. Das letzte Detail, bevor die Siegerin mit dem Pick-up davonfahren kann.

(Schutzengel, ihr seid dran! Versorgungspause!)

Anna und Léo weichen in nichts von ihrem Ritual ab, nur dass sie schweigen, sie haben sich nichts mehr zu sagen. Alles ist ausgeschöpft, sie sind am Ende angekommen. Anna hat keine Kraft mehr, sich zu entschuldigen, und Léo versucht nicht mehr, sie zu überzeugen. Das *Game* ist so weit in ihr Leben vorgedrungen, dass es sie voneinander entfernt hat.

»Geh ruhig, Léo. Ich komme schon klar …«

»Ich hab backstage gehört, dass sie noch irgendwas mit euch vorhaben.«

»Was denn noch? Was können sie noch machen?«

»Vielleicht stimmt's nicht, keine Ahnung. Aber sei drauf gefasst.«

Anna nickt. Sie hätte grosse Lust, das wenige, was ihr an Tränen bleibt, herauszuheulen, all das, was ihr so ungerecht vorkommt, wie sie einen auf die Probe stellen, einem zeigen, dass es nie genug ist, dass man immer noch mehr Ärger obendrauf packen kann, bis zum Erbrechen.

»Maman? Ich werde dir nicht mehr zugucken. Für mich ist die Sache vorbei.«

Dass sie einem das Kostbarste auf der Welt nehmen können.

Ihr Sohn geht.

Und Léo wünscht ihr nicht mehr »viel Glück«.

*

Noch fünf Minuten bis zu den Nachrichten, an den zwei Metallrampen werden die letzten Schrauben festgezogen. Der Moderator trägt ein weisses Hemd und eine Daunenweste, ihm wird noch einmal das Make-up aufgefrischt, dann geht der Countdown los.

Als er vor dem Zelt steht, wirft er durch die Planen einen verstohlenen Blick auf das dichtgedrängte Publikum. Da spürt er wieder diese Gänsehaut, wie damals an seinen grossen Tagen beziehungsweise grossen Abenden, als die Welt ihm aus der Hand zu fressen schien.

»Émilie, über den Daumen gepeilt, wie viele sind das?«

»Die Polizei schätzt: über zehntausend. Wir mussten in den angrenzenden Strassen Leinwände aufstellen.«

Der Moderator schliesst die Augen, kostet den Moment des wieder aufgefrischten Ruhms aus und schickt ein telepathisches »Fickt euch« an all die Kritiker, die ihm attestieren wollten, seine Zeit wäre vorbei.

»Gleich auf Sendung. In fünf … vier … drei … zwei … eins …«

Zur Titelmelodie des *Game* betritt er die Bühne. Mit seinem Funkmikro in der Hand heizt er den Beifall an, geht ohne Umweg zum Alaskan, zu Lola und Anna.

Man hat die beiden Frauen aufstehen lassen. Auf zittrigen Beinen stützen sie sich am Auto ab, jede auf einer Seite des Pick-ups.

»Loooolaaa und Aaaaannaaaa!«, brüllt der Moderator.

Das Publikum jubelt ihnen zu, Anna hat das Gefühl, die Hitze aus diesen Tausenden Mündern fühlen zu können, ihr lauwarmer Atem jagt ihr einen Schauer über die Haut, halb vor Scham, halb vor Stolz.

Die Verbindung mit dem Nachrichtenstudio wird hergestellt, man will sich »ein Bild von der Stimmung machen«, Marie-Ève Langhieri erscheint auf dem Bildschirm über der Bühne.

»Hallo, alle zusammen! Hallo, verehrtes Publikum! Und hallo, *Mädels!*«

Lola und Anna drehen sich zur angezeigten Kamera und winken zaghaft mit der freien Hand. Jetzt auf keinen Fall zu schnell bewegen und wie eine Idiotin in Ohnmacht fallen. Anna kneift die Augen zusammen und kämpft gegen den Schwindel, ist geblendet, als ihr Blick die Sonne streift.

»Und, wie geht es unseren *Mädels?*«, fragt Marie-Ève den Moderator.

»Sie sind hier! Sie sind schön! Sie sind stark!«, antwortet der und hält ihnen das Mikro unter die Nase.

»Es geht, ich halte durch …«, sagt Anna.

»Ich bin hier! Ich … ich liebe euch! Für immer und eeeewig!«, schreit Lola aus vollem Hals.

Jubel, Pfiffe, man ruft ihre Namen, wobei Lolas eindeutig am lautesten zu hören ist.

»Es ist vorbei, Anna, du hast keine Chance gegen mich«, murmelt Lola ihr zu, während sich der Moderator entfernt und weiter befeuert: »Was auch immer jetzt passiert, wir wissen, diese Show gewinnt eine Frau! Die Welt ist weiblich, den Frauen gehört die Weeeeelt! Die Welt gehört euch, Mesdaaaames!«

Marie-Ève stimmt zu, aber erinnert in steifem Ton auch daran, dass in Europa jedes Jahr eine von fünf Frauen Opfer von männlicher Gewalt wird.

»Wir müssen wachsam bleiben, der Kampf ist nicht vorbei!«

Dann kommt die schöne Marie-Ève aufs *Game* zurück, fragt den Moderator nach dem Grund für die Rampe an der Bühne.

»Wie Sie wissen«, ruft er in Erinnerung, *»die Schlüssel stecken in der Zündung,* und *es ist vollgetankt!* Die Siegerin kann also *direkt mit ihrem Auto losfahren!*«

A-las-kan! A-las-kan! A-las-kan!, skandieren Tausende von Zuschauern.

Dreck-schleu-der! Dreck-schleu-der! Dreck-schleu-der!, antworten die auf Abstand gehaltenen Demonstranten. Aber ihre Stimmen sind nur noch ein schwaches, von der Masse ersticktes Murmeln.

»Wunderbar, mein Lieber, wunderbar!«, schwärmt Marie-Ève. »Und ich habe mir sagen lassen, das *Game* wird noch spannender … Wahr oder Fake News?«

»Absolut, Marie-Ève, absolut. Und hier wende ich mich direkt an euch, liebe Kandidatinnen. In dreissig Sekunden müssen Sie sich für eine Hand entscheiden, mit der Sie ab jetzt den Alaskan berühren wollen. Ab da *dürfen Sie die Hand nicht mehr wechseln!* Alles klar? Lola?«

»Ja.«

»Anna? Ich kann Sie nicht hören.«

Was für Arschlöcher.

»Ja.«

»Perfekt, der Countdown läuft. 30, 29 …«

»Müssen wir ab jetzt mit noch mehr Überraschungen rechnen?«, fragt Marie-Ève.

»Absolut, Marie-Ève. Absolut.«

*

»Madame? Die Limousine ist vorgefahren, der Helikopter steht bereit«, unterbricht Mélanie.

Die Bienenkönigin schaltet ihr Tablet aus.

Sie lässt Pilot und Leibwächter warten, kostet den Moment aus, den sie der engen Taktung ihrer Reisen für eine Zigarette abringt, die Macht, die Zeit anzuhalten. Jetzt ist sie hier, nachher ist sie da und heute Abend woanders.

Manchmal ist es fabelhaft, zu sein, wer man ist.

Auf der Bühne entscheidet sich Anna für die linke Hand.

*

Léo steht abseits der Schaulustigen auf der Strandpromenade und beobachtet Kevin. Der ist der jüngste unter den Surfern, die auf den grossen, wilden Wellen reiten.

Und sie mit Anmut bezwingen.

Wem bitte lächelt das Glück?

Léo schwingt sich wieder in den Sattel und fährt zu Tanguys Laden.

Cindy erklärt, er sei nicht da. »Ich glaube, er ist beim *Game*«, fügt sie hinzu. »Warum du eigentlich nicht?«

Wem lächelt das beschissene Glück?

»Tanguy hat einen Anzug für mich im Lager hinterlegt«, lügt Léo. »Er meinte, ich könnte ihn mir abholen.«

»Ach ja? Mir hat er nichts gesagt.«

»Muss er vergessen haben.«

»Wie sieht der aus?«, fragt Cindy.

»Ein schwarzer O'Neill mit kurzen Armen.«

Sie schiebt den Vorhang zur Seite und verschwindet im Hinterzimmer. Der Laden ist leer, alle sind beim *Game* und warten wie die Geier aufs Ende.

Zum Teufel mit ihnen.

Léo geht zum Schaufenster, greift mit beiden Händen nach der Gun und geht.

*

Mit der freien Hand massiert sich Anna den Unterarm. Das hat sie bedacht, dass sie als Rechtshänderin so den Schmerz leichter lindern kann.

Auf der anderen Seite ist Lola nicht mehr zu sehen, sie hat sich auf die Knie fallen lassen, Schulter und Arm zu dem Gegenstand gereckt, der sie der Welt und sich selbst offenbart. Anna hat beschlossen, stehen zu bleiben, sich möglichst zu strecken, aufrecht zu bleiben, die Krämpfe durch Dehnung zu mildern. Die Nachrichten sind jeden Moment vorbei, eine letzte Schalte. Danach ein Werbeblock und schliesslich die Liveübertragung des *Game,* bis eine Kandidatin ausscheidet und die Siegerin gekürt werden kann. Auf dem Grossbildschirm zwei leuchtende Namen in Grün: Lola Zerfi (17) und Anna Loubère (1).

Inzwischen hätte man gern, dass es vorbei ist.

Das *Game* ging lange genug.

Wenn man liebt, muss man gehen.

Und als Marie-Ève zurück auf Sendung ist, verkündet der Moderator: »Jedes Mal, wenn jetzt ein Gong ertönt, müssen Lola und Anna *einen Finger vom Wagen lösen!* Als Letztes den Daumen!«

»Unglaublich! Was für ein Finale!«, schwärmt Marie-Ève.

Es folgt eine Reihe von Werbespots.

(Gong!)

Auf dem Bildschirm erscheinen nebeneinander die Grossaufnahmen ihrer Hände:

Anna und Lola heben den kleinen Finger.

Man denkt es nicht, aber es ist eine Tortur, dieser abgespreizte kleine Finger, dieser chirurgische Schmerz der Mittelhand und der Handwurzelknochen.

Zehntausend Personen live beim *Game.*

Sechzehn Millionen vor den Bildschirmen.

Der Schmerz wächst.

*

Léo hat seinen Anzug übergestreift.

Seinen alten abgeschnittenen.

Das wird sein letzter Ritt mit ihm.

Er ist kein Kind mehr.

Neopren.

Neue Haut.

Er sitzt neben seiner Gun am Wasser, mitten am Hauptstrand.

Beobachtet den Horizont.

Bemisst die Wellenperiode, die immer gleichmässiger wird.

Er wartet.

Wie seine Mutter.

Hofft, dass es sich wenden wird.

Der Wind. Die Wellen. Das Glück.

Denn selbst mit aller Willenskraft der Welt, wie sehr man sich auch abstrampelt, am Ende braucht es Glück.

Und an dem Punkt fängt man manchmal an zu beten.

*

(Gong!)

Auch der Ringfinger.

Nicht mehr.

Berührt nicht mehr, berührt nicht. Der Finger, an dem einst ein Ehering steckte. Bis Luis das Tattoo vorgeschlagen hat, damit sie den Ring nicht immer abnehmen müssten, wenn sie aufs Brett steigen. Und jetzt wird es zur Hölle, den Finger so getrennt von den anderen zu sehen, das samoanische Motiv, das durchs viele Spülen und das Meerwasser zu einem braunen Fleck auf ihrer Haut geworden ist. Erst sollte sie das Auto berühren, jetzt nur noch so wenig wie möglich, bis sie sich ganz von ihm entfernt und verschwindet. Die Regeln ändern sich, passen sich an die Interessen des Meistbietenden an. Danke, Mylène Labarque. Denn weil es so ist, wie es ist, weil selbst ihren Auftraggebern die Zeit lang vorkam, hat sie sich zwischen dem Biosalat und den Erdbeeren aus ihrem Garten diese Ruchlosigkeit ausgedacht.

*

Und manchmal wird der Wunsch erhört.

Plötzlich dreht sich der Wind, kommt jetzt von Land, mit einem Geruch nach Nitraten und Pestiziden. Die Wellen werden ausgebremst, werden dadurch höher, bäumen sich auf.

Léo steht auf, er weiss, das wird nicht lange halten, danach wird alles in einer Kreuzsee, einem kabbeligen Chaos enden.

Einer Welt ohne Regeln, ohne Harmonie.

Léo steht da und sucht sie, lässt, so weit er kann, den Blick schweifen.

Du wirst wissen, wann du so weit bist. In gewisser Weise entscheidet das Brett für dich.

Er sieht sie heranrollen, wie sie sich aufbaut, sein Herz schwillt an vor Angst und Aufregung.

Léo befestigt die Leash um seinen Knöchel und geht ins Meer.

Weniger als zweihundert Meter vor ihm hebt sich die Welle abseits der anderen langsam aus dem Wasser, wie der Rücken eines friedlichen Wals. Keine Wolke trübt den Himmel, an dem die Kormorane ziehen. In der Ferne schippern Fischkutter parallel zur Küste stumm den Horizont entlang.

Die Welle schwillt an.

Sie wird schön.

Offenbart sich Stück für Stück.

Verdoppelt ihre Höhe.

Alles ist an seinem Platz.

Léo paddelt los. Die Gun gehorcht, trägt ihn mit Leichtigkeit. Er taucht unters Brett, um die brechenden

Wellen zu überwinden, geht wieder auf Position, paddelt weiter.

Die trüben Gedanken verschwinden. Das Wasser spendet Trost. Er muss den richtigen Rhythmus in einer Art wiederkehrender Langsamkeit suchen, den besten Weg finden, ihn, so gut es geht, verlängern. Wenn man ihn so sieht, wie er als Schildkröte die Wellen durchquert, könnte man meinen, das sei ein Kinderspiel. Und vielleicht liegt das Geheimnis des Surfens genauso wie von allem genau darin: uns glauben zu machen, leben, das sei ein Kinderspiel.

Wirklichkeit. Das Wesen der Realität, Léo.

*

Anna hält es nicht mehr aus, das Publikum tobt, der Countdown hat begonnen.

Der Mob spürt so etwas. Wenn der Tod kommt. Das Ende naht. Bald ist der Mittelfinger dran, danach werden sie rufen: »Daumen.«

Anna ist die Erste, die ihn entdeckt.

Das Meer im Rückspiegel.

Sie erkennt den Körper.

Sie erkennt das Brett.

Dreh dich zum Meer, Maman.

Und ihr Sohn macht sich bereit.

Tanguy sieht Anna an, dreht sich auch um, folgt ihrem Blick. Er braucht ein paar Sekunden, bis er die Verbindung herstellt und begreift. Und murmelt: »Léo, mach das nicht.«

Der Mob brüllt: »Oh-oh-oh-oh-oh.«

Anna richtet sich auf.

Wie die Welle.

Heranrollende Wand aus Wasser.

Etwa fünf Meter hoch.

(Oh-oh-oh-oh-oh.)

Léo paddelt mit weit ausholenden, kräftigen Bewegungen. Taucht überraschend hinter Kevin auf und überholt ihn. Ruft ihm zu: »Tschüss, Arschloch!«

Léo macht sich bereit, ist schon bereit, paddelt wie ein Wahnsinniger. Die Gun wirkt fast zu gross für ihn.

Kevin sammelt sich verdattert, zögert. Aber sein Zerstörungswille, die Wut, der Hass halten bis zum bitteren Ende: »Geh sterben, du Trottel!«

Fuck you, Kevin.

Léo paddelt noch schneller. Spürt in sich das Leben, das ganze Leben, seine ganze Kraft.

Léo steht auf.

Kevin steht auf.

(Oh-oh-oh-oh-oh.)

(Gong!)

Anna hebt den Mittelfinger.

Die Gun bäumt sich unter der Wucht des Wassers auf, Léos Bauch presst sich gegen das Balsaholz, wird eins mit ihm, gestreckter Oberkörper, angespannte Beine. Man denkt, er wird vom Board geschleudert, aber Léo hält sich, denn sein Brett ist für genau diese Art Welle gemacht, mit der Erfahrung einer Surferlegende entworfen und der Intuition und Liebe eines

Vaters geschliffen. Und Léo kann das, dieses Brett gehört ihm, immer schon. Drei Paddelzüge reichen, er ist auf Kurs, der Schub ist perfekt.

Als Erster auf der Welle.

Léo steht auf.

Kevin steht auf.

Mit unglaublicher Geschwindigkeit startet Léo in die Abfahrt. Denkt nur ans Gleiten.

Ans Gleiten.

Da kommt das Glücksgefühl.

Das Glücksgefühl, das über die Angst siegt.

Léo nimmt Geschwindigkeit auf, bremst, indem er sein Gewicht auf den hinteren Fuss verlagert, stützt sich im Wellental am Inside Rail ab und schiesst wieder nach oben.

Kevin gibt nicht auf, bleibt ihm auf den Fersen. Den Nachteil durch das kleinere Board macht er mit Talent wett, *aber ich habe die Gun, Arschloch:* Léo hockt sich hin und nimmt noch einmal volle Geschwindigkeit auf, durchkreuzt Kevin mit einem Turn das Manöver. Die stabilen Finnen der Gun halten sie auf Kurs. Kevin hat das Nachsehen, Léo hält ihn zum Narren, beschleunigt und überholt.

Gleite, Léo, gleite und flieg!

Kevin bleibt in seinem Kielwasser. Und dort gelingt ihm etwas wirklich Schwieriges, ein Profimanöver, er hält sein Brett auf der Lippe, lässt sich über das Weisswasser katapultieren, so dass er kurz vorm Wellental auf Léos Höhe landet, Schulter an Schulter.

Die beiden Teenager tauschen einen Blick, können

nicht anders, da ist ein Funke Komplizenschaft wider Willen, man könnte meinen, sie lächeln.

Der Funke erlischt und gleitet zurück ins Vergessen.

Für Kevin war es das.

Aber dich hält nichts mehr auf, Léo.

Er hat verloren.

Du hast gewonnen.

Flieg, Léo.

Davon träumst du, mein Freund.

Wie naiv du bist.

Der Typ hasst dich bis aufs Blut.

Hier fliegt niemand.

Niemand.

Du bleibst hier, bei ihm.

Kevin macht einen Ruck mit der rechten Schulter, eine winzige Rotation des Oberkörpers, die, durch die Geschwindigkeit befeuert, dafür sorgt, dass Léo kopfvoran vom Brett abhebt. Wie im Schleudergang reisst die Welle ihn mit sich, saugt ihn ein, schmettert ihn auf den sandigen Grund, Léo verliert die Orientierung. Die berüchtigte »Waschmaschine«.

*

Léo verschwindet von der Oberfläche.

Und Anna begreift.

Der Zeigefinger lässt los.

Der Daumen lässt los.

Der Alarm heult auf.

Selbst Lola kann es nicht glauben.

Der Alarm schrillt.

Anna sieht rot.

Das Publikum verstummt, starrt fassungslos, Anna tut das Undenkbare: Sie springt in den Alaskan, dreht den Schlüssel und fährt.

Lola ist eins mit dem Fahrzeug, lässt nicht los, will nicht mehr loslassen. »Er gehört mir! Mir, du Schlampe!« Sie wird ein paar Meter mitgeschleift, schürft sich die Knie auf und fällt von der Bühne.

Anna reisst das Steuer herum und fährt die Rampe hinunter, die aufgeregte Menge springt auseinander. Anna teilt sie, und das Meer öffnet sich.

Das Meer öffnet sich.

Anna beschleunigt, rast über die Rettungszufahrt zum Strand. Der Motor dröhnt, das Ding ist der Hammer, die grossen Reifen haben leichtes Spiel im Sand, man könnte meinen, sie freuen sich, endlich zu rollen.

Die wenigen Badegäste springen hinter der Windschutzscheibe zur Seite, beschimpfen die Irre am Steuer, die mit ihrem Monster den Strand durchpflügt. Der Wagen überrollt ein Handtuch, zermalmt eine Sandburg.

Vor dem Wasser hält Anna an, springt aus dem Auto. Die Gun treibt wieder an der Oberfläche, von Léo keine Spur. Sie streift ihren Pulli ab, wirft sich in die Fluten. Bis zum Board sind es etwa fünfzig Meter, Anna entlädt alle Energie, all die seit Tagen angestaute Unbeweglichkeit, all ihre Wut und ihren verstümmelten Stolz, mobilisiert und entfaltet ihre letzten Kräfte.

Sie hat keine Angst, sie kennt die Wellen, die sie umspülen, hat keine Angst um sich.

Was sind in einem Leben zwei Minuten?

Manchmal sind zwei Minuten ein ganzes Leben.

Die Zeit, die Anna gebraucht hat, um von der Bühne zur Gun zu kommen, einen kräftigen Atemzug zu nehmen, mit der Hand der Leash zu folgen und Léo in der Tiefe des Wassers zu finden.

Anna ist eine Sirene, ein Buckelwal, ein Orca. Sie käme Jahre aus, ohne Luft zu holen. Sie taucht noch tiefer, packt Léo unter den Achseln, und als sie wieder hochkommen, ist die Gun immer noch da, am Ende der Leash, geduldig und treu.

Unversehrt.

Stabil.

Léos Gesicht ist blutrot, Anna hält ihn mit einer Hand fest, klettert auf das Board und hievt ihn schräg darauf, zieht mit aller Kraft an seinem Anzug, reisst ihn auf. Rammt ihre Faust in Léos Solarplexus, er kommt zu sich, erbricht das Meerwasser, holt hustend und spuckend Luft.

Anna sieht sich um, die nächste brechende Welle rollt auf sie zu. »Komm, geh in Position! Das schaffst du! Léo!«

Léo dreht sich, so gut es geht, aufs Brett, seine Mutter legt sich über ihn.

»Halt still, wir machen das so!«

Alles ist wieder da, jede Bewegung, die Kraft im Rücken, das Paddeln mit kreisenden Schultern, die Anspannung im Becken, im unteren Rücken, wie sie die Beine anhebt, um schneller vorwärtszukommen. Da ist der vierjährige Léo, der vorne auf dem Brett sitzt, Anna, wie sie aufsteht und im Weisswasser auf den Strand zusurft. Das Lachen ihres Kindes, das Lachen von Luis, während er mit den Füssen im Wasser auf sie wartet.

Es tut ihr weh. Es tut ihr gut.

Tränen mischen sich mit Wasser.

Zu diesen Bewegungen zurückfinden, neu anfangen.

Über ihr die Götter Hawaiis, Lono und Nu'akea.

Der Wind und das Meer.

Man muss das Salz lieben.

Das Wasser.

Den Wind.

Dieser unbändige Moment des Glücks lässt alles andere verschwinden.

Den Grillwagen, die Hähnchen.

Die Brandwunde.

Eine letzte Welle trägt sie langsam zum Strand, Anna und Léo aufeinander zusammengesackt, sanft spült die Brandung sie ans Ufer.

Die Gun schabt über den Sand und kommt zum Stillstand.

Anna nimmt ihren Sohn bei den Schultern und fällt ihm um den Hals. Léo sinkt in die Arme seiner Mutter.

Und als Anna den Blick hebt, hat sich die Menge, die ganze Menge auf der Düne oberhalb des Strands versammelt. Tausende stumme Blicke auf ihr, während sie den Körper ihres Sohns an ihre Brust drückt wie eine Pietà.

Zwei, zehn, dann hundert, dann tausend Hände fangen an zu klatschen. Nur zu klatschen, kein Gebrüll, kein Gejohle. Selbst damals auf dem Gipfel ihres kleinen Ruhms hatten Anna nie so viele Menschen applaudiert.

All diese Hände sind ein Wunder.

Wie lächerlich das Leben sein kann.

Abseits der Menschenansammlung steht neben einer Limousine mit getönten Scheiben und umgeben von ihren Leibwächtern eine Frau mit langen grauen Haaren und lächelt.

Auch sie klatscht.

Denn diese Frau verliert niemals, niemals wirklich.

Anna dreht der Menge den Rücken zu, dreht der Gestalt mit den grauen Haaren den Rücken zu und schützt, was ihr von sich selbst noch bleibt.

»Keine Sorge, Léo. Alles wird gut.«

Léo lächelt sie an. »Also haben wir gewonnen?«

»Natürlich.«

Sie geht auf die Knie, nimmt die Hand ihres Sohns und stützt sich auf seine Schulter.

»Bei drei stehen wir auf, in Ordnung?«

Zitate wurden folgenden Quellen entnommen:

Seite 5: Bernard Moitessier. *Der verschenkte Sieg.* Aus dem Französischen von Wolfgang Rittmeister. Bielefeld: Delius Klasing [7]1986, S. 128.
Seite 45: Hervé Bazin. *Viper im Würgegriff.* Aus dem Französischen von Johannes Hübner. Berlin: Verlag der Nation 1956, S. 21.
Seite 124: Jack London. *Der Ruf der Wildnis.* Roman. Neu übersetzt von Lutz-W. Wolff. München: dtv [6]2020, S. 61.
Seite 145: Michel Layaz. *Auf dem Laufband.* Aus dem Französischen von Yla M. von Dach. Biel: die brotsuppe 2016, S. 85.
Seite 150: Bernard Moitessier. *Der verschenkte Sieg.* Aus dem Französischen von Wolfgang Rittmeister. Bielefeld: Delius Klasing [7]1986, S. 197.

JOSEPH INCARDONA IM LENOS VERLAG

Asphaltdschungel
Roman
Aus dem Französischen von Lydia Dimitrow
339 Seiten, Softcover
ISBN 978 3 85787 494 9

»Ein ausserordentlicher Kriminalroman. (…) Joseph Incardona bringt, was sehr selten gelingt, einen vollständig fremden, neuen Ton in die Kriminalliteratur. (…) Wie er den Wettlauf zwischen Polizei, zerstörtem Vater (›ein Raubtier‹) und dem sowohl mörderischen als auch traumatisierten Pascal beschreibt, sucht seinesgleichen.«
Tobias Gohlis, Die Zeit

Joseph Incardona im Lenos Verlag

Asphaltdschungel
Roman
Aus dem Französischen von Lydia Dimitrow
339 Seiten, Softcover
ISBN 978 3 85787 494 9

»Ein ausserordentlicher Kriminalroman. (…) Joseph Incardona bringt, was sehr selten gelingt, einen vollständig fremden, neuen Ton in die Kriminalliteratur. (…) Wie er den Wettlauf zwischen Polizei, zerstörtem Vater (›ein Raubtier‹) und dem sowohl mörderischen als auch traumatisierten Pascal beschreibt, sucht seinesgleichen.«
Tobias Gohlis, Die Zeit

Joseph Incardona im Lenos Verlag

One-Way-Ticket ins Paradies
Roman
Aus dem Französischen von Lydia Dimitrow
310 Seiten, Paperback
ISBN 978 3 85787 813 8
LP 213

»Incardona mischt raffiniert und stimmig Elemente von Psychothriller, Horrorstory, Sozialsatire, Science-Fiction und Noir-Kriminalroman zu einer spannenden Geschichte. Beiläufig karikiert er dabei auch das Bestreben, in einer paradiesischen Umgebung einmal gänzlich abschalten zu können.«
Hanspeter Eggenberger, Tages-Anzeiger

Der Lenos Verlag wird vom Bundesamt für Kultur mit einem Strukturbeitrag für die Jahre 2021–2025 unterstützt.

Hersteller
Lenos Verlag
Spalentorweg 12
4051 Basel
Schweiz
lenos@lenos.ch

MIX
Papier | Fördert gute Waldnutzung
FSC® C083411

Importeur
Prolit Verlagsauslieferung
Siemensstraße 16
35463 Fernwald
Deutschland
gpsr@prolit.de